Yuusyani Osananajimiwo
Ubawareta Syounenno
Musoukenshintan.

勇者に幼馴染を奪われた少年の

無双剣神譚 2

Yuusyani Osananajimiwo
Ubawareta Syounenno
Musoukenshintan.

コウリン

TOブックス

目次

第一章　勇者一行の苦戦と二度目の修行の旅

ティアナside

「そんな……なんて強さなの⁉」

私の隣で、ボロボロの姿のアイシャさんが悔しそうにつぶやく。

「私より速いなんて……」

その前には片膝をつき、鎧《よろい》が欠けて血を流しているサラさんの姿。

「みんな！　大丈夫か」

勇者様もあちこち傷を負って息も荒いけれど、剣を構えて敵と対峙《たいじ》しながら私たちを気遣おうとしてくれている。

「がっはっは！　勇者の力とはこんなものなのか？　いささか興ざめというものだ」

私たちが今まさに対峙している敵。

今まで鍛錬場で戦ってきた相手とはまるで違う強さだった。

魔王四天王の一人、疾風《しっぷう》のヴォイドと名乗った敵はウェアウルフのような姿形をしていたが、体格は一回りも大きく、鋭い爪と、目で追いきれないほどの素早さで私たちを苦しめてくる。

そして、何より私たちを驚かせたのは――――!

「人の言葉を話せるモンスターだと……!」

勇者様の驚きに満ちた声が響く。

「ふはは! 驚いたか? 私は魔王様より力を授かり、こうして強さだけでなく、知性も得たのだ! 人の言葉を話せるようになったのも、こうしてお前たち人間に、より絶望を与えるための一つに過ぎぬ! いずれこの世界を支配するのは魔王様に他ならん!」

「くそっ! ふざけたことを抜かすんじゃねえ!」

その言葉に勇者様が怒り狂って剣を振り上げ、斬りかかっていったけれど、ヴォイドは余裕の笑みを浮かべながら難なくかわす。

「さっさと我が爪の餌食《えじき》になるがいい! 勇者よ!」

「バーン様!」

お返しとばかりのヴォイドの鋭い攻撃をすんでのところで勇者様は受け流し、距離を取って再び剣を構え直した。

「業火の矢《ヘルファイヤーアロー》!」

どうにか勇者様の援護をしようと、私は残り少ない魔力を使い、ヴォイドへ向けて魔法を放つ。

「はっ! そんな遅い魔法なんぞ我に当たらぬわ!」

けれど、最後の力を振りしぼった魔法もヴォイドにあっけなくかわされてしまう。

「魔法が……当たらない……!」

ヴォイドの速さの前には、アイシャさんの弓も、サラさんの剣も勇者様の剣も全く当たらない。

逆に攻撃を受け続け、私たちが倒れるのももう時間の問題だ。

このままでは……。

「バーン様！　一旦撤退しましょう！　このままではやられてしまいます！」

アイシャさんが必死に叫んで撤退を促《うなが》す。

「アイシャの言うとおりです、悔しいですがここは引きましょう！」

サラさんもそれに続く。

「くそっ！　なぜ勇者である俺が撤退しなければならんのだ！」

「ですがバーン様！　ここで私たちが全滅してしまっては世界は救えません！　お考え直しを！」

アイシャさんの再三の訴えに勇者様は悔しそうな表情を浮かべる。

けれど、私たちの今の状況ではなすすべがない。

「くそっ！　仕方ない！　退くぞ！　『雷電の矢《サンダーアロー》』！」

やむなく撤退を決意した勇者様は、剣から雷をほとばしらせて魔法を放つ。

点ではなく、面を狙って広範囲に雷を飛ばし、ヴォイドもやむなく飛び退いた。

「ちっ！　悪あがきをしてくれる！」

勇者様の魔法でヴォイドが後ろへ下がったのを見て、私たちは拠点である砦《とりで》の方角へと一斉に走り出す。

「全軍撤退！　勇者様たちをお守りしろぉ！」

将軍様の声に、控えていた兵士さんたちも逃げる私たちを守るように後ろで陣形を組みながら一斉に後退を始めた。

「ちっ雑魚《ざこ》がワラワラと……そこをどけえ！」

力一杯走りながら後ろを振り返ると、追いかけてくるヴォイドの攻撃に吹き飛ばされ、命を散らしていく兵士さんたちの姿を否《いや》が応《おう》でも見てしまう。

「ごめんなさい……私がもっと強ければ」

なんとかしたいのに、なにも出来ない複雑な思いを胸に、雄叫びを上げ追ってくるヴォイドからただ必死に逃げるしかなかった……。

◆

「はぁ……はぁ……」

「危なかった……」

「くそっ！　なんで勇者である俺が……！」

ボロボロの姿のまま、やっと城門に駆け込んだ私たち四人。

その後ろを同じように血だらけになって仲間を肩で担《かつ》ぎながら逃げてきたたくさんの兵士さんたちの姿。

「閉門せよ！」

その声と同時に巨大な門が勢いよく閉められていく。

閉まる間際にチラッと外を見たけれど、ヴォイドの姿は見えない。

どうやら追撃を諦めて自分たちの拠点に戻ったようだ。

「完敗……ですね」

アイシャさんの疲れ切った一言。

「畜生！　一体……あいつはなんなんだ……！」

勇者様が怒りを露わに、寄りかかっていた建物の壁に拳《こぶし》を叩きつける。

「分かりません……あんなモンスターがいるなんて報告は受けていませんでしたし……」

アイシャさんは力なく首を振る。

「突然変異かなにかか？」

「いえ、あのモンスターは魔王から力を授かったと言っていましたから、魔力によってなんらかの方向性を持って進化を促された新しい種《しゅ》かなにかと思います」

「それが本当なら……もしかすると魔王がもう復活してるの⁉」

サラさんの疑問ももっともだろう。

そのようなモンスターが生み出されたのは魔王の仕業と考えるのが自然だ。

「そんなはずは……と言いたいですが、大量のモンスターの襲来《しゅうらい》といい、あのヴォイドというウェアウルフといい、そう考えても可笑《おか》しくないかもしれません」

「そんな……」

「……」

予想しうる最悪の事態に、私たち四人は黙り込むしかなかった。

「……とにかく俺は一度将軍の所に行かなきゃならん。三人はどうするんだ？」

重苦しい空気の中、勇者様がようやく口を開く。

「私は勇者様についていきます」

「私も」

アイシャさんとサラさんの二人は同時に頷《うなず》いた。

「そうか、ティアナちゃんはどうする？」

「私は……ケガをされている兵士さんたちの治療に当たりたいと思います」

今こうしている間も、私たちのために命を張ってくれたみなさんが苦しんでいる。

それを放っておくことなんて出来ない……。

「分かった。ティアナちゃん頼んだよ」

「それじゃあ私とサラは行くから……ティアナちゃん無理しないでね？」

三人を見送った後、私は急いで兵士さんたちの治療へと向かう。

「無理はするなって言われたけど、今は私が頑張らなきゃいけないんだ……」

道中、両手で頬《ほお》を何度も叩き気合いを入れておく。

ケガをした兵士さんたちはすでに、救護所として使われている小屋に運ばれており、そこに到着すると、私は急いで治療に当たっていた魔法使いの方々に混じっていく。

「ううっ……」

「いてえよぉ……」

「だれか……助けてくれ」

ベッドの上でうずくまり、痛みで苦しみ、助けを求める兵士さんたち。

辺りには血の匂いが漂い、悲鳴やうめきが重なり合って思わず目や耳、そして鼻をふさぎたくなるような酷い状況だ。

「大丈夫ですか！　今治しますからね！　『癒やしの光《ヒールライト》』」

この人たちをこんな風にしてしまったのは私たちのせい……。

でも、そんな彼らを今すぐ助けられるのは自分なんだ――！

私はまず、腕や足を無くしていたり、意識もなく、大量の血を流している危険な状態の方から初級の回復魔法を唱え、一時的に傷をふさいでいった。

「先に出血から防がないと……」

ここで上級魔法を使えば致命傷すら一瞬で治すことは出来るだろう……でも今の状況ではそれは悪手《あくしゅ》。

魔力が底を尽きかけている状況で上級魔法を使えばあっという間に私は意識を失って倒れてしまう。

回復魔法を使う時は常に自分の魔力が後どれくらいあるのかを考えておくこと。

フッケで回復魔法の先生から教わったのを頭の中で何度も反芻《はんすう》しつつ、限界まで、私は治療に駆けずり回った。

◆

「大丈夫……ティアナ？」

ベッドに倒れ込んで動けない私に、縁《ふち》に座るアイシャさんが優しく声を掛けてくれた。

「大丈夫……です」

口では強がりを言ってみるけれど、魔力はもう完全に底をつき、身体は指一本動かせないほどに疲れ切ってしまっていた。

「無理はしないで、と言いたいけれど……回復魔法を使える人があんまりいないからね……」

サラさんは疲れ切った表情をしながら、隣にあるベッドで横になっている。

「最初ここに着いた時には、すぐに魔王を倒して王都に帰れるって思ってたのに……」

アイシャさんがため息をついた後、天井を見上げる。

「私もです……」

私も力なく頷くしかなかった。

ああ……ここに着いた時のやる気に満ちあふれていた自分が懐かしく感じる。

事実、フッケから急いで連合国へ入った私たちは当初、大した障害もなく首都のベルフォーレまで迫ったモンスターの大軍を難なく撃退できていた。

行く先々で兵士や街の人々から祝福され、みなさんからこれで世界は平和になる！　勇者様万歳！　って言われていたのに……。

「倒せる……のかな？　あいつを私たちで」

サラさんがポツリとつぶやく。

「分からない……分からないわよ！　どんなに攻撃を繰り出しても、あのモンスターにかすりもしなかった！　勇者様すらほとんど遊ばれていたような状況で勝てる想像が思い浮かばないわよ！」

アイシャさんがベッドの横にある机をドンと叩いた。

いつもは冷静なのに、ここまで焦っている姿を見るのは初めてだった。

「とりあえず休みましょうアイシャ。またあいつが攻めてきた時に、なんとか対抗出来るのは私たちだけなんだから」

自分にも言い聞かせているようなサラさんの言葉にアイシャさんも無言で頷き、自分のベッドに入っていく。

「リューシュ……」

私は右手の人差し指を撫でながら、幼馴染みの名を呼びつつ、静かに目を閉じた。

◆

リューシュside

スゥ――……ハァ――……。
呼吸を整え、相対する師匠をジッと見据える。

対する師匠からは余裕の表情が消え失せ、キッと鋭い視線のみ。

「……」

「……」

お互いに言葉はなく、ジリジリと徐々に間合いを詰めていく。

すでに僕の剣と師匠の刀《かたな》は切っ先が触れそうなほどにまで近づいており、少しでも動かせばその瞬間に剣戟《けんげき》が始まるだろう。

ここだっ！

僕は先手を取ろうと牽制《けんせい》を兼ねて突きを繰り出す。

「むっ！」

師匠は軽く刃の先を横に振り、突きの軌道を反《そ》らすとともにそのまま前に進んで僕の右肩を狙って刀を小さく振り下ろしてくる。

「させないっ！」

僕は右肩を退いてそれをかわしつつ、弾かれた剣の刃を横に向け、身体の中心を軸にして回るように左手一本で剣を振った。

「おうっ！」

キィンと甲高い音と同時に師匠と僕の刀と剣がぶつかり合い、激しく火花を散らす。

「やるのう！」

「まだまだっ！」

剣の勢いはこちらの方が上。

力任せではあるが、そのまま剣を振り抜き、師匠は思わず後ろへ下がる。

ここで押し切るっ！

師匠が体勢を崩したのを見て、僕はすかさずその後を追いかけた。

「これはたまらん！」

すると師匠の姿が輪郭《りんかく》を失い、急にぼやけだしてくる。

どうやら「絶《ぜつ》」を使ったみたいだ。

すぐさま僕も目の力を使い、師匠の姿を追う。

「いたっ！」

白い線が右方向にぐるりと僕の周りを回るように流れていくのが見えた。

「僕の後ろに回り込む気かっ！」

そうはさせないとすぐさま反転し、白い線の先端へと一気に斬りかかる。

ガキィン！

鋭い金属音とともに、再び僕の剣と師匠の刀がぶつかり合う。

「本当に厄介じゃのう！　お主の力は！」

「姿をフッと消せるような師匠に言われたくありませんよ！」

加減などしていない、真っ向勝負のつばぜり合いの途中でも、お互い軽口を叩くことは忘れない。

これも師匠の教えあってのことだ。

心に余裕を、剣に柔らかさを。

ここ最近の稽古で教えてもらった言葉の一つ。

「剣というものはずっと力ばかり込めたところで上手く斬れるものではない。ある程度脱力しつつ、剣を振る一瞬だけに全身全霊を込めるもの。ゆえに心身にも緊張を強いず、どんな時でも冗談を言えるような心持ちでおるがよい」

なかなか深い言葉だ。

他にも色々とあるらしいのだが、全部一気に伝えたところで混乱するだろうということで、僕が立ち会いで勝ったり、稽古の様子を見てそういう言葉を一つずつ教えてくれるらしい。

どれもこれもためになるものばかりだし、この立ち会いに勝って新しい言葉を聞きたい……！

今だっ！

僕はわざと力を抜き、少し後ろに下がって師匠の身体をこちらへ引き込むように動く。

「むっ！」

師匠が前のめりになり姿勢が崩れた。

「取ったっ！」

勝ちを確信して剣を真っ直ぐ横に振る。

だが……。

「甘い！」

師匠がスッとしゃがんだ次の瞬間には、またもや姿がフッと消えていた。

「しまっ！」

その狙いに気づいたときにはすでに遅く、師匠は僕の目の前にしゃがみながら、刀の切っ先を僕の喉元に突きつけていた。

「参りました……」

負けを宣言し、剣を鞘《さや》に収める。

「詰めが甘いのう、ムミョウ」

軽く笑いながら刀を鞘に収める師匠。

「良いとこまでいったと思ったんだけどなあ……」

わざと力を抜いてこちらに引き込み、相手の姿勢を崩す作戦。

上手い方法だと思ったんだけど……。

「ムミョウよ、つばぜり合いのところは面白い策じゃとは思ったが、あまり多用するではないぞ?」

「なぜです?」

「簡単じゃよ。前に進むのと、後ろに下がるのでは勢いが違いすぎる。さきほどのお主のように後ろに下がりながらでは上手く剣を振れずに致命傷を与えづらいじゃろう。だがワシの方は前のめりのまま、捨て身でかかるだけで相手を殺せる」

師匠が前の方に姿勢を低くしながら突きの体勢を取る。

「ではあの場合はどうすれば?」

「まずああいう場合は正面にではなく、斜めの方向へと逃がすのじゃ、体捌《さば》きにて右か左へ動きつつ、相手の勢いを動いた方向とは逆にという感じでな。そうすれば労せずして相手の横を正面にしながら斬れるじゃろうて」

「なるほど……勉強になります」

力や僕の目を使って優勢は取れても最後はやっぱりひっくり返される。

やはり経験の差は大きいなあ……。

師匠の偉大さを感じつつ、ただただ頭を下げるしかなかった。

「さて、ムミョウよ。昼飯まではまだ時間があることじゃし、もう一勝負といこうかの？」

「はい！　よろしくお願いします！」

次こそは勝つ！

そんな思いを胸に、僕はもう一度剣を構えた。

◆

そうやって日々修行に励《はげ》んで時も経ち、そろそろ木の葉も散り始める季節になった頃、いつもの稽古を終えた僕と師匠はトゥルクさんの家に戻って食事を頂き、その後は春以降の計画についてみんなで話し合うことにした。

「さて、そろそろ冬が来るころじゃなあ」

「そうですね、冬が過ぎればまた連合国へ行くんですよね……あのモンスターのことを思い出します」

ボルス……人の言葉を話すあの巨大なオークが頭に浮かんでくる。

勝てはしたものの、僕が今まで戦っていたオークとは桁違《けたちが》いの強さだった。

それにあいつは四天王と名乗っていたから、ああいうのがあと三匹はいるということになる。

「ティアナは……大丈夫かな？」

おそらく現地で戦っているであろう、幼馴染みの姿を思い起こす。

最後にティアナの話を聞いたのは、帰る途中で寄った街やフッケでのウワサ話。

向こうで大量のモンスターが一斉に現れたくさんの街や村が襲われたということ。

勇者一行がすぐさま救援に向かったということくらい。

「せめて安否が分かれば……」

このトゥルクさんの集落ではなかなか外の情報は入ってこない。

世界が今どうなっているのか分からない以上、春になってフッケに行ったら真っ先に連合国のことを聞く以外に、ティアナのことを知る術《すべ》はない。

「ムミョウよ、心配するな。お主の話であれば幼馴染みも力は相当あるようじゃし、あそこには勇者どもや連合国だけでなく、他の国からの援軍も相当数入っておる。そうむざむざとやられたりはせぬだろうよ」

僕の険《けわ》しい顔を見て、師匠が優しく語り掛ける。

「……そうですね……そう思います」

不安がないといえばウソになる。

――リューシュ！　助けて！　――


僕に助けを求めるティアナの声が聞こえたような気がして、思わず窓の外を見た。

「ゴホン」

微妙な沈黙が流れた後、師匠が咳《せき》払いをした。

「ムミョウ、考えてばかりでも仕方ない。とりあえず先のことを考えるぞ」

「……はい」

「まず、春の修行で何か気になることはあったか？」

「そうですね……」

ボルスのことはここに戻ってきたときに散々言い尽くした。

今は道中のことを話すべきだろう。

「問題というものはあまりありませんでしたが、やはりベイルさんのような人たちとまた出会う可能性もありますよね？　その人たちのために配れるようなお金や食料なんかは多めに持っていきたいところです」

「まぁのう、連合国に住む人間が全員無事に安全な場所へと逃げているわけもなかろう。あの時はトゥルクのくれたポーションのおかげで道中はどうにかなったわけだがそれだけに頼るわけにもいかん。不測の事態に備えておくべきじゃろうな」

「そうですね。フッケに寄った際、僕たちが作った毛皮のコートなども売って少しでも路銀《ろぎん》の足しにしましょうか」

「うむ、それがよいじゃろう」

僕と師匠がお互い頷いていると、トゥルクさんはフフンと鼻を鳴らした。

「トガヨ、ソンナオ前タチニ良イ知ラセガアル。今年ハフッケデ頼マレタ数ヨリモ多メニポーションヲ用意シタカラソレヲ売ッテ使ッテクレ」

トゥルクさんは胸を反らし、自信に満ちた顔を見せる。

「トゥルク……いいのか？」

「別ニ構ワンヨ。ダガ今回私ダケデハ手ガ足リナカッタカラナ、他ノ連中ニモ手伝ッテモラッタ。今度礼ヲ言ッテオイテクレ」

「ああ、分かった！　代わりに春の修行が終わったら、他のみんなにもお土産《みやげ》を持って帰ってくるとしようぞ」

お土産という言葉にトゥルクさんが反応し、嬉しそうに手を叩く。

「ソレハ良イ！　希望ヲ言エバ珍シイ食材ヤ調味料ナドガイイナ。トゥーラモ新シイ料理作リデ悩ンデイルミタイダシ、他ノ家ノ妻タチニトッテモ一番喜ブ土産物ダ」

「ほっほっほ、ちゃっかりしおって……そう言うならお主らが目を回すほど大量に買い込んでやるからのう？　トゥルク」

「ハッハッハ！」

「はっはっは！」

互いに見合って笑い出す師匠とトゥルクさん。

「来年にはまた、あの得体の知れないモンスターたち相手に修行へ行くってのに、なんだかお使いに行くみたいな感じですね……フフッ」

二人の会話からは全く緊張感を感じない軽さで、僕も思わず吹き出してしまう。

「はっはっは、言うたであろう？　そういう時だからこそ心に余裕を持つのじゃと」

歯を見せて笑う師匠に僕も頷く。

「そうですね」

師匠はもう一度ゴホンと咳払い。

「とまぁ話は逸《そ》れてしまったが、そういうことで金に関しては目処《めど》が立った。今後は狩りの時間をさらに増やして干し肉作りと服などの用意だな」

「獲物を多めに取っておけば、集落のみなさんにも配れますしね」

「うむ、ムミョウよ。春のためにも頑張るとするか！」

「はい！」

ということで今後の目標も決まり、僕と師匠はそれからというもの修行の合間にせっせと森に出かけ、ワイルドボアやブラックディアなどを狩る日々。

そうやって取ってきた獲物はトゥーテちゃんたち、子どものゴブリンとで仲良く解体作業に励む。

「出来タ！　ネエネエムミョウオ兄チャン！　上手ク出来タデショ？」

「うんうん、綺麗に皮を剥《は》いであるね。これならいい毛皮の服が作れそうだよ」

「ヤッター！」

僕の褒め言葉にくるくる躍《おど》り上がって喜ぶトゥーテちゃん。

僕のほうも淀《よど》みなく手を動かしてせっせと解体作業を進めていく。

こうやって数をこなしてきたおかげで干し肉作りや革のなめしはすでに職人に負けないくらい上達したんじゃないかと密かに自慢できるほどにまでなった。

それに、最初の頃は苦労した裁縫《さいほう》なんかも今じゃお手の物。

分厚い毛皮にトゥーラさんお手製の太い針を通して縫い合わせていく。

「ムミョウ君、女性ダッタライイオ嫁サンニナッタカモネ」

トゥーテちゃんと一緒に剥いだブラックディアの毛皮を縫っている最中、トゥーラさんからそうやって茶化されたりしてちょっぴり恥ずかしがったり……。

◆

そんなこんなで月日は経ち、集落に雪が降り、厳しい寒さを超え、緑が溢れる頃となり、準備を終えた僕と師匠はいよいよ二度目の修行の旅へ出ることとなった。

「イヨイヨダナ……」

「ああ、トゥルク行ってくるぞ」

「それでは行ってきます。みなさん」

「無事ニ帰ッテキテクレヨ！」

「オ土産待ッテルカラナ！」

「マタオ話聞カセテネ！」

トゥルクさんたちゴブリンの声援を再び背中に背負い、門をくぐる。

「さて、それじゃあまず向かうはフッケですね！」

「うむ、そうじゃな」

最初の目的地を目指し、僕と師匠は足取り軽やかに森の中をぐんぐんと進んでいく。

そうして順調に旅を続けていたある日、暗くなった森の中で野宿の準備をしていた時に、食事を用意していた師匠が突然僕に声を掛けてきた。

「のう、ムミョウ。ちょっとよいか？」

「はっはい、なんですか？　師匠」

何事かと思い、僕は一旦手を止め、師匠に向かい合うように地面に座った。

「いやのう、お主の力についてなんじゃが……」

「はい……」

師匠のいつになく真剣な顔に、何を言われるのかと思い、固唾《かたず》をのんで見守る僕。

「そろそろ名前を決めようか」

「……はい？」

一転、ひょうきんな顔になる師匠。

あまりの落差に僕は思わずずっこけてしまいそうになった。

「いやぁ、名前がないとちょっと変だと思ってのう……ワシの『絶』みたいにかっこいい名前とかつけたらいいんじゃないかと考えたんじゃよ！　ワシが考えた候補ならもうあるぞ？」

「……一応聞いてみましょう」

なんだか嫌な予感を感じる……。

師匠、集落のゴブリンさんたちに産まれた子どもの名付けを頼まれた際、「風切丸」とか「次郎太郎」とかよく分からない名前を考えていたからなあ……。

「ふっふっふ……命名『銀の目』！　どうじゃ！」

師匠渾身《こんしん》の自慢顔とともに発表された名前。

「へえ……」

よかった……割とまともな名付けだ。

「凝ったものよりは単純な方が良いかと思ってな。あの力を使うときはお主の目が銀色に光るしのう」

「銀の目……銀の目かあ……なんかいいですね」

まんざらでも無かった僕は、繰り返し何度もつぶやく。

「ちなみに他に候補もあったんじゃが聞いてみるか？」

「え……まぁ一応お願いします」

なんかものすごく聞くのが怖い……。

「ふふふ、『気配絶対感応眼』とか！　『死を視る眼』とか！　『我欺《あざむ》くこと敵わず』とか！　他にも……」

「すみません、もういいです」

やっぱりというか案の定というか……。

師匠の残念な名付けにがっくりと肩を落とし、話を聞くのを止めてくるりと背中を向け、野営の準備に戻ることにした。

聞いた僕がバカだった……。

そんな候補の中から一番無難なやつが出てきて本当に助かったよ……。

「なんじゃい！　せっかくワシが色々考えてやったんじゃぞ？　他にもまだまだあるんじゃからな！」

「銀の目で勘弁してください……」

やっぱり師匠に剣の才能はあっても、名付けの才能はないな……。

後ろでわめく師匠を適当になだめつつ、今後は絶対に師匠へ名づけはさせないようにしようと誓う僕であった。

◆

それからさらに二週間ほど歩いてようやくフッケに到着。

以前と同じように城門での検問《けんもん》を終え、無事中に入ることの出来た僕は、真っ先にギルドへと向かう。

「まぁ去年のようにギルドで足止めを食らうようなことはないかと思うし、できるだけ早めに換金してベイルさんたちの所へ行くとしようかの」

「はい」

勢いよく扉を開け、周囲を見渡す。

「やっぱりここはいつ来てもすごいなあ」

中は相変わらず大勢の冒険者に溢れ、賑やかな様子。

受付もどこも長蛇《ちょうだ》の列だ。

「むう……また列に並ばなければならぬかのう？」

「そうですね……少し様子を見て、動きの速そうな所に並ぶとしましょうか」

「そうじゃのう……」

僕と師匠は受付を見て、どの列に並ぼうか話し合っていると、突然横から女性の声で話し掛けられた。

「あの……トガ様とムミョウ様でいらっしゃいますか？」

「はい、そうですが？」

声のする方へ振り向けば、以前受付をしてくれた赤毛で長い髪の女性係員さんが立っていた。

「ああ、よかった！　私どももそろそろここにいらっしゃる時期かと思っておりました。すぐにギルドマスターへ面会してもらうよう手続きをいたしますのでしばらくお待ちください！」

そう言うなり慌てて受付裏のギルドマスターの部屋へと走っていく係員さん。

あの人、毎回あんな風に慌ただしいのかなあ……。

「なんにせよよかったよかった……今回は早く終わりそうじゃのう」

「宿探しも早めに済みそうです」

トントン拍子にことが進んで何よりだ。

それからしばらくの間、隅のベンチで座って待っていると、赤毛の受付さんに案内されて部屋へと通された僕と師匠。

「失礼するぞ」

師匠の声とともに中に入ると、中央にある机とソファーの前にギルドマスターのジョージさんが立っていた。

「お久しぶりです、トガさん、ムミョウさん」

僕たちの姿を見たジョージさんがにこやかな笑顔で挨拶《あいさつ》を返す。

相変わらず大きな身体のわりに丁寧な物腰《ものごし》のジョージさん。

僕と師匠は軽く会釈《えしゃく》をした後、向かいのソファーへと座る。

「ちゃんとポーションは持ってきたぞ、ほれ」

話もそこそこにさっそく師匠に促され、僕はカバンの中から布袋を取り出して机の上に置く。

「それでは確認させていただきます」

ジョージさんはそう言うと袋からポーションの瓶を取り出し、色々な角度から眺めた後、フタを開けて匂いを嗅ぐ。

「ふむ……外見や匂いは間違いない……と」

次に小さなナイフを取り出すと、人差し指の腹を少し切る。

そしてうっすらと血が滲《にじ》んだところに小さじのスプーンですくったポーションを塗り、出血がちゃんと止まるか、傷口が塞《ふさ》がるかなどの効果を実際に確かめていた。

「はい、間違いなくゴブリン族の特製ポーションですね」

「やけに念入りじゃのう？」

一連の作業を見て、師匠が苦笑いを浮かべる
「ふふふ、ギルドマスターたるもの適当な仕事は出来ません。まぁ、あなた方でしたらまず偽物を持ってくるようなことはしないでしょうが」

「そう言ってくれるとは嬉しい。じゃが今日を含めて二回しか会っていないワシらをえらく買ってるのう」

ジョージさんをじっと見据える師匠。

だがそれに動じることなく、ジョージさんはニコリと微笑み返した。

「ええ、あなた方は相当腕に自信がおありのようですし、私たちギルドとしても今後長いお付き合いをしたいところですので」

「ほう……？」

何かを感じ取った師匠がソファーから身を乗り出す。

「去年、早朝に宿屋の前で稽古をされていたというあなた方がちょっとした話題に上《のぼ》りましてね。その光景を見た街の人が、美しかった、格好よかった、すごかった、などと口々に言っていたらし

く。それを聞きつけた貴族の方などから、その二人は冒険者か？　いったい名前はなんていうんだ、どこに居るんだ？　なんて問い合わせが何度も来たのですよ」

「待て、なぜ貴族がワシらを探す？」

師匠が手を前に出してジョージさんの話を遮《さえぎ》ろうとする。

僕もそれを聞いて不思議に思った。

あの稽古くらいでわざわざ自分たちのことを聞いてくるなんて変な話だよなあ。

「現在、連合国で魔王が復活する前兆があり、大量のモンスターが暴れているのはご存じですか？」

「ああ、それは知っておる」

僕と師匠は同時に頷いた。

ジョージさんには言えないけれど、まさにそこへ行くのが今回の旅の目的だしね。

「そういう事情でこの国の上層部は連合国へ向けて大量の援軍を送っております。また、ギルドの冒険者に対しても依頼という形で支援要請を出しているほど。あちらにしてみれば強い冒険者というものは喉から手が出るほど欲しい存在なのですよ」

本当に……それだけ……？

まだ他にも理由がありそうな気がして、僕は首をかしげた。

「それと……」

ジョージさんが突然口に人指し指を当てて小声になる。

「話は変わりますが……去年、フッケからほど近い森の中でモンスターなどに食い荒らされた冒険者たちの死体が十数体も見つかるという事件がありましてね……」

ジョージさんの言葉を聞いて、思わず全身に緊張が走る。

おそらく……というより確実に去年、ポーションとそれを売ったお金を狙い、フッケを出た僕たちを襲ってきた奴らのことだろう。

死体はちゃんと隠したわけではなく道の外れに投げ込んだだけだから、もしかして見つかるかもとは思っていた。

でも、あの時の様子を見ていた人は他にいなかったはずだし、僕たちがやったことは分からないはずなのに……。

「……それがどうした？」

少なからず動揺してしまった僕とは対称的に、師匠は眉一つ動かさず、冷静な態度を崩さない。

「いえ……実はその冒険者たち、以前から度々発生していた行方不明事件の容疑者と思われていたのですが、確たる証拠もなく野放し状態でした。というのも彼らはなまじ実力だけはあり、全員が金級冒険者なため、こちらも処分をしづらかったものでして」

「ふむ……」

「ですがそんな彼らが全員死んだ……いや、殺されたのでしょう。おそらく——モンスターにではなく人に——」

ジョージさんが視線鋭くこちらを見ながら断言してきた。

「なぜそう言い切れるんじゃ？」

師匠が険しい目線で問いかける。

「死体はかなりの部分が食い荒らされていましたが、残された部分を確認したところ鋭利な刃物で斬られた跡がありました」

「モンスターの爪や牙の類《たぐ》いではないのかね？」

「いいえ、それは違います。肉だけでなく骨ごと真っ直ぐに斬るなんてことはモンスターに出来る芸当ではありません。むしろそう……あなたの持っているような武器でなら出来ることでしょうね」

ジョージさんが師匠の刀を指さす。

「ほほう……」

「私は知っていますよ？　トガさんの持っておられる剣が、東の大陸に伝わる刀というものであることを。すさまじい切れ味で、鉄の鎧すら切り裂くほどであるらしいですね」

ギルドマスターってそんなことまで知っているのか。

驚く僕を尻目にジョージさんは言葉を続ける。

「それだけでワシらを疑っておるというのかね？」

「いえ、他にも色々と証拠があるんですよ」

「……ほう？」

「まず死体が発見される少し前、あなた方がフッケの北門を出発したのが通過記録に残っていましたし、死んだ冒険者たちもあなた方の後を追うよう北門を通過していたことが判明しています。そして、発見された場所は北門近くの森の中……これは果たして偶然でしょうか？」

「お前たちはワシらを犯人と決めつけ、衛兵に突き出すつもりなのか？」

師匠がにらみ付けるような視線を返すと、ジョージさんは勢いよく首を振った。

「いえいえ、そんなことはいたしません。今さら犯人捜しをしたところで無駄な労力をかけるだけ。誰がやったにせよ、彼らがいなくなった以降、行方不明事件は一件も発生しなくなりましたのでおおっぴらには口に出来ませんが、彼らを始末してくれた人にお礼を言いたいとすら思っています」

「ではなぜその話をワシらにする？」

「言ったでしょう？　あなた方のような強い方々とは今後もお付き合いをしたいと。貴族の方々もぜひあなたにお会いしたいとおっしゃっていましたし、私どもとしては一度でも良いので会っていただけるとこちらの顔も立つのです」

ジョージさんとしては冒険者を殺したのが僕たちだと当たりをつけているのだろう。

そしておそらく、貴族たちにもその話が耳に入っていて、金級の冒険者十数名を倒す実力のある僕たちに魔王討伐への協力を求めてきているということだろうか？

「……ワシらはこれから修行の旅に出るんじゃぞ？　それなのにわざわざ貴族どもに雇われて足を引っ張られるのはごめんじゃ」

師匠は冷ややかに断った。

「そこをなんとか……貴族の方々からはまだかまだかとせっつかれております。会うのは一度だけで構いませんし、ギルドとしてもあなた方には今後最大限の便宜《べんぎ》を図りたいと思っておりますので」

にこやかな笑みを崩さないジョージさんを見やりながら、師匠は一つため息をつくとポーションの入った袋を手に持って立ち上がる。

僕も慌ててそれに続いた。

そして師匠はソファーに座り続けるジョージさんを見下ろしながら整然と告げる。

「すまんが、ワシらはそれに応えられんよ」

「なぜですか？」

ジョージさんの顔から笑みが消えた。

「言ったであろう？　こちらはまだまだ修行の身。だからこそ旅に出て鍛えようとしているのに。わざわざ貴族どもに付き合って無駄な時間を使う気など無い。ギルドにもワシらはただ金策でポーションを売りに来ただけのことで、深く関わろうなどとこれっぽっちも思っとりゃせん」

「えっ……!?」

明らかにさっきまでの余裕が消え始め、焦り出すジョージさん。

こんなはずではなかったと言わんばかりにポケットからハンカチを取り出してしきりに汗を拭いている。

「でっですが！　上の身分との繋がりや私たちギルドの支援はあなたがたの旅においても決して無駄にはなりませんし、きっと……」

ジョージさんの話が終わらぬうちに師匠はくるりと向きを変え、ドアの取っ手に手を掛ける。

そして大きくため息をつく。

「はぁ……お互いこれ以上の話は無駄じゃな。今後ギルドにポーションを持ってくるのは無しということで頼む」

師匠はこのままここに居ても同じ話をされ続けるだけだと判断したのだろう。

僕に外へ出るようアゴで促すと、ガチャリと扉を開けた。

「そっそんな！」

後ろから激しい物音と、ジョージさんの悲痛な叫びが聞こえてくるが、僕と師匠は振り返ることなく部屋の外へと出た。

「まっ待ってください！」

ジョージさんが僕たちを引き留めようと無理やり前に立ち塞がる。

少々可哀想な気もするが……僕は師匠の判断に従うだけだ。

「しつこいのう。もう話をするつもりはないぞ」

師匠は顔をゆがめ、ジョージさんの脇をすり抜けようとする。

「分かりました！　貴族との話はこちらでなんとか致します！　ですのでどうか！　どうかお待ちください！」

ジョージさんは大きな身体を限界まで曲げて頭を下げ続けた。

「はぁ……」

その様子を見て師匠はため息をつき、渋々と言った表情で僕を促しつつ部屋の中へと戻っていった。

「仕方ないのう……じゃが、二度目は無いと思っとくれよ」

「はい……申し訳ありませんでした」

ハンカチで汗を拭き続けるジョージさん。

さっきまでの穏やかな物腰から感じられないほどの狼狽《ろうばい》ぶりに驚かざるを得ない。

よっぽど貴族からせっつかれていたのかなあと、ギルドマスターの大変さを少しばかり感じた。

「まぁ、去年ワシらのために色々骨を折ってくれたのはこちらとしても礼を言わねばならん。その代わりといってはなんじゃが、ワシらはギルドに登録をしておらんし、今回から冒険者として活動していくという辺りでどうじゃ？」

厳しいことを言っていた師匠だけど、決して恩知らずではない。

ベイルさんたち難民の身柄を引き受けてくれたし、冒険者たちを殺したことを不問にしてくれるというのなら、貴族に手を貸す気は無いが、ギルドになら多少は力を貸してやるということを暗にほのめかす。

「ほっ本当ですか⁉」

ジョージさんの顔がパアっと明るくなる。

「それはぜひ！　すぐに登録の用紙をご用意しますのでお待ちを！　それと等級ですが、特例で金級から……」

等級の話が出た途端、師匠がゆっくりと首を振る。

「ああ、ワシらにそういう特別扱いは無用。一番下からで構わぬ」

「そんな……あなた方の強さで銅級は合わないかと思いますが」

ジョージさんは驚きのあまり口が開いたままになっている。

「はっはっは、今後冒険者としてもやっていくなら、地道に等級を上げていくのもいい修行になるからのう。それにこのムミョウに、いきなり金級扱いという慢心《まんしん》の元は与えたくないのでな」

「僕からもお願いします。何ごとも地道に一歩ずつと師匠から教わってますし」

一瞬、金級になれると思ってしまったけれど、師匠の言うとおり特別扱いはいけないことだ。

そういう安易な考えは改めておかないとね。

「分かりました……ではすぐに用意いたします。ジョナ、登録用紙をすぐに頼む」

「はい、分かりました」

ジョージさんに言われ、さきほどからずっと側で立っていた受付の女性が部屋の外へと出ていく。

「あの人、ジョナさんって言うのか……」

そういや去年は名前すら聞いてなかったなあと思っていると、ジョナさんが二枚の用紙を持ってすぐに戻ってきた。

「ではこちらに記入をお願いします」

受け取った用紙を見れば、僕が昔フォスターでティアナと一緒に書いた物と全く一緒の形と内容。

「懐かしいなあ……」

フォスターで登録したての時のことが思い出されてきて、色々なことが頭の中に浮かんでくる。

「おい、ムミョウ。ワシのも一緒に頼む」

少しの間、感慨深く用紙を見ていた僕に対し、代わりに書いてくれと紙を投げつけてくる師匠。

「はいはい」

相変わらずこういうことは面倒くさがるんだからなあ……。

師匠に聞こえないよう小声でぶつぶつ文句を言いながらそれぞれの紙にまずは二人の名前を書く。けれど、その後の他の記入欄を見てペンが止まってしまった。

「あっ、どこに住んでるかとか住居以外の連絡先とかどうしよう……」

僕たちはフッケには住んでないし、ここで連絡のできる知人というとベイルさんたちになるかもだけど、別れて以降まだ話もしてないのに勝手に決めてしまうと迷惑になるだろう。

「すみません、書けない項目は空白のままでもいいですか？」

今の僕と師匠には、名前や年齢、性別以外で書ける項目がない。

「構いませんよ。書けるところだけで結構です」

ジョージさんから承諾を得たところで、僕は残りの項目で書けるところを埋めてから、ジョナさんに用紙二枚を返す。

「間違いなく受け取りました。では登録してまいります」

紙を受け取ったジョナさんは部屋を出ていき、それを見送ったジョージさんは僕たちの方へと向き直って深々と頭を下げた。

「ありがとうございます……銅級の証である認識票はすぐにお渡ししますので少しお待ちください」

「うむ、分かった」

「それではトガさん、ムミョウさん。今後とも末長いお付き合いをお願いいたします」

「それはよいが重ねて言っておくぞ？　ワシらは貴族どもにこき使われるようなつもりはないと」

「はい……重々承知しております」

師匠の念押しにペコペコと何度も頭を下げるジョージさん。

けれど、そのすぐ後には顔を上げキリッと居住まいを正した。

「それでは引き続きポーションの買い取りも行います。去年は一本金貨二十枚でしたが、さきほどご迷惑をおかけしたということで五枚を加算して金貨二十五枚で買い取らせていただきたいのですが……」

金貨を五枚も追加してくれるのか……ギルドってやっぱりお金持ちなんだなあ。

「ふむ、では今回は多めにもらってきたので、十本でどうじゃ？」

師匠が僕の置いた袋からポーションを追加で九本取り出して机に並べていく。

それを見たジョージさんの目が爛々《らんらん》と輝いた。

「それはありがたい！　では十本買い取りということで金貨二百五十枚をご用意させていただきます」

「うむ、よろしく頼む」

戻ってきていたジョナさんが、ジョージさんに耳打ちされ、再び部屋の外に出る。

そしてまたしばらく待っていると、ずっしりと中身の詰まった袋と以前フォスターで持っていたのと同じ形の認識票を持ってきた。

「それではこれを……」

師匠が袋を受け取り、口を開く。

僕も中を見ようと横からのぞき込むと、そこには金色に輝く金貨がぎっしりと詰まっていた。

「うむ、確かに受け取った」

無事にポーションの取引も商談成立。

ジョージさんと師匠はガッチリと握手を交わす。

「そうじゃ、さっきから聞いておきたかったのじゃが、去年難民として連れてきたベイルたちは今どこに居るんじゃ？」

師匠が思い出したようにジョージさんにたずねた。

「ああ、あの方々でしたら、あなたから頂いたという金貨を使って、フッケの郊外に立派な集落を作っていたかと思います。確か西門近くの街道沿いだったはずです」

それを聞いた僕はほっと胸をなで下ろす。

よかった……元気にやっているみたいだな……。

最後に別れた時の皆の顔が思い出されてくる。

ベイルさんやレイ、ミュールやアイラさん……。早く会いたくなって身体がうずうずしてきてしまう。

「師匠、すぐに行きましょう！」

待ちきれない僕は立ち上がり、師匠の腕を勢いよく掴んだ。

「待て待て、そんなに急がなくても彼らは逃げはせぬだろうに」

「だって一年ぶりなんですよ？　きっとみんなも待ってくれているはずです！」

ああ……みんなの元気な姿を早く見たいなあ！

「分かった分かった！　ではジョージとやら、ワシらはそちらへ向かうから、もし貴族連中が来ても、すでに二人は旅立ったと伝えるようにな」

「はっはい……」

念を押すように師匠がジョージさんにそう言い含め、僕と師匠は急いで外へ出て西門へと向かった。

まだ太陽は高く上っており、フッケから近いのなら夕方までには間に合うかもしれない。

「みんな……会うのが楽しみだなあ」

城門での検問を終え、街道を歩く僕と師匠。

自然と歩みも軽やかに、そして足早になっていった。

「おっ！　あれかのう？」

それから街道をしばらく歩いていると、突然師匠が声を上げる。

そして指さす方を見れば、街道に沿った森が綺麗に切り開かれ、僕たちの背よりも高いしっかりした木の壁で囲まれた集落が見えてきた。

更に近づいていくと煮炊きの煙が見え、人の声なども聞こえてくる。

「きっとそうですよ！」

僕は走り出し、入り口と思われる頑丈そうな鉄の金具で補強された門の前まで近づくと、不意に上から声を掛けられた。

「あっ！　もしかしてトガさんとムミョウさんですか⁉」

上を見上げれば、男の人が一人弓を持って立っており、その人が去年ボルスから助けた中の一人だということがすぐに分かった。

「待っててください！　今門を開けますから！」

その人はそう言うとすぐに門の上から見えなくなり、同時に門の後ろで何かをどかすような大きな音がし始める。

音が止むと重々しく門が開かれていき、僕と師匠は中へと案内された。

「おおい！　みんな！　トガさんとムミョウさんが来てくれたぞお！」

門のところにいた人が大声で叫ぶと、一斉に周りにいた人たちが集まってくる。

「おお！　お久しぶりですトガさん、ムミョウさん！」

「あなた方に改めてお礼を言いたいと思ってました！」

「この人がみんなの言っていたトガさんとムミョウさんか……」

どうやら仕事の途中だったようで、汗や土にまみれた格好だったけれど、みんな元気そうな顔をしていてひと安心だ。

「あれ……？」

ところが、全員見知った人ばかりと思いきやそうではなく、覚えのない人もちらほらおり、見た限り人の数も以前と比べて増えているように感じる。

「すみません、僕たちと別れた時にこんなに人いましたっけ？」

門のところにいた男の人に尋ねてみる。

「ああ、トガさんたちはご存じなかったですよね。実はあなた方が帰られた後、この集落を建てるにあたって移住者を募集したのです。頂いたお金もしっかり使わせてもらったおかげでかなりの人が来てくれました」

なるほど……周囲をよく見渡せば、連合国で見た集落のよりも立派な家屋《かおく》が建ち並び、綺麗に舗《ほ》装《そう》された道や真新しい井戸など、人手が多く入っていることがうかがえる。

「トガさーん！　ムミョウさーん！」

僕と師匠が寄ってきたみなさんと挨拶や近況について話し合っていると、遠くから僕たちの名前を呼びながら走ってくる人がさらに数人。

よく見ればベイルさんやレイ、ミュール、そしてアイラさんたちだった。

「はぁ……はぁ……よくおいでくださいました。まだ何もないところですがどうぞごゆっくりしていってください」

息を切らせながらのベイルさんの言葉に、師匠が笑い始める。

「はっはっは、一年でここまで見事な集落を作り上げておいて何を言うか。謙遜《けんそん》も過ぎれば自慢じゃぞ？」

「ははは……すみません」

ベイルさんが頭をかいていると、後ろからレイとミュールがひょっこり顔を出してきた。

「トガおじいちゃん！　ムミョウお兄ちゃんいらっしゃい！」

「また連合国に修行に行くの？」

目を輝かせる二人に僕は頷く。

「そうだよ、だからその前に皆に挨拶しておこうと思ってここに来たんだ」

「すっげえ！　あのでっかいモンスターとかとまた戦いに行くんだ⁉　まぁ二人だったらまたあの時みたいにズバッとやっつけちゃうんだろうけど」

「トガさんとムミョウお兄ちゃんだもんね、軽く捻《ひね》ってちぎってちょちょいのちょいよ！」

無邪気な二人の称賛に胸がこそばゆい。

「それで、お二人はこの後どうされるおつもりですか？」

二人が話し終えたのを見届けてから、ベイルさんが僕たちの予定を尋ねてくる。

「みなさんにお会いできて話もできましたし、今日はもうフッケに戻って明日の朝には連合国へ向けて出発しようかと思います」

みなさんには悪いけど、あんまり長居するわけにもいかないしなあ。

「そんな！　今日はぜひここにお泊まりください！　去年はロクにお礼も出来ませんでしたので、みんなで腕によりをかけておもてなしさせていただきたいと思います」

「そうそう！」

「どうぞお二人とも、ここでゆっくりしていってください！」

熱心なベイルさんのお誘いに、周囲の人たちも頷いて同調の声を上げる。

「うーん……」

そう言ってくれるのは嬉しいけれど、少しでも早く向こうに着いておきたいしなあ。

「あの時、お二人に助けていただけなければ私たちがここで新たな生活を始めることも出来ませんでした。それに対するお返しができなければ我々の立つ瀬がありません！　どうか恩返しをさせてください」

ベイルさんはグイグイと迫ってくる。

何が何でも僕たちに泊まっていってもらうつもりのようだ。

「どうしましょう、師匠……って二人とも何してるの⁉」

悩む僕が横を向くと、そこにはレイとミュールに左右から抱きつかれ、固まっている師匠の姿。

「トガさん！　泊まってってってよー！」

「一生のお願い！」

「ぐぬぬ……」

二人からの可愛らしい上目遣い攻撃を受け、師匠の顔はほころんで完全に崩れきっている。

まるで孫に頼み事をされているおじいちゃんのようだ。

その後ろではアイラさんがニッコリと笑いながら、僕にウインクをしてくる。

むむむ、僕よりも師匠の方が攻略しやすいとみて、レイとミュールで籠絡《ろうらく》しに来たか……。

侮《あなど》れないな、アイラさん。

「のう、ムミョウ……まぁ一晩くらいなら構わんよのう？」

あっ、これは完全に堕ちましたね、師匠。

もう……しょうがないんだから。

「分かりました……それではベイルさん、お願いしてもよろしいでしょうか？」

僕としても、本音を言えば二、三日くらいはここで過ごしてみたいって思ってはいたからね。

僕が頷くと周りから歓声がドッと上がる。

「よし！　それじゃあみんな、今から急いで宴《うたげ》の準備だ！」

「うおぉぉぉぉ！」

「やるぞぉ！」

ベイルさんの一声で一斉にみんなが散っていく。そうして準備が始まる光景を、僕と師匠はいつの間にか用意された椅子とテーブルに座って見ることになってしまっていた。

一応、申し訳ない気持ちもあって手伝いを申し出てみたけれど。

「命の恩人に手伝いなどさせられません！」

「そちらで座ってゆっくり待っていてください！」

などと言われてしまうと、大人しく座っているしかない。

「本当に……よかったんでしょうか？」

横で座っている師匠に聞いてみる。

「いいんじゃよ。彼らがせっかく申し出てくれているんじゃ、受けるのが筋じゃろうし、こうやってたまには休むことも修行の一環じゃ」

なんて格好いいことを師匠は言っているが……。両腕はレイとミュールによってしっかりと抱きかかえられており、顔の方もさっきと変わらず崩れっぱなし。

いつもの威厳《いげん》はどこへやらである。

「トガさん、ムミョウさん。今日はゆっくりしていってくださいね」

そして僕の隣の席には応対を頼まれたアイラさんが座っており、にこやかな笑みを浮かべていた。

「すみません。わざわざ僕たちのためにこんなことをしていただいて……」

アイラさんの笑顔に、僕はぎこちない笑い顔で返す。

周りの人たちが準備でせわしく動き回っている中、自分だけジッと椅子に座り続けるというのもなかなかに辛い。

「いえいえ、ベイルさんが言ってくれたとおり、あなた方のおかげで私たちはここにいます。お気になさらず今日はゆっくり過ごしてくださいね」

そう言いながら、アイラさんは自分の前に置かれた木のコップに水を注《そそ》いでくれた。

こうやって自分が主役の宴なんて、十歳の誕生日以来だからなあ……。

嬉しさやら気恥ずかしさでなんだかソワソワして落ち着かない。

「ねえねえ、トガおじいちゃん！　前に言ったこと覚えてる？」

「うん？　ワシが何か言ったかのう？　レイ」

レイは師匠の腕を何度も引っ張り、またもあの上目遣い攻撃を再開していた。

「もう！　言ってくれたじゃないか！　今度会ったら剣を教えてくれるって！」

「ああ……そういえば言ってたかのう？　ワシ」

「言ってた言ってた！　ほら、まだ時間あるから今のうちに教えてよ！」

「あっ私も興味あるから一度やってみたい！」

レイがグリグリと頭を師匠にこすりつけながらお願いするのを見て、ミュールもすかさず腕に抱きつく強さを上げている。

「やれやれ……」

満面の笑みを浮かべた師匠が立ち上がると、二人に手を離すよう促した。

「ほれ、ムミョウ。お主もいっしょにやるぞい」

「はいはい、師匠」

僕も立ち上がって置いてあった荷物から木刀と木剣を取り出すとともに、集落の中にある木材置き場の中からレイとミュールが持てそうな手頃な木の枝を拝借してきた。

「では二人とも、まずはワシとムミョウの構えを見ておくんじゃぞ」

二人に枝を渡した後、さっきの席から少し離れた広場で僕と師匠は向かい合ってそれぞれの得物を構え合う。

「フゥ――……」

いつものように正眼《せいがん》に構え、微動だにせずしっかりと師匠の目を見つめる。

師匠の方もさきほどまでのだらけた顔は消え、いつものキリッとした表情に戻っていた。

「……格好いい！」

「上手くは言えないけれど……すごいってのは分かるわ」

レイとミュールは口を開けたまま、こちらをジッと見つめている。

「では、ムミョウ。軽くやるとするか」

「はい」

そうして僕と師匠は、朝の稽古の時にやっているような素振りを始める。

「フッ――！　フッ――！」

師匠の動きに合わせるように、声を出すことなく一定間隔で呼吸をしながら腕を振り続ける。

その間、僕たちだけでなく見ていた二人やアイラさんも、真剣な表情でこちらの動きをジッと見続けていた。

「フゥ――……」

そうしてしばらく無心で木剣を振り続け、身体が熱さを感じて額に汗が滲み始めた頃、師匠が大きく息を吐いて木刀を下ろす。

「こんなもんかのう」

「そうですね」

僕もそれに合わせて素振りを止めた。

「よーし、ではレイとミュールもまずは振ってみようか。とりあえず動きはワシらの真似をしてみるとよい」

「はい！」

「はーい！」

二人は元気の良い返事とともに、僕の右隣に並んで大きく木の枝を振り始める。

けれどそれを見ていた僕はその動きに笑ってしまいそうになった。

あらら、そんなに勢いよく振ったらすぐに疲れちゃうのに……。

二人の動きは明らかに無駄が多く、身体の軸もブレていて素人の振り方と一見して分かる。

「うーん……ここは」

経験者として注意してあげようとしたところ、不意に後ろから肩を叩かれた。

「しっー……まずは好きにやらせておけばよい」

振り向くと、師匠が口に人差し指を当て、いたずらっ子みたいな笑顔でウインクしていた。

ああ、なるほど……昔の僕みたいにか。

最初から懇切《こんせつ》丁寧に教えるのではなく、失敗してもいいからまずは自分でさせてみるってことだろう。

こういうところはさすが師匠らしい。

「はいはい、分かりましたよ」

僕は声を掛けるのを止め、そのまま二人の素振りを見続けることに。

しばらくすると案の定、二人はあっという間にバテだし、腕の振りも遅く雑になっていく。

「はぁ……はぁ……見てるときは、簡単そうだったのに……」

「素振りって……こんなに疲れるものだったの……？」

息も絶え絶えな二人。

まず先にミュールが手から枝を落として座り込み、その少し後にレイも枝を取り落として地面に大の字になって寝転んでしまった。

「もう……だめ……」

「疲れたぁ――――！」

二人のバテバテな様子を見て、師匠はにこやかな笑顔を見せた。

「どうじゃ？　きつかったじゃろう？」

二人の前にしゃがみ込む師匠。

「うん……トガおじいちゃん、ムミョウお兄ちゃんってあんなの毎日やってるんだ……」

「そうじゃぞ、しかも毎日四千回は振っておるぞ？　二人が持った枝よりも重い剣と刀でのう」

師匠はひげを撫でながら、自慢そうな表情を見せる。

「うへぇ……そんなに……」

「私たちじゃ無理かも……」

二人がガックリとうなだれる。

「そんなことはない、このムミョウだけでなく、ワシとて最初の頃は千回どころか百回ほどしただけで腕が動かせなくなるほどじゃったんじゃぞ？　剣というものはちょっと稽古をすればすぐ強くなると言うものでもない。毎日少しずつ、地道に鍛えていくことが重要なんじゃよ」

師匠は厳しいけれど、つまずいた事があったなら、必ず救いの手を差し伸べてくれる。

疲れ切った二人に対し、師匠は優しく諭すような言葉をかけ、やる気を無くさないよう気配りを忘れない。

「じゃっ、じゃあ僕も毎日素振りを続けていけばトガおじいちゃんとムミョウお兄ちゃんみたいになれる？」

「ああ、なれるとも」

師匠が頷くのを見て、レイは目を輝かせてヨロヨロと立ち上がった。

「ようし！　これから毎日早起きして素振りをするぞ！　いつか二人みたいに強くなるんだ！」

気合いを入れ直し、もう一度素振りを始めるレイ。

「私は無理……頑張ってねレイ」

ミュールはアイラさんから受け取ったお水を飲み干しつつ、頑張るレイに手を振っていた。

「さて、ムミョウ。せっかくいい感じに身体が温まったところだし、もうちょいやってみんか？」

「いいですね、あと千回ほど？」

「いやいや、二千回はやろうかのう」

お互いニヤリと笑いつつ、再び素振りを始める僕と師匠。

そうして三人で並んで素振りを続け、ある程度時間が経った頃、集落の人が宴の準備が整ったと知らせに来てくれた。

「では行こうか」

「はい！」

集落の中央にある広場には大きい机が円を描くように並べられ、その上には所狭しと料理やお酒などが置かれている。

僕たちはその中でも一番大きい机に案内された。

「では、我々の恩人であるトガさんとムミョウさんへの感謝と、修行の成功を祈って……乾杯！」

「「「乾杯！」」」

ベイルさんの音頭《おんど》とともに、全員でコップを掲げ、いよいよ宴が始まる。

「トガさん！　ムミョウさん！　どうぞどうぞ！」

「遠慮せずにどんどん召し上がってください！」

同時に、あっという間に僕と師匠の周りには人だかりができ、みんなからあれこれお酒や食べ物を薦《すす》められていく。

「すみません……明日もありますから……」

僕は食事はありがたくいただいているものの、お酒に関しては余り飲まないよう控えめにして、代わりにお水などをもらうようにしていた。

ちなみにお酒はフッケにいた時に冒険者の仲間から飲まされていたこともあり、苦手なわけではない。

ただ、飲んだ後の頭痛で朝起きるのが辛いので、明日のためにもあまり飲まないようにしておきたいのだ。

「ひょっひょっひょ、ムミョウ。遠慮せずにどんどん飲め飲め！」

「師匠、明日出発するんでしょう？　そんなに飲み過ぎたらまずいですよ」

対する師匠はというと、トゥルクさんの集落でもよくお酒は飲んでいてかなり好きな方。

ここでもコップに酒が注がれるたび一気にあおり続けている。

おかげで顔も真っ赤ですっかり出来上がった状態。

普段はあまり聞かない高笑いを隣で出しつつ、ベイルさんや大人たちとどんちゃん騒ぎの真っ最中だ。

「明日、大丈夫かなあ……」

一抹《いちまつ》の不安が胸をよぎる。

そんな時、空いていた隣の席に誰かの気配を感じた。

「ムミョウさんも割と飲まれていますが大丈夫ですか？」

横を見れば、そこに座ったのはアイラさんだった。

「はは、大丈夫ですよ。ちょっとだけ酔ったかなってくらいです」

隣に座るなり、心配そうにじっと僕の方を見つめてくるアイラさん。

大丈夫であることを示すためにニッコリと笑って手を振る。

「それなら良かったです。ふふっ」

アイラさんはにこやかに微笑み、そして深々と頭を下げる。

「ムミョウさん、あの時助けていただいて本当にありがとうございました。お礼は何度言っても言い足りません……」

「いえいえ、モンスターに襲われていた人々を助けるのは当然のこと。初めて戦うモンスターだったけど、僕の力が通用して本当に良かったです」

あのボルスのおかげで僕は銀の目を使えるようになったわけだし、その点に関してはあいつに感謝しないとな。

「あの時のムミョウさんは本当に強かったですね……あんな大きなオークの攻撃を軽々とかわしてあっという間に倒しちゃったんですから」

「ええ、頑張って鍛えたかいがあります。そのおかげでこうやってここでみなさんと楽しく過ごせているわけですしね」

「ええ、本当に……お二人がいなかったら……私たちは……」

もし、僕たちが来なかった時のこと考えたのだろうか。

アイラさんは憂《うれ》うように顔を伏せた。

あれ……なんだろう?

そんなアイラさんを見ていると、すごく胸がドキドキし始めるのを感じた。

風にたなびく綺麗な黒髪。

吸い込まれそうなほどくっきりとした色合いの黒い目。

顔立ちも整っていて、僕と同い年のはずなのに年上の女性と見間違うほどのたたずまい。

よく見ればうっすらと口紅をつけ、買ったばかりのような真新しい白いワンピースだ。

お酒のせい……?

昼間に見たときよりも一段と綺麗に思えてくる。

どっどうしよう……!?

そんな彼女の姿を見て思いのほか緊張してしまい、何を話そうか悩んでいると、先にアイラさんの方が口を開いた。

「ムミョウさん……どうして？」

「えっ？」

「どうしてそんなに強くなりたいんですか？」

「どうして……ですか……」

昔、師匠に言ったことを思い出すなあ。

「だって、お二人は修行のためにまた連合国へ行くんでしょう？　あんな恐ろしいモンスターがいたところへ。私はもう二度と行きたくないと思っているのに、ムミョウさんたちは危険も省《かえり》みず……」

アイラさんが不安そうな表情を見せる。

「そうですね……目的を言えば連合国にいたアイラさんたちのような、辛い目にあっている弱い人たちを守れる強さが欲しいからです」

僕の答えに対し、アイラさんはハッと顔を上げ、再び僕をジッと見据えた。

「弱い人たちを守れるような？」

他人には、師匠やトゥルクさんたち以外には話したことはなかった過去。

でも、お酒の勢いもあってか僕の口からはゆっくりとその話が出始めていた。

「僕は以前、隣の国のフォスターという街に住んでいて、そこで幼馴染みのティアナっていう女の子と一緒に冒険者をやってたんです。そこでは二人でコツコツ薬草採取や弱いモンスター狩りなんかして暮らしてたんですけど、ある時、ティアナが悪い奴に捕まっちゃって、僕も大ケガしちゃって……」

「……ムミョウさん」

アイラさんが息を呑《の》む。

「ロクに動けずどうにもならない僕だったけど、それでもなんとかしてティアナを助けたかった。でも……ダメだった。そんな時、偶然勇者が街に現れて、僕の手が届かないところであっという間にティアナを悪い奴らから救ってしまっていた……」

「……」

「その後、僕に会いに来た勇者に言われたんです。『もうティアナはお前のことなんか信じたくない、俺と一緒に魔王の討伐に行くって言ってたぞ』って……あの時はティアナになにも出来なかった自分が悔しくて、辛くて……こんな自分なんか生きていたって仕方ない、死んだ方がマシだと思って森へ飛び込んだ。そんな時に出会ったのが師匠でした」

「トガさんと……？」

僕は静かに頷いた。

「森の中を何日も走り続けて傷だらけだった僕を、師匠は看病してくれてなんとか死なずに済みました。そしてその時師匠が見せてくれた剣の技に僕は憧れ、弟子になりたいと願い出たんです」

こうやって話していると、あの時の光景がまざまざと蘇ってくる。

「けれど、最初は何度も断られ、どうやったら認めてもらえるか悩んだ僕は、愚かにもオークに勝負を挑んで死にかけたりしました……でも、無謀を師匠に怒られた後、さっき話した過去とアイラさんに言った強くなりたい理由を正直に話したら、ようやく弟子入りを認めてもらえたんです」

僕の話にハラハラとした顔を見せていたアイラさん。

「ムミョウさんも苦労されてたんですね……」

アイラさんの目から一筋の涙がこぼれ落ちる。

「そうですね……師匠の修行も厳しかったし、自分の身を守るとはいえ、人殺しなんかもしました。でも、全てはあの時なにも出来なかった自分を変えるため、そしてそういう目にあっている弱い人を助けられるような強さを手に入れるためならまるで苦には思いませんよ」

涙を流すアイラさんを元気づけようと、僕はニッコリ歯を見せて笑う。

「だからね、あの時連合国でアイラさんたちを助けられた時はすごく嬉しかったんです。ああ、今までの修行は無駄じゃなかったんだなって、自分もこうやって誰かを助けられるような強さを手に入れられたんだなって……」

ああっ！

なんだか格好つけたこと言った気がしてすごく恥ずかしくなってきた！

明らかにお酒だけのせいじゃない身体の中からの熱を感じ、気恥ずかしさでアイラさんから目をそらし、頭をかく。

「いやあ……なんか語りすぎちゃってすみません……」

そんな僕をアイラさんはクスリと笑った。

「いえ、前に会った時のムミョウさんはもっとキリっとしてた感じだったので、こんな熱っぽく語るのはなんだかすごく新鮮です」

「そっそうかなあ……」

「ふふ……ムミョウさん。私、そんなあなたのことが……」

アイラさんが顔をグッと近づけてくる。

近い！　近い！

このままだと唇が僕の頬に！

心臓がさっきから今までにないくらいの鼓動を打ち、僕はギュッと目を閉じた。

そんな時――――！

「おいムミョウ！　お主全然飲んでおらんではないか！　せっかくたくさん用意してくれておるのにもったいないぞ！」

「師匠⁉」

僕とアイラさんの間に割り込むように、師匠が酒臭い息を吐きながら飛び込んでくる。

「お前も飲め飲めー！　ヒック！」

「あちゃあ……完全に出来上がってますね、師匠」

顔もさっきよりさらに真っ赤で足もフラついているらしく、そのまま机に寝転んで珍妙な高笑いを続けている。

「はぁ……師匠、そろそろ休みましょう。明日出発するんですからね？」

「ワシはまだ酔ってはおらんぞおぉ！　ヒック！」

「どこをどう見たらその姿を酔ってないって言えるんですか……全く」

見れば周りには酔っ払って寝てしまっている人が多数おり、宴もそろそろお開きのようだ。

今日の寝床はベイルさんが自宅にベッドを用意してくれているらしいので、僕は師匠の肩を担いで連れていくことにした。

「それじゃあアイラさんお休みなさい」

アイラさんに手を振り、僕はそこを離れる。

「……もうちょっとだったのに」

後ろからアイラさんの声が聞こえたけれど、僕は隣で暴れる師匠を連れていくのに精一杯でその言葉の意味を考える余裕は無かった。

「ふう……今日はもう寝よう」

そして師匠をどうにかベッドに寝かせたころには、アイラさんの言葉もすっかり忘れてしまい、自分も隣のベッドにもぐり込んで眠り込んでしまっていた。

◆

翌朝……。

「うう……頭が痛い……吐きそう……」

案の定、師匠は完全に二日酔いでベッドから動けない。

このまま稽古も休むと言ってきかないため、やむなく僕は一人で剣を持って外に出た。

「はあ……あれじゃあ今日の出発は無理そうだな……」

だからお酒は控えましょうってあれだけ言ったのに……。

まぁ、愚痴《ぐち》っていても仕方ない。

僕だけでも、朝の稽古は欠かさずやらないといけないからね。

「さーて、まずは軽くこことフッケを走り込んでみるか」

フッケまではそこそこ距離もあるので汗を流すには十分だろう。

門番の人に挨拶をして門を開けてもらい、外に出ようとしたところで後ろから元気な声が飛んできた。

「おーい！　ムミョウお兄ちゃん待ってぇ！」

振り向けばレイがミュールの手を引き、息を切らせてこちらに走ってきている。

「二人とも、どうしたの？」

「ムミョウお兄ちゃんとトガおじいちゃんの朝の稽古に参加しようと思ってベイルさんの家に行ったんだけど、おじいちゃんはベッドで寝込んでるし、お兄ちゃんはもう外に出たって聞いたから慌てて追いかけてきたんだ！」

「ああ、なるほど」

「レイったら私を無理やり起こしてここまで引っ張ってきたのよ？　信じられない！　私は嫌だって言ったのに……」

ミュールは寝グセでボサボサの頭を撫でながら、ぶすっとした表情を見せる。

「ふふっ、まぁミュールは無理しなくてもいいよ。今から走り込みでフッケの方まで行くつもりだったから、二人にはちょっと危ないかもね」

「うーん……それじゃあ私はムミョウさんとレイが帰ってくるまで門の上で待ってるわ。頑張ってねレイ」

「うん！　それじゃあお兄ちゃん行こう！」

元気よく走る真似をしながら僕を誘うレイ。

「あんまり気負い過ぎちゃダメだぞ。あくまで軽く汗を流すための走り込みだからね」

「はーい！」

ミュールに手を振られ、僕たちは門を出た。

「街道をこうやって走るの初めて！」

爽やかな風の流れる朝の街道を走り始める僕とレイ。

「なんだか楽しくなってくるね。お兄ちゃん」

「そうそう、稽古ってのは楽しんでやるもの。暗い気持ちでやってもなかなか腕は上達しないからね」

レイに合わせるように極力速度を落とし、ゆったりとした速さで森に囲まれた街道を走る。

一応モンスターなどに警戒はしているが、冒険者たちが日々駆除しているおかげだろうか、怪しい気配は全く感じない。

「朝の稽古ってどれくらいやるの？」

「そうだなあ……以前レイたちと連合国から帰ってくるときに見せた稽古よりは量が増えてるから……大体お昼前までかな」

「うへぇ……そんなにやるんだ」

「まぁ今日は師匠も寝込んで動けないし、軽めにするつもりだよ。みんなの集落に帰ったら昨日みたいに素振りをしようか」

「はーい！」

そうして僕たちは時間を掛けてフッケまで走り、城門まで来たところで衛兵さんに挨拶をして引き返していく。

「さあ、レイ。そろそろ疲れてきたかな？」

僕はレイに聞いてみる。

「ふぅ！　まだまだ大丈夫だよ！」

レイは元気よく切り返してきた。

額に汗は輝いているものの、息もまだまだ上がってはおらず、余力は十分のようだ。

「ならよかった。帰りは少々速めに帰るから、頑張って追いついてきてね」

ちょっとしたイタズラ心と稽古の厳しさを教えてあげようと、僕は走る速度をグッと上げた。

「えっ！　ちょっと速いよ！」

後ろからはレイの焦る声が聞こえてくる。

「はっはっは、さあここからが本番だよ！」

そう言いながらちらりと後ろを見ると、レイは歯を食いしばりながら必死の表情で走っている。

「はあ……はぁ……お兄ちゃんひどいよぉ……」

「はっはっは、僕と師匠はいつもこのくらいの速さで走っているから、レイにも一度経験させてあげようと思ってね。大丈夫、ダメだと思ったら助けてあげるから、自分で頑張れるところまで走ってみてよ」

あれ？

これってなんだか師匠みたいな考えだな……。

毎日の無茶振りに付き合っている内に、いつの間にか似てきてしまったかなあ？

……まぁいいか！

「頑張れ！　レイ！」

「はぁ……はぁ……」

それからしばらくは、レイも頑張ってついてきてはいたが、フッケと集落のちょうど半分くらいの所で地面に座り込み、動けなくなってしまった。

「もう……ダメ……疲れて動けないよお」

空を見上げて大きく呼吸を続けるレイに近づき、頭をそっと撫でる。

「うんうん、初めてにしては頑張った方だね。後は僕が背負っていってあげるから」

レイの前にしゃがみ込み、背中を向けて乗るよう促す。

「うう……お願いします」

もう背負われるような歳ではないレイではあるが、疲れ切って全く動けない以上背に腹は代えられないのだろう。

少し躊躇《ちゅうちょ》したものの、僕の背中に身体を預け、一息ついたように大きく息を吐いた。

そして春の日差しの差す街道を歩き、集落まで戻ったところで門の上で待っていたミュールが出迎えてくれた。

「あっはっはっは！　レイがムミョウさんに背負われてる！」

大きな笑い声とともに……。

「うう……恥ずかしい」

しまったなあ……集落の手前で下ろせば良かったかな？

昔ティアナにワイルドボアの討伐依頼で池に落っこちて、それをネタに何度も笑われたのを思い出し、手で真っ赤な顔を隠しているレイを見てちょっと反省。

「さて、それじゃあ少し休もうか」

その後中に入り、ミュールが持ってきてくれた水を僕とレイで飲んだりしてしばらく休憩した後、今度は素振りをすることに。

お互い木剣と枝を構えて並びながら、僕はレイに声を掛けた。

「レイ、昨日は二人とも素振りを始めてからすぐに疲れてしまっていたけれど、何がいけなかったと思う？」

「うーん……分かんない」

首をかしげながら考え込むレイ。

「そうだね。誰だって最初は分からないものさ。それじゃあまた僕がやってみせてあげるから、レイは何か気になる事があったら聞いてみてね」

そうして僕はいつも通り木剣を振り始める。

「ふっ！　ふっ！」

短い呼吸とともに鋭く振り抜いていると、段々と頭の中から雑念が消えていく。

なにげに素振りをしている時というのは心地よい時間で、自分としても好きな時間だ。

「うーん……」

レイはというと、僕の素振りをジッと眺めたまま動かない。

気になることと言われても、何がどうなのかが分からない以上、聞きようがないのかもしれない。

剣のことをまだ知らないレイにはちょっと難しかったかな……？

そう思っていると、レイがアッと声を出して手を叩いた。

「分かった！　ムミョウお兄ちゃん！　僕みたいにブンブン振ってない！」

「ブンブン……クスッ」

思わず吹き出し笑いしてしまった。

「もう！　なんだよお兄ちゃん！　笑うなんて酷い！」

「ああ、ごめんごめん。ブンブンってのが面白かったけれど、あながち間違ってないね」

「ほんと⁉」

「うん、ブンブン振り回すってことは力を入れて思いっきり振ってるって事だよね？」

「うん」

レイは大きく頷いた。

「剣を振るのに力はあまり込め過ぎちゃダメなんだよ」

「えっ!?　そうなの？」

レイが驚くのも無理はない。

僕も師匠に剣を習い始めた最初は、そうやって同じように考えてたんだから。

「力を込め過ぎると、剣を振るのに必要の無い所にまで力が入っちゃって、結局昨日のレイとミュールみたいにすぐバテちゃうんだ」

「へぇ……」

「それに剣も素早く振れなくなっちゃうから、あまりいいことはない。剣を振る時には素早く一瞬だけ力をギュッと入れる感じにするんだ」

僕はレイに分かりやすく説明出来るように、ゆっくりと剣を振る動作を見せる。

「柄《つか》は軽く持ち、身体全体も力を抜いて……剣を上に構えたら……一瞬だけ力を込める！」

鋭い風切り音を出しながら、木剣を一直線に振り下ろす。

「はぁあ……」

レイが感嘆の声を上げる。

「ほら、レイ。君もやってみて」

「うっうん……」

レイも見よう見まねでもう一度素振りを始める。だが、やはりすぐには理解出来ないようで、先ほどまでと変わらず、無駄な力があちこちに入っていてぎこちない感じだ。

「レイ、まずは身体の力を抜いて。呼吸は大きく、ゆっくりと」

「スゥ――……ハァ――……」

レイに深呼吸を促し、気を落ち着かせる。

それからじっくりと、何度も動作を見せつつ、細かいところを修正しながら素振りを繰り返していると、太陽が真上まで上り、あっという間に昼前になってしまっていた。

「ああ、もうこんな時間か……」

「疲れたあ……もうお腹ペコペコだよお……」

走り込みと素振りでもうレイの体力は完全に底を突いている模様。

僕も初めて教える立場に回ったというのもあり、つい意気込んでやり過ぎてしまったかもしれない。

「うん、それじゃあ今日はこれまで。それぞれ家に帰ってご飯を食べようか」

「はーい！」

「やっと終わったあ？　もう待ちくたびれて死にそう」

ミュールは口ではそう言いつつも、水を何度も差し入れしてくれたり、ずっと僕たちの稽古の風景を見ていてくれた。

なんだかんだで気にはなっているのかな？

「じゃあね、レイ、ミュール」

「また教えてね！　お兄ちゃん！」

僕は二人と別れ、ベイルさんの家に戻った。

そろそろ師匠も元気になったかなと淡い期待を持ってはいたが、家に帰ると相変わらず師匠はベッドの中でウンウン唸《うな》り続けており、ベイルさんからは今日も泊まっていって構わないですよと言われてしまう。

「師匠……勘弁してくださいよ……」

「うう、すまんのう……」

真っ青な顔の師匠に僕は呆れた声を出す。

「はぁ……明日にはちゃんと治してくださいよ……」

「……努力はする……」

だが、結局師匠の二日酔いはその日だけでは収まらず、それから更に二日も集落に厄介になるはめになってしまった。

まぁ、師匠の体調が戻るまでの間、集落の畑の手伝いや剣の稽古に励むことができ、レイも大喜びだったし、悪いことばかりでもなかったけどね。

◆

「はあ……やっと出発出来ますね」

「すまん……本当にすまん。今後は飲み過ぎないように気をつける……」

集落に来て三日目の朝。

ようやく師匠の体調も戻り、本来の目的である連合国へ向けての出発となった。

「すみません……一日だけのつもりだったのに、三日も長居させていただいて」

「いえいえ、お二人なら三日と言わず、一週間……いや、ずっとここに居ていただいてもかまいませんよ。はっはっは」

ベイルさんの笑いに、僕たちや他のみなさんもつられ、大きな笑い声が辺りに響く。

「……では！」

「帰ってきたら必ずここに立ち寄るからのう、またみんなで酒でも飲み交わそうぞ」

僕と師匠はみんなに手を振って歩き出す。

「待ってください！　ムミョウさん！」

不意に後ろからアイラさんの呼び止める声がした。

振り向くと息を切らせて、僕のすぐ後ろまで走ってきていた。

「はぁ……はぁ……これを」

差し出されたのは、ヒモが通された小さな布の袋。

「これは……？」

「あなたの無事を祈るお守りです。遠くからでも修行の成功を願っています」

「アイラさん、ありがとう」

「では、お元気で」

アイラさんにお礼を言い、改めて僕と師匠は歩き出す。

「トガさん、ムミョウさん頑張ってねえ！」

「応援してるからなあ！」

集落のみんなは僕が見えなくなるまでずっと手を振り続けていてくれた。

そうして街道を歩いているうちに、ふと気になることが少々。

「アイラさんのくれたお守り……何が入ってるんだろう」

そう思って袋の口を開けようとしたところ……。

「ムミョウ、そういうのは無粋《ぶすい》じゃぞ？」

師匠がニヤリと笑いながら僕の手を軽くはたく。

「お守りというものは、口を開けて中を覗いてしまうと効果が消えてしまうもんじゃ。気にはなっても開けてはいけないんじゃよ」

「そうだったんですか？　すいません……」

「はっはっは、まぁよい。せっかくあの子がくれたお守りじゃ。大事にしろよ」

「はい！」

師匠の言うとおり、僕は無くさないようお守りを首から下げ、袋を服の襟首《えりくび》の中に入れた。

「さて……少々時間はかかってしまったが、十分英気も養えたじゃろうし、急いで向かうぞい！」

「はい、師匠！」

さあ、いよいよ二度目の修行だ！

連合国ではどんなモンスターが待ち受けているのか……！

期待と自信を胸に、僕は力強く地面を踏みしめて歩いていく。

◆

ティアナside

巨大で人の言葉を話すウェアウルフ、ヴォイドと戦い始めてからさらに数週間。

相手に何一つ有効な手を打てないまま、私たち連合国の前線はどんどん押し込められていく。

首都から目と鼻の先の私たちがいる砦には、日に日にケガをした兵士さんたちがあふれていき、痛々しいうめき声や、顔を背けたくなるような血の匂いがあふれ、私の気分は重苦しい。

「痛てぇよお……誰か助けてくれえ……」

「もう嫌だ……家に帰りたい……」

「あいつが……あいつが迫ってくる！」

ケガをした兵士さんたちのため、私は砦の中を駆けずり回り、回復魔法や包帯を巻くなど治療に励む。

「大丈夫ですよ！　私がしっかり治しますから！」

モンスターにちぎられ、膝から下のないケガ人の手をしっかりと握りながら、中級の回復魔法、

『治癒の光《ヒーリングライト》』で傷をふさいで血を止める。

「はぁ……これでなんとか……」

もう、最近は私の魔力を回復魔法以外で使った記憶が無い。

増え続けるケガ人を治療するにも、魔法を使える人があまりおらず手が回らないため、私が率先して回っているのだ。

もちろん、ヴォイドはその間、何度も砦を襲撃してきた。

その都度、勇者様やサラさんアイシャさんが出撃し、どうにか陥落するのを防いではいた。

「ううん……違う。あれはどう見ても私たちを弄《もてあそ》んでいるだけ……」

ヴォイドは抵抗する勇者様を生かさず殺さず、まるでおもちゃで遊ぶように軽々とたたきのめして、高笑いをしていた。

おそらく人間たちに勇者の負ける様を見せつけて、もっと絶望を与える為なのだろう。

「見たか人間ども！　お前らの希望である勇者がこのザマだ！　さっさと降伏して魔王様復活の生《い》け贄《にえ》となるがいい！」

ヴォイドの前で膝を屈する勇者様を何度見ただろう。

「悔しい――――！」

その光景を目にするたびに、弱い自分が腹立たしくなった。

でも……私の魔法をヴォルスに当てられない以上、勢いで出ていっても役には立てない。

「はぁ……何のために、ここに来たのかな……私」

フォスターの街を出発する時の輝いていた自分と今の自分を比べると、あまりにも違いすぎるその心境の変化にため息をつくしかなかった。

それからしばらく兵士さんたちの治療に駆け回っていると、サラさんが私を呼びに来た。

「ティアナ、大事な話があるからすぐ来てほしいの」

「はい、分かりました」

大事な話って一体なんなんだろう？

サラさんについていくと、そこは連合国や周辺の国の将軍さんたちのいる建物。中に入ると、その将軍さんたちの他に勇者様やアイシャさんもいた。

「これで揃ったな……」

重苦しい空気の中、連合国の将軍さんが口を開く。

「現在の戦況は思わしくない。いや、はっきり言って悪化の一途《いっと》をたどっている。すでにこうして再び首都ベルフォーレの直近にまでモンスターが大挙しており、聞いているものもいるかもしれないが、隣国の国境沿いではモンスターによる襲撃も相次いでいるそうだ。このままでは連合国はもとよりこの大陸自体が魔王の手に落ちることもあるやもしれん」

私は息を呑んだ。

もう、そこまで事態が悪化しつつあったなんて……。

「そこでだ、我々人間が勝つためには、ここで逆転の一手を仕掛けねばならない。すでに周辺国や傭兵たちをかき集め、兵力はどうにか揃えた。そこで多方面から同時に侵攻をかけ、モンスターを殲滅《せんめつ》するとともに、勇者一行にてあのヴォイドというウェアウルフを倒す。もはやこれしか道はない」

部屋の中央にある長机の上に両手をのせながら将軍さんは私たちに告げた。

そして一斉に他の将軍たちが勇者様に目を向ける。

「……」

勇者様は渋い顔のまま何も答えない。

「本当にあのヴォイドというモンスターに勝てるのか……？」

「今さらながら、本当に勇者なのかと疑いたくなるわい……」

「こうなれば教主国に新しい勇者の神託《しんたく》がないか聞いてみるべきでは？」

「あれだけ何度も叩きのめされているのに、勝てるわけもなかろうしな。その方がいいのかもしれん」

将軍さんたちは勇者様を横目で見ながら、聞こえよがしに話し合っている。

「勇者よ、あのモンスターを倒せるのはお前だけだ。やれるな？」

連合国の将軍さんが、険しい顔で念を押すように勇者様を問い詰める。

「……分かった。あいつは必ず俺が倒す」

勇者様はゆっくりと頷いた。

その後は将軍さんたちで軍の配置などを話し合って解散となった。

建物から出た私たちは、自分たちの部屋のある宿舎へと戻っていく。

ふと前を見ると、先を歩く勇者様の背中が震えているのが分かった。

「勇者様も悔しいよね……あれだけ言われたらさ……」

私の隣にいたサラさんが悲しそうにつぶやく。

「兵士たちの間でも、神託を受けた勇者がなぜ負けるんだとか、あいつは本物なのかって声が上がってるらしいし……」

反対側にいたアイシャさんも伏し目がちに話す。

「本物に決まってるじゃない！　勇者様がいなかったらそれこそ今頃はあのヴォイドに……」

「黙れっ！」

サラさんの話を、大声で遮る勇者様。

その目は血走っていて、顔も怒りに燃えていた。

「すっすみません……勇者様」

慌てて謝るサラさん。

「ああ……怒鳴ってしまってすまない。ちょっと気が立ってしまった。今日はもう休むよ」

勇者様は、その場を取り繕《つくろ》うように私たちに手を振り、足早に宿舎へと戻ってしまった。

「勝てるかな……私たち」

勇者様が宿舎に消えるのを見届けた後、サラさんが悲痛な声を出す。

「勝てるかなじゃないのよ……勝つしかないのよ、私たち」

アイシャさんも険しい顔のまま、絞り出すような声で答えた。

「どうにかしなきゃ……」

二人の会話を聞きながら、私は必死に頭の中であのヴォイドを倒す方法を考えてみる。

けれど、これといった良案がそう簡単に浮かぶわけもなく、私たち三人は重苦しい空気のまま、それぞれの部屋へと戻っていった。

◆

「全軍、前進！」

それから数日が経ち、いよいよ魔王軍に対する反攻作戦が始まった。

砦や首都からたくさんの兵士さんたちが集まり、整然と行進していく。

私たちはその列の最前線に立ち、ヴォイドの出現に備えている。

「おそらくヴォイドたち魔王軍は、この先にある街を拠点にしているはずだ。俺たちはそこを攻め、あの狼野郎を引きずり出す。あいつは俺たちが今度こそ倒すぞ！」

勇者様は後ろの軍へ向け、力強い言葉を放つ。

けれど、言うことは簡単でも実際に倒すことははるかに難しい。

「あのモンスターの強さは誰も追いつけないほどの速さ……それをなんとかすれば」

私はあれからあのモンスターを倒すための作戦をずっと考えていた。

「動きを封じるには、私の魔法でダメージを与えるのが一番……その魔法を当てるためには足を止めさせるしかない……」

私や勇者様たちがヴォイドと戦った時の状況を思い出しながら、色々と考えを巡らせる。

そして……。

「これしかないわ……」

かなり危険だけれど、一つの作戦を思いついた。

「みなさん、ちょっといいですか？」

前を歩いていた三人を呼び、作戦を打ち明ける。

「それは危険じゃ……！」

「でも、あいつは私の足でも追いつけないほどの速さだし、やる価値はあるわ」

サラさんとアイシャさんは険しい顔ながらも頷いてくれた。

「……うむ」

勇者様は目を閉じ、腕を組みながらじっと考え込む。

「勇者様……あいつを倒すにはこれしかありません。危険は覚悟の上です。どうか！」

いつまでも役立たずではいたくはない。

私だって勇者一行の一人、自分は強いんだってちゃんと示したい！

「……ティアナちゃんにそんな危ない橋を渡らせるなんて、勇者である僕は認めたくない……けれど他に手もない以上、その作戦で行くしかないね」

勇者様は渋々ながら作戦を承知してくれた。

「みなさん……お願いします！」

私は思いきり頭を下げる。

三人は無言で頷き、進軍を再開した。

◆

そして道中で何回もモンスターと遭遇し、これを殲滅しつつようやく魔王軍が拠点にしていると思われる街の前へとたどり着いた。

「ここが……！」

城壁はボロボロでそこら中に穴が空き、城門も火で燃やされたのか、大部分が炭となって崩れ落ちてしまっている。

おそらく中には生存者はいないだろう。

そう考えていると突然、人間のものではない叫び声が街の中から響き渡り、崩れた城門から大量のモンスターが飛び出してくる。

「総員構え！　モンスターを撃滅《げきめつ》するぞ！」

将軍のかけ声とともに兵士の皆さんが私たちの前に飛び出し、モンスターとぶつかり合う。

「うっ……」

途端に血の匂いと砂埃が辺りに充満し、人とモンスターの声や悲鳴が重なり合って気分が悪くなる。

「始まったわね……」

「行くわよサラ……まずはモンスターの数を減らすのよ」

「ティアナちゃん！　危なくなったらすぐに下がるんだぞ！」

勇者様やサラさん、アイシャさんもそれぞれ武器を構え、手近にいるモンスターを倒していく。

「火の嵐《ファイヤーストーム》！」

「風の剣《ウィンドソード》！」

「雷の矢《サンダーアロー》！」

来《きた》るヴォイドとの戦闘に備え、私たちはできる限り魔力の消費を抑えつつ、モンスターを危なげなく倒していく。

しばらく時間も経つころには、かなりの被害は出ているものの、モンスターをそれ以上に討伐出来ており、すでに兵士さんたちが街の中へと突入しているようで戦況は私たちに有利なようだ。

「このままなら……勝てる？」

オークを魔法で倒した私は辺りを見渡す。

戦闘開始からしばらく時間が経ったけれど、未《いま》だヴォイドが出てくる気配はない。

もしかすると、ここには居ないのでは？

「ウオオオォォォォ！」

そう思った私の考えを、あの耳をふさぎたくなるような叫び声がかき消した。

「がっはっは！　砦に籠もって泣いているかと思えばやっと出てきたか！　勇者どももようやく魔王様の贄《にえ》となる覚悟が出来たようだな！」

声のする方を見上げると、ヴォイドが城壁の上から私たちを見下ろして立っていた。

そのままヴォイドは城壁から飛び降り、私たちの前へと砂煙を上げながら着地する。

「さあ、今度こそ人間どもへ絶望を与えてやろう。勇者一行の死という最高の絶望をな！」

ヴォイドが両手を広げ、私たちに対峙する。

「行くぞ！　お前は勇者であるこの俺が必ず倒す！」

勇者様は剣を振り上げ、一直線にヴォイドへと走り出す。

「行くわよアイシャ！」

「任せて！」

サラさんは勇者様の左から回り込むように、私とアイシャさんは弓を、私は剣を構え魔法を撃つ体勢に入る。

「はっはっは！　何度やっても同じ事！　私の速さに勝てるものはいないのだ！」

必死な私たちに対し、ヴォイドは余裕の態度を崩さない。

いつもの素早さを見せることなく、遊びのようにわざと勇者様とサラさん相手に斬り合いを始めた。

「くっ……」

「二人相手なのに……」

勇者様とサラさんの鋭い剣筋をいとも容易《たやす》くかわし、弾き、跳ね返す。

次第に二人は防戦一方となり、以前のようにどんどんと形勢が不利になっていく。

「ここまでは、いつもと同じ……でもここから先は！」

アイシャさんが弓を放ち、一旦二人とヴォイドとの距離を取らせる。

「くっくっく。相変わらず弱いなあ勇者は。ボルスをやったのはやはりお前ではなさそうだな！」

「ボルス？　誰だそれは！」

ヴォイドが後ろに下がりつつ叫ぶ。

聞いたことのない名前に、勇者様が聞き返した。

「我ら魔王四天王の一人だったやつだが、かなり前に倒されてな。てっきり勇者が倒したものだと思っていたのだがなあ」

四天王の一人がすでに倒されている？

一体誰が……？

いや、今はそんなことを考えている場合じゃない！

「みなさん！　行きます！」

私は作戦の開始を大声で叫んだ。

それと同時に私の前にいた三人が横に広がり、ヴォイドと私の前を遮るものはなくなった。

「業火《ヘルファイヤ》の……」

私はわざとゆっくり魔法を唱える準備を始める。

「勇者どもめ、何を考えているのか知らんが……」

ヴォイドは口元をゆがめて私を見る。

「まずはその邪魔な魔法使いから殺してくれるわ！」

予想通り、ヴォイドは一直線に私めがけて走り出そうとしている。

その恐怖で私の足がすくみそうになった。

「退いたらダメ……ここで踏みとどまるのよ」

私は自分に言い聞かせ、魔法の準備を続ける。

「死ねぇ！」

ヴォイドはもう目の前まで迫ってきている。

手を振り上げ、その鋭い爪を私に突き立てるつもりなのだろう。

けれど……これが私の考えた作戦だ！

「……壁《ウォール》！」

魔法を唱えた瞬間、私は横に身体を投げ出して地面に倒れ込んだ。

ヴォイドの伸びた右手が私の居た場所をかすめ、服の裾《すそ》が爪に切り裂かれる。

「ぐあぁぁぁぁ！」

けれど、身体を起こして見えたのは、目の前に出現させた業火の壁によって身体を焼かれ、地面をのたうち回るヴォイドの姿。

「やった！」

私は両手の拳を握りしめた。

「やったぞ！」

「すごいわティアナちゃん！」

「ここでたたみかけるわよ！」

他の三人も大声で叫ぶ。

私が行軍《こうぐん》中に考えた作戦。

魔法が当たらないほど素早い相手なら、当たりに来てくれるよう仕向ければ良い。

今までは攻撃魔法ばかりを使い、守護魔法を見せてはいなかったため、ヴォイドの方も完全に油断していると踏んだのだ。

案の定、向こうは私が攻撃魔法を撃つものと思い、かわせると判断して警戒もせず一直線に私の方へ向かってきてくれた。

だが、もしこれが失敗していれば、二度とヴォイドが突進してくることは無かっただろう。

危険な一発勝負ではあったけれど、なんとか成功させることが出来た。

「くっくそお……無駄なあがきを……」

とどめに飛んできたアイシャさんの弓をなんとかヴォイドは立ち上がってかわし、再び両手を広げて構える。

けれど息は荒く、口や身体中の傷から血を流し、そこら中に火傷の跡が見られ、かなりのダメージを与えられたのがよく分かる。

「行くぞヴォイド！　ここが貴様の墓場だ！」

勇者様が地面を蹴り、一気に斬りかかる。

サラさんも同時に飛び出し、アイシャさんも再び弓をつがえた。

私は完全には魔力が回復していなかったのに加えて、上級魔法を使ったせいで魔力も底をつき、片膝を付いてその様子を見守る。

「これで……勝てる！」

そう思った瞬間だった。

「くっくっく……ヴォイドめ、油断するとは情けないのう」

空から突然聞き慣れない声が響く。

上を見上げると、そこにはローレン教の黄色い司祭服を着たリッチの姿があった。

「ほれ、手助けしてやるからさっさと下がるがよい。ボルスだけでなくお前まで失ってしまっては魔王様に申し訳が立たないからのう」

リッチがそう言い放った瞬間、勇者様たちに向けた骨だけの両手から大きな炎の塊が現れた。

「なっ！　みんな離れるんだ！」

勇者様はその光景に驚き、急いで指示を出す。

その魔法の規模は明らかに火属性魔法の業火の矢《ヘルファイヤーアロー》。

発動までの時間も全くなく、即座に勇者様たちにめがけて放たれた。

「くそっ！　危なかった……」

勇者様はギリギリでかわしたが、さっきまでいた場所からは天まで届くような炎の柱が上がっている。

「くっくっく……さすがは勇者。回避だけは上手いものだ」

リッチは歯をカチカチさせ、愉快《ゆかい》そうにケタケタと笑っている。

「お前は……お前は一体何者だ！」

勇者様が怒りを露わに叫ぶ。

「私か？　私は魔王四天王の一人、デッドマン。後方で配下作りに勤《いそ》しんでいたが、人間どもが一斉に動き出したと報告が入ったのでな。もしやと思いこちらに来てみれば……なんとヴォイドが倒されそうになっておるではないか」

「見てたのならさっさと助けに入れよ、デッドマン……」

ヴォイドが吐き捨てつつ、デッドマンのいる方へ飛び退いた。

「くっくっく、日頃口の減らないヴォイドが勇者にやられている様が愉快でなあ……しばらく様子を見ていようと思っていたところだ」

「ちっ……」

ヴォイドがデッドマンの皮肉に舌打ちをする。

「まぁそれよりも、残念ながらここやその他の街などは人間どもに奪還《だっかん》されたようだ。相当数の配下もやられたようで魔王様から一時退いて体勢を立て直せとの指示があった。ヴォイド、お前の傷も治さなくてはならぬし、ここは下がるぞ」

「……分かった」

ヴォイドが身を翻《ひるがえ》し、あっという間にこの場から離れていく。

「待て！」

勇者様が追いかけようとしたところ、デッドマンの両手から頭上から水や風、火などありとあらゆる属性の上級魔法が次々と勇者様へ向けて放たれてきた。

「そんな！　あれだけの数の上級魔法をあんなにも軽々と放ち続けるなんて！」

私は思わず叫んだ。

普通は撃てる上級魔法は一つ、発動にも多少の時間がかかる。

それなのに、あのデッドマンというリッチは手をかざしただけで複数の属性の魔法を即座に放っている。

「くそっ！　雷の矢《サンダーアロー》！」

勇者様が攻撃をかわしつつ、苦し紛れに魔法を放つ。

ほとばしる雷がデッドマンへと迫ったが……。

「そんな弱い魔法では私に傷一つ付けれんよ」

魔法はデッドマンの前でかき消されてしまい、まるでダメージを与えられていない。

「ほれ、お返しだ」

デッドマンが手を勇者様に向けると、勇者様の放った魔法よりも明らかに強力な雷魔法が放たれ、勇者様を襲う。

「ぐあああっ！」

勇者様は魔法をなんとか避けたものの、その余波で大きなダメージを負ってしまう。

「くっくっく……勇者よ、せっかく多少長生き出来る時間を与えたのだ。それを無駄にするでないぞ」

デッドマンはケタケタと笑い、徐々に姿が消えて見えなくなっていった。

「……負けた……」

誰もいなくなった空を見上げながら、勇者様は片膝をつき、剣を地面に突き立てながら悔しそうにつぶやいた。

「……」

口には出さないものの、私やサラさん、アイシャさんも同じ気持ちのはずだろう。

街を奪還するという目的は果たせたものの、肝心のヴォイドにはダメージを与えただけで倒すことはできず、それどころかデッドマンという新しい四天王が出てきて私たちに力を見せつけていったのだ。

「どうすればいいのよ……あんなのまでいるなんて……」

サラさんがヒザから崩れ落ちて今にも泣きそうな表情。

「とりあえず、今は帰りましょう……勇者様の傷も治さないと……」

アイシャさんは気丈に振る舞い、サラさんの肩を叩いて帰還を促している。

その後は奪還した街へ入り休もうとしたところ、目の前で勇者様がばたりと倒れてしまった。

「うっ……ぐうぅ……」

デッドマンから受けた傷が思いのほか深かったようで、私は急いで回復魔法を使い、どうにか傷をふさいだものの、勇者様は高熱を出してそのまま寝込んでしまった。

「ティアナ、あなたもゆっくり寝なさい。魔力も全然回復していないんでしょう?」

ベッドの中で呻《うめ》く勇者様に付き添っていた私を、アイシャさんが気遣って休むよう促してくれる。

「ありがとうございます……」

なるべく顔には出さないようにしていたが、すでに私の魔力はギリギリで今すぐにでも倒れ込みたいくらいだった。

「では、サラさん、アイシャさんお休みなさい」

勇者様が寝付いたのを見届け、二人に後を頼むと私は自分の部屋に戻りベッドへともぐり込む。

「もういい……眠ろう……」

あのモンスターたちを相手にどうやって戦うか、何が有効か、それよりも倒せるのか……。

けれど……今の私にはそれを考える間もなく、瞬く間に深い眠りへと落ちていった。

第二章　二体目の四天王ヴォイド

リューシュｓｉｄｅ

「ふっ！」

短く息を吐きながら、僕は真一文字に剣を振り抜く。

ボロボロの剣や鎧、盾を装備したスケルトンソルジャーの胴体を真っ二つに切り裂いた。

「ほれ、トドメはちゃんとさしておけよ」

師匠の言いつけ通り、僕は倒れたスケルトンソルジャーの頭をブーツで踏み抜いてバラバラに破壊した。

師匠曰く、スケルトン系のモンスターは頭が弱点らしく、そこを破壊してしまえば復活することはないらしい。

「これで最後じゃなっと！」

師匠も残りのスケルトンソルジャーを縦に斬り捨て、刀を鞘に収める。

「まだ連合国に入っていないはずなのに……こんなにモンスターが現れるなんて」

「うむ、森の中とはいえ、この数は明らかにおかしい。おそらく魔王のいる所からどんどん流れてきておるのじゃろう」

僕も剣を鞘に収めつつ、周囲に散らばった骸骨《がいこつ》を見下ろした。

「ふう……」

警戒のため辺りを見渡すが、周囲には僕たち以外に動くものはいないようだ。

「では、行きましょうか師匠」

「うむ」

そして僕たちはカバンを背負いなおし、再び連合国へ向けて歩き出した。

現在、僕と師匠は連合国と隣国との国境沿いにある森を進んでいる。

去年はもう少し進んでから街道を外れ、国境の検問をすり抜けていたのだが、今年は連合国の遙か手前から多数の兵士がおり、また国境沿いの至る所に監視所が設けられて、簡単には通り抜けられなくなっていた。

それでもどうにか夜の闇にまぎれ、森の中をゆっくりと進んで突破を図ってきたのだが、今度はさっきのように大量のモンスターに襲われているという状況だ。

「師匠……向こうは相当危ないのかもしれませんね」

「うむ……」

師匠が険しい顔を見せる。

「……うーん」

そんな師匠の顔を僕は横目でチラリと見やる。

一体、何を考えているんだろう？

連合国に近づき、こうやってモンスターが現れるようになって、いつも以上に眉間のシワが深くなっている気がする。

「もしや……いや……」

それに時々、何かブツブツつぶやきつつ、しきりに何かを考えていることも多くなった。

「師匠、どうしたんですか？」

一応、少し前にも僕は気になって尋ねてみてはいたものの……。

「いっいや、何でもない。何でもないぞ」

いつも誤魔化すように苦笑いを浮かべ、師匠は何も話してはくれなかった。

もっと詳しく聞き出すべきかどうか悩んではいるものの、修行に集中したいのもあり未だに話を切り出せてはいない。

「そろそろ連合国へ入れるかのう、そこから国境沿いにいけばベイルたちの元の集落跡じゃな」

気持ちを切り替えるかのように、師匠が口を開く。

「そうですね。でも時間は経ってますし、兵士さんたちに見つかって拠点にされちゃってるかもしれませんね」

「まぁその時はいつも通り野宿で過ごすだけじゃろうて」

「ふふっそうですね」

僕も話に乗っかることにした。

まぁ、気になることはこの修行が終わったらにしよう。

◆

そうしていよいよ連合国へと入り、三日ほど歩いて集落跡へと到着。

幸いなことに兵士さんたちには見つかっていなかったらしく、周囲に人はおらず建物は多少崩れているものの、まだまだ使えそうな様子だ。

「懐かしいなあ……」

集落の中央にはボルスの白骨化した死体が、あの巨大な鉄棒と一緒にそのままだった。

「こうしてみると、明らかにオークとは大きさが違うのう……」

風化しつつある骨の欠片を拾い、しげしげと眺めながら師匠がつぶやく。

「そうですね。たどたどしかったですが人間の言葉もしゃべってましたし、こんなのがどんどん現れるようになったら、僕たちはともかく普通の人たちは苦労しそうですね」

「うむ……そうならないためにも勇者どもには出来るだけ頑張ってほしいものじゃがなあ」

ティアナ……大丈夫かな……。

おそらく今も戦っているであろう幼馴染みのことを思いつつ、僕は荷物を適当な建物に入れた。

そして話し合いの結果、今日はそのまま集落で泊まることにし、僕は食事の準備を始めることにした。

「のう、ムミョウ」

僕が火を起こしていると、椅子に座っていた師匠が突然声を掛けてくる。

「なんですか？　師匠」

「今後のことなんじゃがな、一度この国の首都付近まで行ってみんか？」

「えっ？」

いきなりの提案に僕は少々驚いた。

以前は連合国の兵士に見つかると色々と面倒だから、なるべく拠点のありそうな街や砦には近づかないようにしようなんて、師匠自身が言っていたはずなのに。

「師匠、こっちではこっそり動くんじゃなかったんですか？」

僕の問いかけに師匠は一旦頷いたものの、言葉を続ける。

「うむ、確かに前はそう言っていたのじゃが、今回のモンスターの動きや、去年のボルスやらで魔王の動向にどうもおかしい点が色々と見受けられる。一度情報収集として首都近くまで出向いてみるのも有りじゃと思うんじゃが？」

確かに……一理はある。

「うーん、僕は構いませんけど……」

それに特に反対する理由もない。

街に近づいても、要は発見されないように動けばいいだけだし、あわよくば兵士たちからティアナの情報なんかもこっそり盗み聞き出来るかも知れない。

「師匠、首都まではここからだとどれくらいかかるんです？」

僕が尋ねると、師匠はカバンから連合国周辺が描かれた地図を取り出し眺め始めた。

「ううむ、多分一週間といったところか？　まぁモンスターどもも出てくるだろうし、余裕を見て二週間といったところじゃな」

「なるほど……それじゃあ持っていく食料は多めに積んでおきますね」

トゥルクさんの集落でいっぱい干し肉は作っておいたし、途中の村や街でもありったけ買っておいたから、食料に関しては不安はない。

「うむ、頼んだぞ」

そうして僕と師匠は食事を済ませ、時間ごと交互に見張りに立ちつつ、ボロボロだが久しぶりのベッドで横になる。

翌朝には中身を詰め込んだ鞄を背負い、一路連合国の首都であるハイネへと向かうことにした。

◆

「やはりというか、当然というか……ひっきりなしに襲われるのう」

面倒くさそうな表情で、師匠は刀についた血を振り払う。

「そうですね……それに去年出会ったモンスターよりも明らかに大きく強くなってますし」

僕もそれに頷きつつ剣を鞘に収めた。

集落跡から出発して二週間が経過しようという今日。

ようやく遠目に首都が見え始め、道中で兵士たちの姿を見ることも多くなってきた。

だが、それと同時に多くのモンスターにも襲われるようになり少々辟易《へきえき》もしている。

「にしても、オークの次はウェアウルフどもまで鎧を身につけ始めておる。刃こぼれするからあんまり斬りたくないのに厄介じゃのう」

刀で真っ二つにされ、息絶えているウェアウルフの身体を見下ろしながら師匠がぼやく。

「とか言いながら綺麗に鎧ごとぶった切ってるじゃないですか師匠」

「だって……いちいち隙間とか狙って斬るの面倒くさいんじゃもん」

相変わらずでたらめな人だ。

「それにしても師匠。防具も厄介ですがこいつらの動きも明らかに以前と違います」

倒したウェアウルフは、以前ボルスにいたオークの配下のようにどれも胴体や両手に金属製の防具を装着している。

だが、問題はそれだけではない。

「そうじゃな。別々の方向からの同時攻撃に時間差攻撃。ワシらの死角を狙い続ける動き。たった

「一年で人間並みの知性を持ったようじゃな」

「モンスターが頭を使う……そんなことがあり得るんでしょうか？」

今までのモンスターなんて数がいてもバラバラに襲ってくるだけで、連携もなにもなかったはずなのに……。

「分からん。だが……魔王が復活しようとしているもしくはすでに復活しているならばあるいは、じゃな」

「すでにあの勇者が討伐に向かったと聞いてからかなりの時間が経ってるのに、一向にモンスターが減らないってことはまだ魔王を倒せていないんでしょうね」

「そう見るのが正解じゃろうな。存外、四天王辺りで苦戦していて足踏みをしておるのやもしれん」

苦戦という言葉を聞くと、色々と良くない想像が次々と浮かんできてしまう。

やっぱり、師匠の言うとおり首都まで来て情報収集は正解だったのかもしれないな……。

「ほれ、難しい顔せんでさっさと行くぞい」

地面に視線を落として考え事をしていた僕に、師匠が声を掛けて出発を促してくる。

「はっはい！」

急いで置いていたカバンを拾い直し、僕は慌てて師匠の後を追った。

◆

そうしてさらに進むこと半日。

首都には到着したものの、案の定城門付近には大量の兵士たちが待機しており、気配を消せる師匠はともかく、僕が中へ入るのは厳しい状況だ。

「ともかく、夜を過ごせる場所は作っておくとするか」

「はい」

すでに辺りは真っ暗になりつつあるので、僕と師匠はとりあえず城門からは見えない森の中で野宿の準備をし、荷物を置いて身軽な状態で首都へと再び近づく。

「ではお主はここで待っておれ。ワシは中に入って出来る限り情報を持って帰ってくるからのう」

「よろしくお願いします。師匠」

そう言うと師匠は絶を使い、闇に溶け込むように城門へと近づいていく。

僕が銀の目を使って動きを追うと、師匠は少しだけ空いている城門をくぐり抜け、無事に中へと進入出来たようであった。

「よかった……」

まずは一安心。

あの師匠なんだし、まず失敗はしないだろうと思っても、万が一もあり得るかもしれないしね。

それから後はひたすら待ちの時間となる。

周囲の監視をしつつ、荷物番として師匠の帰りを待つだけなので、暇でしょうがない。

たき火だけは消さないようにこまめに枝を投げ入れていたら、いつの間にか空が白み始めてきた。

「遅いなあ……師匠」

そう思っていると、なにか気配が近づいてくるのを感じた。

即座に剣の柄に手を掛けたところで聞き慣れた声が聞こえてくる。

「すまんのう。思いのほか時間がかかってしまったわい」

頭をかきながら、ニカっと笑う師匠だった。

おまけになぜか背中に担いだカバンを満杯にしている。

「遅いですよ……師匠」

「いやあすまんすまん……お偉いさんのいる城まで入り込んでいたら、あやつらなかなか旨そうなものを食っておったからな、これは許せんとありったけつまみ食いしてしまったわい」

師匠の告白に思わずずっこけてしまいそうになった。

「何やってるんですか……」

「ほっほっほ……お主の分もあるぞ？」

そう言ってカバンの中から新鮮な果物や美味しそうな匂いを漂わせる味付きの焼いた肉、瓶に詰められたスープなどを取り出してきた。

「はぁ……肝心の情報収集はどうだったんです？」

美味しそうな食材に目を奪われつつも、重要なのはそちらである。

けれど、師匠はそんなことお構いなしに持ってきた食事に手をつけ始めた。

「まぁまぁ、まず腹ごしらえをせんといかんじゃろ。ほれ、お主も食え食え」

「師匠……向こうで食べてきたんじゃないんですか？」

「絶を使うと何かとお腹も減るんじゃよ。いらないんじゃったらワシが全部もらってしまうぞい？」

くっ！

師匠はこちらをチラチラ見ながら美味しそうにお肉を食べている。

「……いただきます」

残念ながら、僕に誘惑に耐えられるだけの余裕はなかった。

出された果物をかじったり、お肉を頬ばったりと久々に手の込んだ食事を味わい、持ってきたものを二人で綺麗に平らげたところで師匠は口を開いた。

「それじゃあ本題といこうか」

師匠がゆっくりと語り始める。

その話は思いのほか長く、周囲も鳥が鳴き始めてすっかり朝の気配になってしまったが、僕はそんなことも気にすることなく話に耳を傾け続けていた。

「ふう、こんなところじゃな」

師匠の話がようやく終わったところで、情報を整理してみる。

魔王軍は首都ベルフォーレ付近まで侵攻、大量のモンスターが国内にあふれ、国境を越えて隣国まで襲い始めている。

このため、少し前に大量の軍でもって一斉に反撃を行い、相当数のモンスターを駆逐《くちく》するとともに、奪われていたいくつかの拠点を奪取。

勇者一行もそれに同行し、四天王の一人であるウェアウルフのヴォイドに傷を与えたものの、新たな四天王のデッドマンと名乗るリッチによって逆に勇者が重傷を負わされる結果に。

現在、魔王軍は奪還した街から東にある砦跡にいる可能性が高く、お互いにらみ合いの状態が続いているが、いずれヴォイドやデッドマンたちが再び攻めてくるのは間違いない。

だがそれに対抗する勇者の傷は治っておらず、現在は療養のため動けない。

普通の兵士では四天王には対応できるはずもなく、八方塞がりで危機的な状況。

という感じであった。

「かなりまずいですね……」

「そうじゃのう、魔王軍にここまで押し込まれたうえに勇者をしのぐ強さを持つ四天王か……これはまた面倒そうな相手じゃが、まぁボルスと同じくらいの強さならワシらでどうにか出来るじゃろう」

無精ヒゲを撫でながら、チラリと僕を見やる。

「師匠、そういう楽観的な考えではダメです」

「ほう……？」

こういう時にヒゲを撫でるのは僕を試している時の仕草だ。

「去年と比べてもモンスターはどんどんと強くなっていますし、ボルスの時と同じようには考えない方がいいかもしれませんよ」

僕がそうたしなめると、師匠はにやりと笑った。

「うむ、いついかなる時も油断、慢心はしない。ちゃんとワシの言いつけを守ってえらいぞ」

「えへへ、どういたしまして」

思わず照れてしまう。

けれど、師匠はそんな僕の顔を見るといきなり顔をしかめた。

「やっぱりお主の照れ顔は気持ち悪いのう」

ええ……。

「褒めたと思ったら落としてくるのやめてくれませんか……」

くそう、嬉しく思って損しちゃったじゃないか。

「ほっほっほ、相変わらずお主をおちょくるのも楽しいなあ！」

「くっ……」

「まぁ、それは置いておいて……さてムミョウよ、では次に今後どう動くかについて、ワシがどう考えているか当ててみい」

どう動くか……？

今の話からすれば、行きつく答えは一つしか無いだろう。

「もちろん、そのヴォイドとデッドマンとかいう四天王を倒しに行くんですよね？」

「うむ、正解じゃ。そこら辺のモンスターではもはやお前の相手にはならんし、相手にするならやはりその辺りの敵が最も良いじゃろうて」

師匠が何度も頷く。

「……はぁ」

けれど、名案を考えたと言わんばかりにご満悦な師匠に対し、僕は大きくため息をついた。

師匠には悪いけれど、少々複雑な気持ちなのは否めない。

「どうした？　深刻そうな顔をして」

「いえ……あの勇者の手助けをしてやるのがなあって……」

確かに修行だから強い敵とやるのは当たり前だし、ボルスのような四天王なら相手にとって不足無しであろう。

けれど、それは同時に苦戦している勇者の手伝いをするようなもの。

僕を散々に苦しめたあいつのためになってしまうのはあまり気持ちのいいものではない。

「ティアナを助けるということにもなりますから、悪いことばかりではないというのも分かるんですけどね……」

再び大きくため息を吐く。

すると師匠は僕の苦悩を知ってか知らずか、それを聞くとプっと吹き出した。

「なんじゃい、そんなこと気にしとったんか」

「むっ、そんなことって」

師匠は笑みを崩さず話を続ける。

「ならばこう思うがよいムミョウ、ワシらは全然役に立たない勇者の尻拭《ぬぐ》いをしてやるんだとな」

「尻拭い……？」

「要は気持ちの問題じゃよ。確かに嫌いな奴のために働くと思うとやる気も出ないじゃろうが、そやつが出来ないことをワシらが軽々成功させてしまうんじゃと考えれば、これほど爽快で気持ちの良い事はないじゃろ？」

……なるほど。

相変わらず師匠は面白い考えをするなあ。

「確かに、それなら逆にやってやろうって思えてきますね」

「そうじゃろう？　それにもし……もしじゃが、勇者に出会った時があるのならこう言ってやるがよい。ワシらはすでに四天王を一匹倒したが、貴様は何匹倒した？　三匹？　二匹？　一匹？　まさかまだ倒せていないのか？　とな」

師匠の煽《あお》り文句に僕は思わず笑い出してしまう。

「あっはっは！　それはいいですね！」

「じゃろう？」

心にかかっていたモヤモヤが綺麗に晴れていき、逆にどんどん胸が昂《たか》ぶっていくのが分かる。

「いよっし！　なんだかやる気が出てきましたよ師匠！」

「その意気じゃ！」

けれど、ここで僕は大事な問題に気づく。

「でも師匠……ヴォイドたちがいるという東の砦跡は最前線ですし、もし戦いになった際、途中で連合国の兵士とかに見つかっちゃいませんかね？」

不安になって尋ねた僕だったけれど、師匠はそれを全く気にする様子もなく答えた。

「心配無用じゃ。頼みの綱である勇者がケガをしている今、前線近くの兵士たちは砦の守りを固めることに精一杯であろう。拠点の外をむやみに出回っていることもまずないとみていい。後はヴォイドたちが砦跡にいる間に、ワシらがこっそりと倒してしまえばよいのじゃよ」

あぁ、そうか。

勇者は今動けないんだよな……。

目の前で四天王を倒し、師匠がせっかく考えてくれた煽り文句を言って悔しがるあいつの顔が見たかったけれどやっぱり無理かなあ？

「ムミョウ、言っておくがワシらがここへ来た目的は修行であることを忘れるなよ？」

「うっ……はい！」

師匠に苦笑いされながらたしなめられた僕。

顔に考えが出ちゃってたかな？

「それでは朝になったらヴォイドがいるという東の砦跡まで向かうとしようか」

「では先に僕が見張りをしていますので、師匠は先に休んでください」

「うむ、頼むぞ」

翌朝、しっかりと休息を取った僕と師匠は荷物を片付けて出発した。

そして、まだ見ぬヴォイド、デッドマンという四天王たちを目指し、東へ進路を取る。

「待ってろよ、四天王。必ず僕が倒してみせるからな」

◆

ティアナside

「バーン様の具合はどうなの？　ティアナ」

全身ホコリまみれのサラさんとアイシャさんが私の部屋に来て、不安そうに勇者様の容態を聞いてくる。

「熱もどうにか下がり、今はぐっすり眠られています。ただ……やはりヴォイドを倒せなかったことと、デッドマンにいいようにやられたことがショックだったようで、かなり気落ちしていました……」

「そう……」

サラさんが視線を落とす。

隣にいるアイシャさんはそれを横目に見ながら苦しい表情。

「言い出しづらいけど……勇者様には早く調子を戻していただかないといけないわ。上層部からも早く四天王を倒せって矢の催促よ……」

「そうなんですか……」

向こうの考えも分かるけれど……正直、今の私たちの状況で魔王軍と戦えるとは到底思えない。

魔王軍はヴォイドが負傷したせいか表だって動いていないけれど、こちらを休ませないために毎日少数のモンスターが徒党《ととう》を組んで砦に攻め寄せてくる。

勇者様はまだ動けないし、私は治療でここを離れられないため、必然的にアイシャさんやサラさんが兵士さんたちを引き連れて戦わざるを得ない状況。

毎日のように続く戦闘で、二人の体力はもう限界に近いはずだ。

「たかがモンスターのくせに、やたらと走り回って私たちを待ち伏せの場所までおびき出そうとしたりとか小狡《ずる》い戦い方をしてくるようになって……もう頭がどうにかなっちゃいそう！」

やはり連戦が響いているせいか、イライラが募ってきているサラさん。

疲れのせいかツヤのない金髪をかきむしり、目にはクマができている。

アイシャさんも頬がこけ始めていて、二人の美しさが見る影もなくなっていた。

「お二人とも大丈夫です。明日にはきっと勇者様も元気になられるはず……最初はもう少し時間がかかるかと思っていましたが、この間兵士さんが届けてくれたこのポーションのおかげで傷も完全に塞がり、魔力もかなり戻ってきているようです」

私は手に持っていた小瓶を二人の前に差し出す。これはゴブリン族のポーションというかなり貴重なものらしく、一般的なポーションよりもかなり効果が高くて勇者様の深かった傷もあっという間に治すことが出来た。

魔力の回復にも効果があるらしく、私自身これを飲んだところ、ぐんぐんと魔力が戻っていくのをはっきりと感じたくらいだ。

「そう、それは良かったわ」

アイシャさんがほっと胸をなで下ろす。

「アイシャ、私たちも休みましょう。どうせまた明日もモンスターたちが攻めてくるのは間違いないんだし」

サラさんの言葉にアイシャさんは頷き、二人は私に手を振って部屋へと戻っていった。

「私も眠ろう。明日こそは必ず……」

ポーションのおかげで魔力は十分ある。

私も頑張って、少しでもサラさんとアイシャさんの疲れを肩代わりしてあげなくちゃ……。

◆

「モンスターの襲来を確認！　数は不明！」

城門の上で見張りをしていた兵士さんの叫び声に反応し、近くの建物で待機していた私は、すぐさま城門の外へと飛び出した。

そろそろ来るであろうと予想はしていたので、剣はすでに抜いており準備は万全。

「ティアナ、行くわよ！」

「はい！」

サラさんの声に私は元気よく頷く。

そして城門前で待ち構えていると、向こうから土煙を上げ、モンスターたちがこちらへと迫ってくるのが見えた。

「数がいつもより多いわね……二十ほどは見えるわ。それに奥の方でも砂煙が見える。相手の増援があるかもしれないわね」

アイシャさんは『鷹《たか》の眼』を使って周囲の偵察を行っているようだ。

「今までと同じと思わないように、気をつけて戦いましょう！」

サラさんが注意を促しつつ剣を構え、いつでも戦える姿勢をとる。

「来たわ！」

アイシャさんは『鷹の眼』を解き、弓に矢をつがえた。

「行きます！　『炎の矢《フレイムアロー》！』」

まずは私が先制攻撃とばかりに魔法を撃つ。

剣から放たれた巨大な炎の矢は、こちらへ迫るモンスターのもとへ一直線に向かう。

「グアァァァァ！」

魔法はモンスターの中の一匹に直撃し、その周りに居た何匹も巻き込んで激しく燃え上がる。

「やった！」

私が喜びの声を上げると、後ろにいた兵士さんからも歓声が上がった。

「まだよ！」

アイシャさんが叫びつつ、狙い澄まして矢を放つ。

矢は先頭を走っていたウェアウルフの眉間に見事命中。

「私も行くわよ！」

サラさんが颯爽《さっそう》とモンスターの集団へと駆け寄っていく。

そして攻撃を華麗にかわしながら、モンスターを切り裂いていき、サラさんが通った後には氷漬けや灰となったモンスターたちの死骸だけが残されていった。

「やれる……私たちはやれるのよ！」

サラさんが自分の強さを確かめるように叫んだ。

その後、私たちは後方から来ていた敵の増援も無事に倒し、一息つこうと城門へ足を向けたのだけれど、突如背後からうなり声が沸き起こる。

「あれは……あの声は！」

そんな……まさか――！

「はっはっは！　俺がしばらく休んでいるうちにずいぶん配下を殺してくれていたようだな。代わりに俺がタップリ礼をしてやるぜ！」

毛むくじゃらの真っ黒で巨大な身体、鋭い爪。

見ただけで身体がすくみ上がるような威圧感。

間違えるはずもない……あのヴォイドの姿がそこにあった。

「あいつ――あれだけの傷がもう治ったたっていうの⁉」

サラさんが唇をかみしめる。

予想もしていなかった四天王の再登場に、周囲の空気に緊張が走った。

「兵士たちは街の中へ！」

サラさんのかけ声で周りの兵士さんたちが一斉に城門へと戻っていく。

「おやぁ？　勇者の姿が見えねえな……。どうやらデッドマンに手ひどくやられたのがまだ治ってねえらしい。人間ってのは脆《もろ》いし遅いし弱っちくて敵わねえなあ。はっはっは！」

私はヴォイドを観察してみたが、危険を冒してつけた身体中の傷はもうどこにも見当たらない。

それどころか以前よりもさらに身体が大きくなっている気がして、その威容《いよう》に思わず背筋が凍り付きそうになった。

「恐ろしいか？　貴様らからの傷を治している間、魔王様から新たに力を授かったのだ！　もう俺が負けることはない！」

「くっ……！」

アイシャさんは歯噛みしつつ矢をつがえる。

「勇者様がいなくたって……勝ってみせる！」

サラさんは剣を握り締め、意を決して一気にヴォイドへと迫ったけれど……。

「遅い遅い！」

その気迫とは裏腹に、サラさんの剣は空しく空を切っただけ。

「そんなっ！」

ヴォイドの言うことはでまかせなんかじゃない！

明らかに以前よりも強く、速くなっている！

サラさんはその後も何度となく攻撃を仕掛けるが、全くかすりもせず、逆に鋭く振り下ろされた爪を防ぐのがやっとの状態。

「くっ！」

「サラ！　どいて！」

アイシャさんがサラさんの身体を影に矢を放ち、ヴォイドを狙う。

「ふん！　こんなヒョロい矢なんぞ当たるかよ！」

けれど、アイシャさんの一撃をヴォイドは余裕そうに矢をかわしながら片手で掴んでへし折ってしまった。

「さて……」

ヴォイドがニタリと笑いつつ、身体の向きを変えた。

その先にはアイシャさんの矢を避けようと横へ飛んで片膝をついていたサラさんの姿。

次の瞬間には地面を蹴り、サラさんへと一気に迫る。

まずい！　このままじゃ!!

私は慌てて守護魔法を発動させようとした。

「炎《フレイム》の……」

けれどヴォイドは、そんな私の様子を見てか急激に進路を変えて風のように迫ってきた。

「はっはっは！　まずは俺に傷を付けてくれたお前からだ！　死ねい！」

避けようと思ったときにはすでに、鈍く光る巨大な右手の爪が目の前に。

私はなんとか剣を前に出して防ごうとしたものの完全には止めきれず、左肩の辺りをガッシリと掴まれ、鎖帷子《くさりかたびら》を突き抜けて爪が肩へと食い込んだ。

「うっぐう――！」

肩に耐えがたい痛みと燃えるような熱さが走る。

「はっはっは！　そらっ！」

そのままヴォイドは私の身体を剣ごと持ち上げ、握りつぶすように力を込めていく。

必死で剣を押し上げて腕を引き剥がそうと試みるけれど、私の力ではそれも敵わない。

「くっ……あああぁぁぁっ！」

耐えきれず、掴まれている肩がメキメキと嫌な音を立てる。

ヴォイドの爪はどんどんと食い込んでいき、その度に大量の血が飛び出して、私は激しい痛みで気を失いそうになった。

「このぅっ！」

「ティアナを離しなさい！」

サラさんとアイシャさんがなんとか割って入ろうと斬りかかったり矢を放つ。

「はっはっは！　そのような攻撃など効かぬと言っている！」

けれどヴォイドは余裕な口ぶりで矢をかわし、サラさんの剣を片手で受け、そのまま力に任せて遠くへと投げ飛ばしてしまう。

「もう……だめ……」

痛みで意識を失いそうになり、目の前が真っ暗になっていく。

「ティアナちゃん！」

サラさんの呼ぶ声が遠く聞こえてくる。

ああ、やっぱり私じゃダメだったのね……。

もっと、もっと強くなりたかった……。

もうろうとする意識の中で後悔の言葉が頭の中にあふれ出てくる。

このまま目を閉じれば、おそらく私はもう二度と目を覚ますことはないだろう。

「あっ……あ」

今までの出来事が走馬灯のようによみがえってくる。

リューシュ……もう一度会いたかった……。

大切な幼馴染みの顔を思い出しつつ、意識を手放そうとした時、勇者様の声が私の耳に入ってきた。

「そこまでだっ！」

その瞬間、私は急に空中に投げ出された。

「ちっ！　勇者め。貴様もケガは治っていたか！」

「これ以上みんなには手を出させない！」

「勇……者様……？」

「ティアナちゃん、もう大丈夫だ！」

地面に倒れ込んだ私は力を振り絞って回復魔法を唱えて傷口をふさぐ。

ぼやけていた視界もある程度戻り、失いかけていた意識もなんとか持ち直した。

そして勇者様を見ると、着ている鎧がいつもの白銀製のものではなく、真っ黒で禍々しい雰囲気の鎧になっていることに気づいた。

「貴様……その鎧はなんだ？」

ヴォイドの問いに、勇者様は嫌々な口調で答える。

「これはとっておきで着るつもりはなかったんだがな……以前、鍛錬場で手に入れた狂戦士の鎧さ！　これがあれば貴様にも勝てるはずだ！」

「ほう、神はそんなものまで人間に与えているとは……なんとも慈悲深い奴なことだ……だが！」

ヴォイドが地面を蹴って一気に勇者様へと迫り、勇者様へ鋭い爪を振り下ろす。

「たかが鎧一つを身につけたところで四天王である俺に勝てるはずもないだろうが！」

「ふんっ！」

勇者様はその攻撃を剣でしっかりと防いだだけでなく、逆にヴォイドの胸を斬りつけて深い傷をつけていた。

「なんだとっ！」

「ふっ、この狂戦士の鎧には力や速さを増す効果がある。今まで散々お前にやられ続けてきたが……それも今日で最後だ！」

そこからは勇者様の怒濤《どとう》の攻撃が始まる。

今までとは比べものにならない速さの連続攻撃に防戦一方のヴォイド。

「ちっ！　小賢しい！」

「お前を……倒す！」

勇者様が剣を振るうたび、ヴォイドの身体にどんどん傷が増えていく。

息も荒く、肩も激しく上下してかなり体力が削られているのが分かる。

「いける！　これなら！」

私のそばに駆け寄ってきたサラさんも笑顔の表情を浮かべていた。

「勇者様！　頑張って！」

少し離れたところにいるアイシャさんも声を張り上げている。

「勇者様！」

「やっちまってくれ！」

街の城門の上からも兵士さんたちからも大きな歓声。

「あれ……？」

けれど私は、時間が経つにつれて勇者様の様子がおかしくなってきていることに気づいた。

「動きが……遅くなっている？」

見間違いじゃない。

戦い始めた時よりも、明らかに剣の振りが遅くなってきている。

「勇者様！」

私の声に勇者様は返事をしない。

よく見れば顔が苦悶《くもん》にゆがみ、肩で息をしていて額からは玉のような汗が流れている。

「はぁ……はぁ……くそっ！　くそっ！」

ついに剣を振ることを止め、後ろに飛び退いてヴォイドと一旦距離を取った勇者様。

「くっくっく……最初は少し肝を冷やしたが……なんのことはなかったな」

身体中から血を流しながらも、ヴォイドは健在だ。

「くそっ！　最初の内で仕留められていれば……！」

「どうやらお前のその鎧にはお前の言っていた効果だけでなく、何か悪い効果もあるようだな？　例えば……力が増すのはある程度の時間までで、それ以降は逆に衰《おとろ》えていくといった感じか？」

「くっ――！」

勇者様が片膝を付きながら苦々しい顔でヴォイドをにらみ付ける。

表情を見る限り、その指摘は当たっているようだった。

「勇者であっても所詮は装備に頼らなければ俺には立ち向かえないということか。そんな見苦しい真似をせず、いい加減に諦めてしまえば良かったものを」

ヴォイドが口元をゆがめ、歯を見せて笑いながらヒタヒタと近づく。

勇者様は逃げようと身体を動かしているけれど、立ち上がるどころか、逆に前のめりに倒れてしまった。

「くっそおおおぉぉぉ！　なぜだ！　なぜ神に選ばれた勇者である僕が負けなければならないんだ！」

勇者様がありったけの声を振りしぼながら立ち上がろうとするけれど上手くいかない。

「勇者様――！」

私もどうにかして勇者様を助けたかったけれど、肩の痛みが酷く、血も流しすぎたようで足に力を入れた瞬間にめまいを起こしてまた倒れてしまった。

「勇者様を殺させない！」

「やあぁぁあ！」

サラさんとアイシャさんが勇者様をかばおうとヴォイドに立ち向かう。

「邪魔だっ！」

「きゃああっ！」

「くうっ！」

けれど、二人とも一撃で遠くまで弾き飛ばされてしまい、倒れこんだまま動かない。

「サラさん！　アイシャさん！」

「さあ、これで最後だ勇者よ……死ねぇ！」

ヴォイドは地面に倒れ伏す勇者様へ向けて右手を大きく振りかぶっている。

あれが……あれが振り下ろされたらもう……！　誰か……誰でも良いから私たちを助けて！

私はその様子を這いつくばって見ながら、あるはずもないであろう助けを必死に祈るしかなかった。

「終わりだぁ！」

ヴォイドが右手を振り下ろす。

もう……ダメ――！

勇者様の姿を見ていられなくて、私はギュッと目を閉じる。

…………――？

「なっ何者だ貴様らは！」

真っ暗な視界にヴォイドの動揺した声が聞こえてくる。

えっ……？

一体何が起きたのだろう？

私は恐る恐る目を開けてみる。

「……誰？」

見えたのは、ヴォイドとの間に入って剣を構えている二人の男性。

どちらも見慣れない服を着ていて、一人は白髪の老人、もう一人は私くらいの若い男の人だった。

そして、若い男の人がヴォイドに剣を向けながらしゃべり出す。

なぜだろう？

その声はすごく懐かしく、聞き覚えのある声だった。

「ふう……間に合った！」

◆

リューシュｓｉｄｅ

すこし時は遡《さかのぼ》る。

僕と師匠はあれからベルフォーレを迂回《うかい》しつつ、ヴォイドたちのいるという東の砦跡を目指していた。

「見えてきましたね……多分、あれです」

僕の指さした方向には、崩れた防壁や見張り塔が見える今は使われていないであろう砦。

そこはモンスターたちの拠点であることを裏付けるように、ウェアウルフやスケルトンが周辺を警戒していた。

「ふむ、意外と早く着けたのう」

「それでは師匠、どうしますか？」

僕は後ろにいた師匠へと振り向き尋ねてみる。

「そうじゃのう……」

師匠のことだからこのまま一気に突っ込むかとか言いそうだけど……。

「まずワシが一度中の様子を絶で見てくるとしよう。攻め入るかどうかはその後で考えるか」

「あっ……そうですか」

思ってたのと違ってちょっと拍子抜け。

「……なんか納得いかないようじゃの」

「だって、師匠ならこのまま行っちゃおうか！　とか言うと思ってましたから……」

「お主のう……ワシだって自重《じちょう》という言葉は知っとるつもりじゃぞ？」

「えっ？　そうだったんですか？　いやあ、師匠がそんな難しい言葉を知っているなんて思いもしませんでしたよ！」

意外だと言わんばかりに僕は大げさに驚いてみせる。

「くそう、覚えておれよ……ムミョウ」

「あっはっは！」

いやあ、最近師匠に弄《いじ》られてばっかりだったし、たまには逆襲するのも楽しいなあ！

僕がニッコリと笑うと、師匠はしてやられたという顔。

けれどその後は、咳払いをして何事もなかったように話し始めた。

「ゴホン！　とにかくお主が言っていたとおり、去年とはモンスターの強さが変わっているのは間違いない。せっかく敵の前線まで来たことだし、ここでも情報は集めておこうと思うんじゃ」

「そうですね、四天王と言うからには残りは三匹いるのは間違いないですし、他の連中がここに居るのか他の場所なのかの確認は大事だと思います」

「そういうわけじゃし、お主はここで少し待っておれ。なに、ベルフォーレの時のように時間はあまりかけんよ」

「分かりました。気をつけて行ってきてください、師匠」

「うむ」

師匠は頷き、絶を使って砦へと向かっていった。

「さて、ヴォイドってのはどういうやつなのかな……」

まだ見ぬ四天王の姿を考えながら、息を潜めて様子を窺《うかが》い続ける。

しばらくすると師匠がスッと目の前に現れ、いきなり血相を変えた表情を見せた。

「まずいぞムミョウ……どうやら四天王は誰もここにはおらん！」

「なんですって！」

そんな、ここまでやってきたのに……。

「モンスターの話に聞き耳を立てていたら、デッドマンはここからさらに東にある村へと下がったらしいが、ヴォイドはすでに傷を治していて勇者たちのいる街へ向かったらしいんじゃ！」

「そんなっ!?」

もうすでにヴォイドが街へ――!?

ティアナが……まずい！

「急いで戻りましょう！　師匠！」

「うむ、ことは一刻を争うぞ！」

僕と師匠は一目散に道を戻る。

街への最短距離をわき目も振らずに走り続けた。途中、モンスターが襲いかかってきたが今の僕にとっては単なる道ばたの石でしかない。

「邪魔だ！　どけぇ！」

すれ違いざまに剣を抜き放ち、スケルトンソルジャーの首を跳ね飛ばすと、死体をそのままに走り抜ける。

そうして全速力で向かうこと一日。

僕たちはようやく街へ到着したが、すでに戦闘は始まっており、遠目からは倒れている人の姿と巨大なウェアウルフの姿が見て取れた。

「あれだ！」

僕は一目散に駆け出す。

「ムミョウ、ワシは周囲に敵が居ないか確認してから向かう。ここまで走り通しじゃったんじゃから無理はするなよ！」

後ろから聞こえてきた師匠の忠告に、僕は手を上げて応えつつ剣を抜き、倒れている人とヴォイドと思われるモンスターとの間に割り込んだ。

◆

「ふう……間に合った！」

僕の乱入でうろたえているヴォイドに剣を構えつつ、僕はかばった人の姿を確認しようとチラリと後ろを見やる。

「あっ」

「――っ⁉」

横目で視線が合ってしまう。

僕が助けてしまったのは、なんと残念なことに勇者であった。

「ってめぇは⁉」

向こうもひと目で僕のことが分かったようで、顔からは血の気が引き口元が開いてワナワナと震えている。

「はぁ……しまったなあ。お前だと知っていたら助けるつもりなんてなかったよ」

僕はもう勇者の顔を見たくもなかったので、さっさとヴォイドの方に視線を戻しつつ残念そうにため息をついた。

「てめぇ……このクソ野郎！」

後ろではカチャカチャ金属音が聞こえ、憎しみのこもった勇者の声が聞こえてくる。

どうやら立ち上がろうともがいているようだが、上手く力が入っていないのか地面でジタバタしているだけのようだ。

「邪魔だからそのまま寝てろ。こいつは僕が倒すからそこで黙って見てるんだな」

「なんだとっ⁉」

僕はふんっと鼻を鳴らし、それ以上言うのを止めた。

勇者の方はその後もぎゃあぎゃあわめいていたけれど。もうこいつと無駄話をするつもりも時間もない。

「それよりも……」

すでに勇者への興味も失せたので、僕はヴォイドへの警戒は解かずに周囲をグルリと見渡し、他に人がいないかを探す。

「どこだ……ティアナ」

遠くには弓や剣を持った女性が二人倒れている。

「あっちは……違うか」

反対の方向に目をやると、赤いローブを来た女性が上半身を起こしてこちらを見ていた。

「いたっ！」

間違いない！

そのローブの女性は遠目からでもティアナだということがすぐに分かった。

左肩のところがやぶけており、服のあちこちに血の跡が見えたけれど大丈夫なようだ。

「良かった……無事で本当に良かった」

これで心置きなく戦える。

相変わらず罵詈雑言《ばりぞうごん》を放つ無駄に元気な勇者を尻目に、僕は再び剣を構え直した。

「お前がヴォイドか……やたらでかいウェアウルフだな」

やはりボルスと同じく魔王から力を授かっているのだろう。

さっきも人間の言葉を話していたし、この巨体……今まで見たウェアウルフとは倍以上も違う。

明らかに強さも段違いの風格を見せている。

「くっくっく……突然の事で少し動揺したがなんのことはない。所詮は生贄がもう一人増えただけのこと……このまま――くっ！」

ヴォイドが言葉を言い終わることなく、慌てて身を翻していた。

「ほほう、反応が早いのう」

そこにはすでに刀を抜いている師匠の姿。

どうやら先手を取ろうと奇襲を仕掛けたようだ。

「貴様っ！」

ヴォイドが肩をいからせ、師匠を睨《にら》み殺さんとばかりに歯を見せて威嚇《いかく》している。

「あれをかわされるとはなあ……ワシだとちいとばっかり苦労するかもしれんのう」

そうは言っているが、刀についた血を振り払ってニンマリと笑う師匠は余裕そうな態度にみえる。

「師匠、いきなりはひどいですよ……それで倒しちゃってたら元も子もないんですから」

「はっはっは、すまんすまん。お主の修行じゃったのをすっかり忘れておったわ」

「ったくもう……」

念願の四天王を目の前にしているのに、相変わらずな師匠だなあ。

「さて……ではヴォイド。貴様を倒させてもらう！」

僕は気を取り直してヴォイドを見据える。

「減らず口を！　俺を狙ったそこの爺ともども返り討ちにして、身体をズタズタに引き裂いてくれるわ！」

ヴォイドは傷を着けられたことに怒り心頭の様子。

すぐさま地面を蹴って僕へと迫ってきた。

「銀の目！」

僕は力を使い、ヴォイドの姿を捉《とら》える。

「この力を使ってもか……」

ヴォイドの速さは、力を使ってやっと普通のウェアウルフと同じくらい。

これは自分じゃなかったら手に負える速度じゃないな。

「だからこそ……僕ならお前を倒せる！」

どれだけ速くても、それを捉えられる力のある僕にとっては図体のデカいウェアウルフなだけ。

右から斜めに振り下ろされてくる爪を見切ってサッとかわした。

「なっ！」

勢い余って僕の後ろへと飛んでいく。

僕が振り向くと、ヴォイドは口を開け、目を見開いて僕を見つめていた。

「今のは……」

どうやら攻撃をかわされたのが相当驚きだったようだ。

「まっまぐれだ――！　たかが人間ごときに俺の攻撃があっさりかわされるはずがない！」

ヴォイドは再び地面を蹴って突っ込んでくる。

やはり速さは驚きの一言。

けれど、線ははっきりと僕に向かってくるのが見えているので慌てず冷静に目で追う。

今度は左からの横なぎ――！

すぐさま地面すれすれまでかがんでかわす。

そして立ち上がり、剣を構えて次の攻撃に備えた。

「ふぅ……」

見切りもバッチリ。

身体も疲れはあまりなく、動きも軽やか。

「これなら問題ないな」

柄を握り直してヴォイドの方を見れば、身体を震わせ、さきほどよりも驚きの表情を深めている。

「ウソだ……ウソだウソだウソだ！　魔王様から力を授かった俺がこんなただの人間に！」

その直後、空気を震わせるようなうなり声を上げて一直線に僕へと突っ込んでくる。

「絶対に貴様を殺すっ！」

その言葉とともに、無数の白い線が僕めがけて殺到してくる。

「来いっ！　ヴォイド！」

お前の攻撃を真正面から受け止めてやる！

「ガアアァァァ！」

そしてヴォイドは僕の目の前まで来ると足を止めて両手の爪で連撃を繰り出してくる。

その攻撃は一つ一つに殺意が込められており、軽く触れられただけでも僕の身体の肉がごっそり持っていかれるだろう。

巻き起こる風も、ボルスの時の竜巻のようなものとは違い、つむじのように鋭く、触れてもいないのに僕の頬に痛みもなく切り傷をつけ、服にも無数の切れ目を入れてくる。

「攻撃はちゃんと見えてるし、しっかりとかわしているのに……すごいなあ」

倒すべき敵なのに、思わず称賛の言葉が出てしまう。

やっぱり、僕の心の奥底ではこういう強い敵と戦いたいっていう気持ちがあったのかな。

「よし……」

僕はしばらく攻撃をかわし続ける事に専念して隙を窺うことにした。

「うおおおぉぉぉ！」

ヴォイドは相変わらずの連撃で襲いかかってくるが、僕は冷静に対処し続ける。

すると、時間が経つうちに疲れが出てきたのか、ヴォイドの口が開いて息も荒くなり始めた。

徐々に攻撃も大振りになっていき、攻撃の間隔が開いてきている。

「それじゃあ……そろそろ反撃だ！」

ここが攻め時だと判断した僕は、振り下ろされてくる右腕を狙って剣を振り上げる。

「ぐあぁぁぁ！」

刹那《せつな》、僕の剣で寸断されたヴォイドの右腕が宙を舞い、鈍い音を立てて地面に落ちた。

「さあ、続けていくぞ！」

相手に余裕は与えない！

たたらを踏んで下がったヴォイドへと追撃をかけるため、僕はすぐさま間合いを近づけて次々と剣を振るい、ヴォイドへ一撃を浴びせていく。

「くそっ！　くそっ！」

ヴォイドはなんとかこちらの攻撃をかわそうと身体を動かすが、疲れと右腕の痛みもあってか動きは鈍い。

僕の剣を身体に受けてどんどん傷が増えていく。

「この俺が……俺がただの人間ごときにぃ！」

精一杯吠《ほ》え立てるヴォイド。

反撃とばかりに左腕を振り下ろしてくるが、先ほどの速さは既にない。

僕は剣を煌《きら》めかせ、左腕も綺麗に斬り飛ばした。

「ぐわぁぁ！　うっ、ぐぅ……」

気力を失ったヴォイドが地面に両膝をつく。

「無駄だヴォイド。僕には勝てないよ」

うつむいたヴォイドに勝ち誇ったように告げても、油断はせず剣をしっかりと構える。

「もうお前の動きは見切ったさ」

ボルスよりは確かに強かった。

けれど僕の方が更に強かっただけだ。

「お前は……お前は一体何者だ！」

ヴォイドは僕を見上げながら言い放った。

「僕の名前はムミョウ。剣の修行でここに来ているだけだ」

「聞かれてないけどワシはトガ。こやつの師匠じゃ。お前ら魔王軍が暴れてるということでちょうどいい腕試し相手と思ってのう。ちょっとばっかし殴り込みに来ただけじゃい」

いつの間にか師匠が僕の横に立って嬉しそうに自分のことを話していた。

こういう時は調子が良いなあ……。

「そんな馬鹿な！　その強さで修行に来ただけだと⁉　勇者の仲間ではないのか——？」

「あぁ？　なんだって？」

ヴォイドの言葉に思わずカチンと来てしまった僕。

「あんな勇者とは仲間でもなんでもない。そう思われるのはものすごく不愉快だ」

相変わらず地面に倒れている勇者を指さしつつ嫌々ながら応えた。

「馬鹿な……だったらなぜ……なぜ勇者の仲間でもないという人間がここまで……ここまで強いのだ！」

ヴォイド……教えてやるよ。

「そんなもの……今まで必死に修行してきたからに決まっている。お前や勇者みたいに他人から力をもらったわけでもないし、強い武器や防具を使っているわけでもない」

力の限り剣の柄をギュッと握りしめた。

「ただ……ただ僕は自分の可能性を信じて、目標のために全力で頑張ってきた。そしてその結果が今ここにあるんだ！　さあ……ヴォイド、覚悟しろ！」

弱っているうちに一気に踏み込んで、とどめを刺す！

そう思って近づこうとした瞬間、ヴォイドが何かを察したように目を見開いた。

「そうか……魔王様に聞いたことがあるぞ……勇者という存在が誕生する以前より、世界を守っていたという四聖龍《しせいりゅう》という奴らがいることを……貴様らはその四聖龍より使命を受けた連中か！」

四聖龍？　使命？

一体何のことだ？

「ムミョウ！　それよりも今はそやつにとどめを差すことに集中せよ！」

はっ！　そうか！

突然のことに動揺したけれど、師匠の喝《かつ》に僕は気を取り直して剣を振ろうとする。

「くっ……負けられんっ！　魔王様のために俺は負けるわけにはいかんのだ！」

振り抜いた剣がその首に届こうかという瞬間、突然ヴォイドから突風が吹き荒れ、僕は慌てて後ろへと飛び退いた。

「一体なにが⁉」

一瞬のことで事態が把握出来ない。

「ムミョウ、気をつけろ！」

師匠の忠告に頷きつつ、僕は剣をヴォイドに向ける。

しばらくすると風もやみ、舞い上がっていた砂埃が晴れてきた。

すると……見えてきたヴォイドの姿が一変していた。

「ガルルルルゥ……」

さきほどまでの巨体が半分以下にまで縮み、二本足で立っていたのが四つん這いになっている。

斬ったはずの両腕も再生していて、目は血走り、毛は逆立って口からはよだれがこぼれ落ちていて、さきほどまで人間の言葉をしゃべっていたとはおもえないほど凶暴な顔つきになっていた。

「これは……」

僕は銀の目でヴォイドを見たが、さっきよりも禍々しい力を感じ、思わずつばを飲み込んだ。

「どうやら体内の魔力を全て強化に使ったようじゃの……」

「魔力を強化に？」

一体どういうことだろう？

「昔師匠に聞いたことがあるんじゃが、特別なモンスターは危機に瀕した際、魔力を使って自身に大幅な強化を施すらしい。見てみい、魔力で補っていたであろう知性までも力に振り分けた結果、人間の言葉もしゃべれなくなって完全に獣と同等じゃ」

師匠の言葉に反応してか、こちらに対して牙をむき、うなり声を上げるヴォイド。

敵としての威圧感は、明らかにさっきよりも上がっている。

柄を握る手にも汗がじっとりとにじみ出した。

「でも……でも師匠。僕たちならば倒せますよね」

僕は不安を打ち消そうと尋ねてみる。

「……うむ」

師匠はゆっくりと頷いた。

「はっは、あのような獣に負けるなんて、お主をそんなヤワに育てたつもりはないぞ？　さっさと倒して次の四天王を探しに行くとしようじゃないか」

ははっ……やっぱりこの師匠は――！

軽快な言葉がしっかりと胸に響く。

「――はいっ！」

僕は大きく息を吸い込み、そして吐き出す。

スゥ――……ハァ――……。

「行くぞ！　ヴォイド！」

「ガアアアァァァ！」

僕の声と同時にヴォイドも叫び声を上げた。

そして地面を蹴って僕を食い殺そうと大きく口を開けて襲いかかってきた。

「銀の目！」

力を使ってヴォイドの姿を捉えようとする。

「――速いっ！」

だが、その速度は銀の目をもってしても追い切るのがやっと。

ギリギリまで迫った牙をどうにかかわしたけれど、体勢を崩した僕は地面を転がる。

「くっ！」

まずい！　起き上がらないと！

そう思って立ち上がろうとした瞬間、僕の目の前にはヴォイドの爪。

「くそっ！」

すぐさま地面に寝そべって回避すると、頭すれすれを爪がかすめていった。

「なんて速さだっ！」

次はどうにか立ち上がり、こちらの周囲をゆっくりと周りながら睨みつけてくるヴォイドに剣を向けた。

「ふぅ――……ふぅ――……」

いつになく汗が流れ、身体の節々に緊張が走る。

強化というものがこれほどとは……。

さきほどまでの奴と同じに考えていたら間違いなくやられる――！

けれど、今は銀の目の力で持っても姿を追うのがやっと。

何か……何か手は――!?

「ガアアァァァ――！」

焦る僕を見て、ヴォイドは好機と感じたのか地面を蹴って一気に距離を詰めてくる。

「しまったっ――!?」

考えることに気を取られて反応が遅れた――！

このままじゃっ――。

ガキィン！

「ムミョウ、しっかりせよ」

そう言って僕の目の前に立った師匠は、鋭い速さで迫っていたヴォイドの爪を軽くはじき返す。

「焦ってばかりでは身体も動かん。深呼吸でもして気を落ち着かせよ」

師匠は僕の方に振り向いて歯を見せてニカッと笑う。

「そうでした……すみません」

いけないいけない……。

僕としたことがいつになく焦ってしまっていたな。

師匠がヴォイドと対峙している間、言われたとおり、深呼吸を何度もして目一杯空気を吸い込んだ。

よし！　これで大丈夫だ！

「うむ、それでよい」

師匠は満足げにうなずくと、サッと僕の後ろへと回った。

「よいか、ワシがしっかりとついておる。気にする事など何もないから思う存分あやつで修行に励むがよい！　がっはっは！」

いつもの高笑いを聞くと、自然と身体の緊張も解《ほぐ》れてきた。

「ようしっ！」

もう大丈夫！

後はあいつを倒すことに全力を注ぐだけだ！

その時、背後から師匠の声が再び聞こえる。

「ムミョウ！　ああいうすばしっこい奴と戦うときには陰の形じゃ。ちゃんと教えたであろう？」

……あっ！　そうか、思い出した！

今まで朝の稽古で散々やってきた陰の形！

あれは相手の攻撃を受け流し、そのまま自分の攻撃へとつなげる形。

こちらから攻めずとも、向こうから来るのだから、それに合わせて剣をたたき込めばいい。

「よし……それならヴォイドの動きをしっかり見極めなきゃ――銀の目！」

僕はもう一度力を使い、ヴォイドの動きを目で追い続ける。

相変わらずヴォイドは尋常じゃない速さで僕へと迫り、その鋭い牙と爪で僕の身体を引き裂こうと何度も攻撃してくる。

「ふっ――！　はっ――！」

さきほどのように最初は回避に専念し、相手の動きに目を慣れさせることが大事だ。

「よし……だんだん見えてきたぞ」

次第に速さに慣れはじめ、実はヴォイドの動きが隙だらけなのも分かってきた。

「いくら魔力で強さや速さを上げても……こう一直線の動きばかりじゃ……ねっ！」

さっきまでのヴォイドの方が攻撃は多彩だった。僕は右手を横なぎに払ってきたヴォイドの脇腹をすり抜けるようにかわしつつ、返す刀で剣をスッと斬り払う。

「ガアアァァ！」

ヴォイドの苦悶に満ちた叫び声が僕の背後から聞こえてきた。

「まだまだ！」

今度は僕の番だ！

向こうの攻撃を誘うように一気に近づくと、ヴォイドは叩きつけるように左手を振り下ろす。

「それはもう見えてるよ！」

僕は直前で急激に足を止め、鼻先すれすれのところを爪が通り過ぎた瞬間を待って、勢いに任せてヴォイドの左手首を狙って一文字に剣を振り切った。

「グアアァァァ！」

真っ赤な血を吹き出しながら、ヴォイドの左手が宙を舞う。

次っ！

そう思った瞬間、左下から白い線が急に伸びてくる。

「蹴りかっ！」

僕は急いで後方に飛び退くと、さっきまでいた場所をものすごい勢いでヴォイドの右足が通り抜けていった。

「危ない危ない……口と両手ばっかりに気を取られていたけど……足にだって爪はあるもんな」

けれど、これでヴォイドの武器は一つ減った。後は陰の形を意識して、相手の攻撃をしっかり見極めていけばいい。

「さあヴォイド……お前の最後が近づいているぞ」

視線の先には、切られた手首から大量の血を流しつつも、戦う意志は衰えていないヴォイド。

「はっ！」

僕は声を上げつつ、剣を正眼に構えジリジリと近づいていく。

一方のヴォイドはジッとしたまま動かない。

「……」

「グルル……」

少しずつ……少しずつ……お互いの距離が縮まっていく……。

そして――！

「――ガァ！」

たまりかねたヴォイドが地面を蹴り、矢のように僕へと一直線に飛び込んでくる。

左から真横――右手でのなぎ払いだ！

「そこだぁ！」

僕は白い線を追うように迫る右手に、剣をぶつけるように振り下ろした。

刹那、再びヴォイドの手首が宙を舞う。

だが攻撃はそこで終わりではなかった。

「ガアァァ！」

両手首を切り落とされたのに、ヴォイドはその勢いを緩めることなく、今度は僕の首を狙って牙で噛みつこうと大きな口を開けて迫ってくる。

けれど、僕は慌てない。

「甘いっ！」

それももちろん見えていたさ！

僕は身体を捻って噛みつきをかわしつつ、隙だらけのうなじめがけて全力で剣を振り下ろした。

「トドメだぁ！」

先ほど斬り落とした手首よりも重い衝撃が剣を通じて両手へと伝わってきたけれど、僕は気にすることなくさらに力を込めてヴォイドの首を斬り進んでいく。

そしてフッと抵抗がなくなったと感じた瞬間、ヴォイドの首は僕の目の前でくるりと回転しながら地面へと落ち、斬り離された身体も音を立てて倒れ込んだ。

「まだ……まだ……」

少し飛び退いて剣を構え直す。

ヴォイドへの警戒のため、しばらく様子を見ていたが起き上がる様子はない。

そこでようやく一息つき、僕は剣の血を振り払ってから鞘に収めた。

「……ふぅ」

途端に周りから大歓声が上がる。

「うおおぉぉ！　やりやがったよあいつ！」

「あのやべえモンスターを一人で倒しやがった！」

「一体誰だよ！　あんなすごいやつ！」

しまった！

いつの間にか街にいた兵士さんたちが外に出てきていたようで、一目散に僕たちの所へと走ってくるのが見えた。

「おいムミョウ！　さっさと逃げるぞい！」

師匠はこちらを手招きしながら先に森の方へと走っていく。

「はいっ！」

僕もそれに続いて急いで走り出そうとしたところ、後ろからティアナの必死な声が聞こえてくる。

「リューシュ！　リューシュなの⁉」

僕の……僕の名前を呼んでいる——！

その声に思わず足を止めそうになった。

けれど……。

「リューシュだったら顔を見せて！」

今はまだ顔を合わせるべきじゃない。

それに……もし話をしたとして、本当に別れを告げられたら……。

ティアナと再会出来るという喜びと、本当の別れになるかもという不安が心の中で渦巻いている。

「リューシュ——！」

結局、ティアナの声に僕は振り向くことなく、師匠の後を追いかけて森の中へと逃げ込んだ。

「はぁ……はぁ……」

どれだけ走り続けただろうか。

もうすっかり街も見えなくなり、深い森の中で僕と師匠は一旦足を止めた。

「もう……いいじゃろう」

「……」

師匠が僕の方をジッと見つめてくる、

「……良かったのか？　一言告げるくらいはまだ余裕があったが」

僕は静かに首を振った。

「いいんです……まだ、まだその時じゃない。それにここで修行を続ければ、いつかもう一度出会える機会はあるはずです」

僕の答えに対し、師匠は苦い顔を崩さない。

「……お主がそう判断したのなら、とやかく口を出すまい。だが、人の縁というものはえてして得られにくいもの。次があるなどというのは考えぬ方が良いぞ？」

うっ……。

「まぁ、これ以上は言うまい。それよりもだ……よくやったな、ムミョウ」

フッと表情を変え、ヴォイドを討ち果たしたことを褒めてくる師匠。

その言葉を聞いた途端、僕は全身から力が抜けていく気がして地面にストンと座り込んでしまった。

「ははっ……そうでしたね……なんだかここまで走りっぱなしですっかり忘れてました」

「もうちょっと喜べる時間が欲しかったところじゃが、まぁ色々と事情もあったし仕方なかろう。それにまだ終わりではないからな」

「はい！　では次は……」

そうだ、まだ終わりじゃない。

思い直した僕は足に力を入れて再び立ち上がる。

「まずは以前行った砦跡へと向かうとしよう。もしかしたらデッドマンとやらが戻っておるかもしれんし、もう一匹の四天王がおるやもしれんしな」

「それなんですが師匠、そろそろ食料が残り少なくなってきています。さすがにこのままは……」

そう言って僕は背負っていたカバンを下ろし、中身を師匠に見せた。

すでに干し肉などもあと数日ほどの量しかなく、水の入った水筒も半分を切っている。

「むう、ここまで強行軍だったからのう……仕方ない、一旦集落跡まで戻って補充してから向かうとするか」

「その方がいいと思います」

本当は僕もヴォイドを倒した勢いのまま次のデッドマンの所へ行きたかったけれど、さすがに腹を空かせたままの戦闘は避けた方がいい。

「さて、そうと決まれば急いで行かねばのう」

「はい！」

これで倒した四天王は二人！

残り二人も僕が倒してみせる！

第三章　三体目の四天王デッドマン

そしてしばらく日数を掛け、集落跡へとたどり着いた僕と師匠は無事食料や水の補給を済ませてモンスターたちの拠点だった砦跡へと戻った。

けれどそこはすでに連合国の兵士たちが居座っており、周囲のモンスターも排除されていた。

「ふむ、どうやらヴォイドが倒れたのを好機とみて進軍したようじゃの……」

「となると次はどこへ行けばいいんでしょうか……？」

「ちょっと待っておれ、忍び込んでなにか情報がないか聞いてくるとしよう」

「お願いします。師匠」

「うむ、では行ってくる」

言うが早いか師匠はさっと絶を発動させて砦跡へと入っていく。

それからしばらく待っていると、師匠がフッと目の前に現れた。

「ようし、次は更に東の村へと向かうぞ」

「分かったんですか？　デッドマンの居場所が」

「うむ、どうやら相手は戦線をかなり下げて防衛気味に立ち回っているらしい。ヴォイドが倒されたのが相当に堪えておるようじゃの」

「そうなんですか……」

それは嬉しいけれど、今重要なのはそっちじゃない。デッドマンの居場所の方が大事だ。

「それで師匠、デッドマンは……」

「まぁ待て、慌てるでない。兵士たちの話ではデッドマンはさっき言ったとおりここからさらに東の村にいる。だが、周辺はスケルトンや兵士たちの死体で作られたゾンビなどがおり、その突破にかなり時間がかかっているらしい。勇者一行もすでにそちらへ向かったとのことだ」

ティアナたちも向かったのか……。

「では師匠、もうここにはいる必要も無いですしさっさと先を急ぎましょう」

「うむ、地図を見てもここからはそう遠くない。数日という距離かのう」

得たい情報も手に入れたし、あとは向かうだけだ。

僕と師匠は急いでティアナたちが向かったという村へと駆けていく。

数日ほど移動して村へと近づきつつあると、師匠の情報通りスケルトンのモンスターやゴースト、もとは連合国の兵士であったろうゾンビたちが行く手を遮る。

「さすがに……魔王のいるところに近づきつつあるようでモンスターの数も増えてきましたね」

「ああ、じゃが逆に考えればそこまで前線を下げなければならないほどに数が減ってきているということじゃ。このままワシらが四天王を倒していけばそう遠くないうちに魔王も討伐出来るじゃろう。無論、ワシらが倒してしまってもいいんじゃがな」

「ふふっ、勇者がそれを知ったらどう思うでしょうね？　自分が倒すべき魔王も持っていかれてしまったなんて」

「まぁ、怒り狂うか恥ずかしくて兵士たちの前に出れんかじゃろうなあ……」

「ははっ！　それはいい気味ですね！」

四天王を二匹も倒せた僕なんだ。

残りの奴らだってさっさと片付けて魔王も倒してみせる。

「とまぁ話をするのはいいが、とりあえず目の前のモンスターどもはさっさと片付けてしまおうか」

「はいっ！　師匠！」

もはや僕たちに行く手を遮るものなんてない、そんな余裕も持ちつつモンスターを片付けて進んでいると、道中で兵士たちの野営地を発見した。急ごしらえの場所のようで、雨露をしのぐだけに張られた布や、簡単に立てられた柵や雑多に置かれた木箱など、見ればいくらでも姿を隠して近づけそうな感じである。

「ちょうどいい、ここでも情報を仕入れておこう」

師匠の意見に僕も賛成だ。

「はい、これなら僕も行っても良さそうですね」

「うむ、だが気をつけるんじゃぞ」

腰をかがめながら師匠の後をついていき、頃合いを見て柵を乗り越える。

誰にも見つかることなく野営地の中へ入ると、中央に割としっかりとした作りの小屋が見えた。

「あれはここの指揮官のいるところかのう？」

「ならあそこに近づけばいい情報が入るかも知れませんね」

僕と師匠は小声で相談したあと、二人同時に頷く。

そして周りにいる兵士たちに見つからないよう小屋へと近づいていくと、何やら話し声が聞こえてきたので、並んで薄い木の壁に耳を当てて盗み聞きを開始した。

「どうだ……我が軍の様子は」

「はっ、隊長。以前と比べてかなり士気も高く、補給も滞《とどこお》りなく進んでおります。魔王軍を連合国の東側まで押し返しましたし、周辺でのモンスターの掃討も順調なようで、他国からの増援もさらに来ているとのこと」

「そうか……我らの損害も大きく、頼みの綱である勇者も敗《やぶ》れ続け、つい最近まではこの世界も終わりかと思っていたが、あの四天王を名乗るモンスターが倒れてからというもの状況がガラリと変わった。それもこれもウワサに聞く謎の剣士二人のおかげだな」

「はい、あの時街にいた兵士からの報告によれば、勇者も太刀打ち出来なかったヴォイドというウェアウルフをその二人がばっさりと斬り捨ててしまったとのこと。ですがその後彼らは慌てて森の中へと逃げていってしまったらしく、将軍の命で目下捜索中ですが、まだ見つかっていないそうです」

僕たちのことを話してる——！

師匠の方を向くと、向こうも話は聞いていたようで、顔を見合わせてニヤっと笑い合った。

「勇者すら苦戦するモンスターを倒すなど一体どれほどの強さなのか……ぜひ会ってみたいものだな」

「そうですね……連合国や他国の将軍様の間でもその二人の話で持ちきりだそうで」

「それはそうだろうな……まぁその話は置いておくとして、明日の予定はどうなっている？」

「はっ、昼には四天王の一人であるデッドマンが確認された村からほど近い前線拠点に到着し、他の部隊と合流して周辺のモンスター排除に当たる手はずになっております」

「我らの勇者様のために身体を張って露払いというわけだな……だが果たしてあの勇者に魔王や残りの四天王を倒せるだけの力があるのやら……」

「本音を言えば、先ほどの剣士二人がまた現れてほしいと私は思っております」

「はっはっは、僕もだよ。彼らが来てくれれば部下の死を見なくて済むだろう。さて、私はもう横になるから兵士たちにもゆっくり休むよう伝えておけ」

「はっ！」

そして兵士が出ていったのを見届けてから、僕と師匠はその拠点を静かに離れた。

事前に作っておいた野営場所へ戻りつつ、二人で言葉を交わす。

「相当ウワサになっちゃってるみたいですね……僕たち」

「そうじゃのう……まぁあれだけ派手な登場をしてしまったら仕方の無いことかもしれんが」

「でも、なんだか悪い気はしませんね」

「ムミョウ、そう思うようじゃとまだまだ未熟者じゃぞ？　あやつらの言っていることは、要はワシらを自分たちの手駒のように使いたいだけということじゃ。そうやっておだてに乗ってると後で痛い目に遭うんじゃぞ？」

そう言う師匠もなぜか表情は柔らかい。

あまり悪い気はしてないいんだろうなあ。

「はい、以後気をつけます」

「では、明日に備えてさっさと寝るとしようか」

その後、しっかりと休んだ僕と師匠は、翌日に盗み聞きで知った連合国の前線拠点へと向かい、
そこでも情報収集を行うことに。

「やれやれ……ムミョウは年寄りづかいが荒いのう……」

拠点から帰ってきて、絶を解いた師匠がやたら腰を拳で叩いて疲れた振りをしてくる。

「どうでしたか、師匠？」

またいつもの冗談かと思い、あえて話には乗らないことにした。

「むう、ノリが悪いぞムミョウ……」

「毎回師匠に付き合うのも疲れるんですって」

「ひどい！」

「はいはい、お疲れ様です。で？　いい情報は集まりましたか？」

正直なところ、すでに師匠の冗談に付き合うどころか連合国に滞在出来る時間だって限られてきている。

なぜなら、いよいよ季節は秋を迎えつつあり、冬までそう遠くもないからだ。

食料だって今回の持ってきた分でもう備蓄は空になってしまったから、早く残りの四天王二匹を

倒して魔王もやっつけてしまわないとまずい状況である。

僕としては少しでも早く事を片付けてしまいたい気持ちで師匠を急かす。

「むう……まぁよい。結論から言えばデッドマンはこの先の村にいるのは間違いない。偵察に行った兵士たちからの報告も上がっておった。それともう一つ。近日中に勇者たちがデッドマン討伐のためこの拠点にやってくるそうじゃ」

「そうですか……」

「なのでワシらは勇者が来る前にさっさとデッドマンを倒しておきたいところじゃな」

「はい！」

「不安があるとすれば……リッチやらのゴーストどもを倒すには火を使うのが一番じゃが、軒並みモンスターどもが強化されているとしたら、今までワシらがやっていた方法で果たして効果があるのかどうかじゃのう」

以前はほとんど出会わなかったが、ここ連合国にきてから何回か人間やモンスターの姿をしていたり、よく分からない変な形をしたゴーストのモンスターに襲われている。

あいつらは剣や刀の攻撃をすり抜けてしまうが火には弱く、松明《たいまつ》や刀身に油を塗って火を付けたものをぶつければ勢いよく燃えて消えてしまうので、もっぱらそういう方法で倒していた。

「いくら強化されていると言っても、今までのモンスターには僕たちの剣が通じましたし、ゴーストなんかにもちゃんと火で対応すれば問題ないとは思いたいですが……」

「それならよいがな……ああ、それと身体がないせいか音もなく静かに忍び寄ってくるからそこら辺も注意じゃな」

「そうですね。気づいたら後ろからいきなりなんてのもありましたから……けど、銀の目を使って見ればバッチリ分かりますよ」

「お主の目には期待しておるぞ。まぁ物は試しという。とりあえずいつも通りで戦ってみるとしよう」

僕はカバンから松明を取り出して師匠に見せる。

「すでに何本かは作ってあります。一応油ビンも予備はあるので、前やったみたいに剣に火を付けて戦えますよ」

それを聞いた師匠が苦い顔をした。

「あれかあ……あれをやると手が熱いし、刀が傷むから後の手入れが大変なんじゃよなあ……」

「仕方ないですよ、師匠。魔法が使えない僕らにとって、リッチであるデッドマンと戦うにはそういう手しかないんですから」

魔法……。

才能の無かった僕にも銀の目という力が隠されていたわけだけど、それでもやっぱりティアナの使っていた魔法が羨《うらや》ましく感じる。

「魔法が僕にも使えたらこんなに苦労はしなくてすむんですけどね」

そんな僕の愚痴を師匠ははははと笑い飛ばした。

「まぁ、ないものねだりはしてもしょうがないわい。今あるもので頑張るしかないんじゃからなあ」

こうして僕と師匠は着々と準備を整え、デッドマンのいるという村を目指して進んでいたが、道中ちょうど良く老人の姿のゴーストが現れたので松明を使ってみることに。

「ギャアアァァ……」

銀の目で姿を確認しつつ火を付けた松明をぶつけたところ、勢いよく炎が燃え上がってゴーストは燃え上がり、特に抵抗もなく消滅。

「ふむ、問題はなさそうじゃの」

「ええ、これならデッドマンにも効くかもしれませんね」

よし、なんとかなりそうかな……？

だがその時、僕は銀の目をゴーストに使った際に多少の違和感を感じたことが頭の隅に引っかかって離れない。

「うーん……なんだろう？」

何かは分からないけれど、それがものすごく重要なことのような気がする。

僕は立ち止まり、さっきまでゴーストがいた場所を見つめながらそれがなんなのかを考えようとしてみたが……。

「おーい、突っ立ってないでさっさと進むぞムミョウ」

「あっ！　はい！」

すでに遠くまで進んでいた師匠の呼びかけに思案は叶わず、僕は慌てて後を追いかける。

まぁ、またゴーストが出たときにでも考えてみようかな？

そう思ったりもしたけれど、残念ながらそれ以降の道中では結局他のゴーストに会うことはなかった……。

◆

「すごい多いですね……モンスター」

「とにかく数を集めたという感じじゃのう……存外魔王軍もかなり追い詰められているということか」

あれから数日が経ち、僕たちはなんとか勇者よりも先にデッドマンがいると言われている廃墟《はいきょ》の村に到着できた。

現在はそこを一望出来る小高い丘から、敵の様子を確認している最中だ。

「ううん……」

「何か見えるか？　ムミョウ」

村の周辺はおびただしい数のゾンビやスケルトン、ゴーストで固められており、銀の目を使って見てみると、中心になにかおどろおどろしい気配を感じることが出来た。

「いますね……村の中央に」

「やはりか……にしてもこの数どうすべきかのう」

僕と師匠ならやれない数ではない。

だが、モンスターの排除に時間を掛けていると突然デッドマンがこちらに襲いかかってくるかも分からない。

「うーん……師匠はどうすればいいと思いますか？」

とりあえず意見を聞いてから、僕も考えてみるとしよう。

「そうじゃのう……ここは時間を掛けてでも周囲のモンスターを丁寧に片付けて……っ！　おい、ムミョウ！　見てみろ！」

師匠が指さす方を見ると、その先には隊列を組んで村へと侵攻する構えを見せている連合国軍の姿。

けれど、そこには勇者やティアナたちの姿はなく、同じような鎧や兜《かぶと》をつけた兵士たちしか見当たらない。

「――！　まさか勇者もいないのに戦うつもりなんでしょうか」

「いや、おそらくそやつらが来るということで、村の周辺のモンスターを出来るだけ排除しておくつもりなのかもしれん。じゃがそんなことをすればデッドマンが黙ってはおるまいて」

僕と師匠が様子を窺っていると、指揮官の号令の元に兵士たちが前進し、村から出てきたゾンビやスケルトンとの戦闘が開始される。

それからしばらくすると師匠の懸念《けねん》通りの事態が発生してしまった。

「人間どもめ！　ボルスとヴォイドをやったくらいで調子づきおって！　あの二人がいなくとも、私とドランだけで魔王様を復活の時まで守り通してみせるわ！」

デッドマンであろうローレン教の司祭の服を着たリッチが村の門に姿を現し、自分たちのいるところにまで聞こえるくらいの大声を上げる。

「食らえっ！　愚かな人間どもよっ！」

そして次の瞬間には両手から魔法を発動させ、モンスターと戦っていた兵士たちの集団へ次々と撃ち出していく。

火の魔法、水の魔法、風の魔法や雷の魔法。

ありとあらゆる魔法が次々と放たれると、その度に何人もの兵士たちが殺されていく。

連合国の軍隊はたちまちのうちに総崩れとなり、村の正面にある草原が阿鼻叫喚《あびきょうかん》の地獄と化してしまっていた。

「たっ助けてくれ！　だれかぁ！」

その悲惨な状況に加え、配下のスケルトンやゾンビ、ゴーストなども次々と生き残っている兵士たちへと襲いかかっていく。

これはどう見ても連合国に勝ち目はないだろう。

「どうする……ムミョウ」

師匠が僕の方を向く。

「どうするって……」

「連合国の者どもが劣勢とはいえ、ある程度はモンスターどもを駆逐してくれよう。そうすればその後ワシらがデッドマンへと近づくのも少しは楽になるはず。どうじゃ？　もうしばらく様子を見るか？」

僕は拳をギュッと握りしめ、師匠をキッと睨む。そんなこと……そんなこと出来るもんか！

「嫌です！　目の前で人が死んでいっているのを黙って見ていたくはありません！」

師匠は僕にニヤッと笑いかける。

「それじゃあ行こうか。三匹目の四天王討伐開始じゃ」

「――！　はい！」

僕と師匠は全速力で丘を駆け下りる。

もちろん松明と油ビンの準備も忘れてはいない。道中で折を見て刀身に油を塗り、種火で火を付けてゴーストに対する用意はバッチリだ。

「よし――やるぞ！」

僕は決意を新たに、剣を抜く。

師匠も同じように刀を抜き、そして近くでケガをして倒れていた兵士へ襲いかかるゴーストとゾンビへとそれぞれ斬りかかっていった。

◆

「やめろ……来るなっ！　ヒィイ！」

目の前にはケガをして動けず、今にもゾンビに食われそうな兵士。

僕はすぐさまゾンビの首を剣で斬り飛ばす。

「大丈夫ですか――！」

剣と松明を構えつつ、僕は兵士さんに声を掛けた。

「――っ！　はぁ……はぁ……だっ大丈夫だ……きっ君は……？」

「僕のことより早くここから逃げて！　こいつらは僕たちがなんとかしますから！」

兵士さんに事情を説明しているだけの時間はない。

この場所から逃げるよう促した。

「もっもしかして……あんたたちウワサの！」

「早くっ！」

「すっすまない……ありがとう！　剣士さんたち！」

兵士さんはケガをした所をかばいながら、飛び上がるように立ち上がって後方へと下がっていく。

「全軍！　退けっ！　退くんだっ！」

周りを見れば指揮官とおぼしき人の指示で他の兵士さんもどんどん退いている。

その声は以前拠点に忍び込んだ時に聞いた声。

ここの部隊はあそこの人たちだったのか。

「ふう……これでどうにか……」

そうして逃げる兵士たちを追いかけようとするモンスターたちをしっかりと片付けていたところ、司祭服を着たデッドマンが僕たちの目の前へと姿を現した。

「その強さ……なるほど、配下から報告があったボルスとヴォイドを倒した者というのは貴様たちか」

デッドマンが威嚇するようにガチガチと強く歯を鳴らす。

「あの二人をやった相手だからどれほどの猛者《もさ》かと思いきや……なんとただの子どもと老人だったとはな」

その言葉に対して、師匠はフンと鼻を鳴らした。

「老人と子どもと思って舐めない方が身の為じゃぞデッドマン。ワシはともかくこやつはボルスはおろか魔力を使って自分を強化したヴォイドすら打ち破ったんじゃからな」

それを聞いたデッドマンは、僕の方をジッと見据えた。

「……ふむ、勇者とは比べものにならぬその強さ。魔王様の言っていた四聖龍の使命を受けし者か。このままでは世界の危機ということでやっと出てきたというところかな？」

またか……。

ヴォイドも言っていた四聖龍ってなんなんだ？

師匠は何か知っているのか？

「師匠、それって一体……」

デッドマンから視線を外さないよう気をつけながら、僕は師匠に問いかけようとした。

「ムミョウ……これが終わったら教えてやる。今は目の前の敵に集中せよ」

師匠は僕の言葉を遮り、険しい顔を見せる。

「……分かりました」

師匠は冗談は言ってもウソは言わない。

この修行が終わったらきっと教えてくれるはずだ。

僕はそう思い、謎は今一度胸の奥にしまい込んで、デッドマンを倒すことに全力をあげることにした。

「まぁよい、魔王様からは四聖龍に関わる者が現れたら、そやつらも殺せと命じられていた。そちらから出てきてくれて探す手間も省けたというものよ」

「ふんっ！　デッドマン！　お前も今までの二匹みたいに僕が倒してやるさ！」

僕は大声を出して気合いを入れる。

「ほざけ！　魔王四天王の一人、不死のデッドマン！　我が魔法で貴様らの魂ごと木っ端みじんにしてくれるわ！」

デッドマンが両手を天に掲げると、両方の手のひらにはそれぞれ巨大な炎や氷の塊が渦を巻いて現れる。

「行きます！　師匠！」

「うむっ！　ここが正念場じゃ！」

僕と師匠はお互い顔を見合わせて大きく頷き、一斉に僕は右、師匠は左とそれぞれデッドマンの側面に回る動きをする。

さあ……！　三人目の四天王戦の始まりだ！

◆

「食らえっ！」

デッドマンが両手を振り下ろすと、左手から巨大な炎の塊が、右手からは鋭い氷の矢が放たれてきた。

「銀の目！」

力を発動し、白い線で魔法の軌道を読みつつ回避する。

「そんな魔法なんぞワシには当たらんぞ！」

向こうを見れば、師匠の方も危なげなく魔法をかわせているようだ。

「ふんっ！　こんなもの小手調べだ！」

強気なデッドマンは、その後も次々と魔法を放ってくる。

けれど、僕と師匠はそれらを的確に回避しつつ、徐々にデッドマンへ一撃を入れられる距離まで近づく。

「とりゃあ！」

「せいっ！」

僕と師匠は交差するように飛び上がり、火を付けた剣と刀でデッドマンの身体を斬り裂く。

けれど、僕たちの武器は空を切ったように手応えもなくすり抜け、まとわせた炎もデッドマンの身体を燃やすことはなかった。

その後も魔法を回避しつつ、同じように剣で斬ったり、松明をぶつけたりはしてみたものの、特に効果は見られない。

「くそっ！　やっぱりダメか！」

「こうなると魔法でないとムリかもしれんのう」

焦る僕たちを目にしたデッドマンは愉快そうに歯を鳴らして笑っている。

「くっくっく、魔王様から力を授かった私がそのようなひ弱な炎に焼かれるものか！　さあ、いつまで私の魔法を避け続けていられるものか試してやろう」

デッドマンはそれからも間髪《かんはつ》入れずに魔法を打ち続けてくる。

僕たちもその隙を縫って攻撃は続けるけれど、まるで意味が無い。

無限に続くような攻撃の応酬に、僕だけでなく師匠もさすがに疲れを見せ始めてくる。

「はぁ……はぁ……きつい」

「若い頃の体力があればもうちょいやれるんじゃが……老いとは悲しいものじゃのう」

「ははっ、師匠。こんな時でも……全く」

「言ったろう？　こんな時だからこそじゃよ」

強気にお互い笑い合ってはいるが、体力は余り残っておらずどうしても動きが鈍ってきてしまう。

だが、僕も師匠もまだ諦めてはいない。

「でも……でも何か、何かがもう少しで掴めそうなんです」

近づいてきた師匠に対し、そうこぼす僕。

ゴーストに銀の目を使ったときに感じた違和感。デッドマンと戦っている最中もずっとそれがなんなのか気になって仕方がなかった。

そして、あの時心に残っていたそれが重要なキッカケになるという根拠のない確信が、再び僕の心に強く呼びかけている。

「何かって……？　何じゃ？」

師匠は要領が掴めないと言った顔で僕を見る。

「分からないんです……でも、それが分かればきっとあいつに勝てるはずなんです」

「……そうか」

師匠はフッと目を閉じたが、すぐに目を見開きニッコリと笑った。

「ワシはお主を信じるぞ。あやつを倒せるその何かが分かるまで思う存分引っかき回してやるとしようか」

「はい！」

デッドマンはそんな僕たちを見て勝ちを確信したように高笑い。

「はっはっはっは！　そろそろだな……四聖龍に連なる者よ。ここまでだ！」

両手を掲げ、魔法を発動させて放とうとした瞬間、僕の後ろから何かの気配を感じた。

「――っ！　師匠！　後ろ！」

「むうっ⁉」

僕と師匠は慌てて飛び退く。

その瞬間巨大な雷の塊が僕のいた場所を抜け、直線上にいたデッドマンへと迫る。

「くっ！　これは！」

デッドマンは慌てて魔法の発動を中止し、回避しようとしたが間に合わず、まともに雷を受けてしまっている。

「ぐうぅっ！」

驚く僕たちが後ろを見ると、そこにいたのは……勇者。

以前フォスターでみた白い鎧ではなく、ヴォイドを倒したときに着ていた真っ黒な鎧の出で立ちで剣を前に突き出し、何かの獣の顔のような形をした兜を脇に抱えている。

「ちっ！　てめえらごとやっちまうつもりだったのによけやがって！」

そしてその顔は、フォスターで僕を投げ飛ばした時のように醜く歪んでいた。

「もう来たのか……」

「やれやれ、面倒になった」

僕と師匠は顔を見合わせる。

「くそがっ！　その四天王を倒すのは勇者である俺の役目だ！　てめえらはすっこんでろ！」

勇者は僕への敵意をむき出しに、早口でまくし立ててくる。

「はぁ……ティアナはどうしたんだ？」

だが、もう僕にとって勇者は過去の存在。

今さらしゃしゃり出てきても邪魔なだけだ。

それよりも気になるのはティアナの姿が見当たらないこと。

ぱっと周囲を見てもいるのは勇者だけ、ヴォイドと戦った時にいた弓や剣を持った女性たちの姿もない。

「あいつらには拠点の守備を任せた。どうせお前らもここに来ることは目に見えてたし、出会わせちまうと厄介だしよ。ティアナはお前の姿を確かに見たんだってうるさかったから説得するのに骨が折れたけどな」

ふん、とことん性根が腐ったやつだな。

「自分の負ける姿を見られたくなかっただけだろ？」

「うるせぇ！　弱っちいクソ野郎のくせに！　そんなことよりお前らさっさとそこをどけ！　俺がデッドマンを倒すんだよ！」

相変わらず口だけは達者なようだ。

「そうは言うが、だったらお前はなんで今まで四天王を倒せていなかったんだ？　それどころか僕が助けに入らなかったらヴォイドにやられるとこだったじゃないか。言っておくけど僕はあいつが死ぬ前に言っていたように、お前のいないところですでに剛力のボルスっていう四天王の一人を倒しているんだよ」

あれだけ惨めな格好を僕に見られているのに、強気な態度を崩さない勇者に対し、嘲《あざけ》りの感情を交え嫌味タップリに言い返してやった。

「なっ……なんだと⁉」

みるみる勇者の顔が真っ赤になっていくのが遠目からでも分かる。

「ウッウソだ！　街で俺にボコボコにされていたお前が……お前がっ！」

「そっちがどう思うかは勝手だが……お前の目の前でヴォイドを代わりに倒してやったのは忘れるなよ」

心の中で怒りの感情がメラメラと燃え上がってくる。

「今回もお前の出番はない。黙って後ろで見てろ！」

勇者に対し、邪魔な存在でしかないことをはっきり言い切ってやった。

「くっ……くっ……クソ野郎があぁぁぁ！」

その言葉に勇者は激しく動揺したようで、突然叫び出すと脇に抱えていた兜を勢いよく被る。

「こうなったら……お前らもデッドマンもまとめて殺してやる……コロシテヤル――！」

その瞬間、勇者の身体からものすごい殺意の塊が放たれ、同時に白い線が何本も僕めがけて迫ってきた。

「ガアァァァ！」

そして、人間とは思えない叫び声を上げながら、剣を振り上げ一直線に僕に迫ってくる。

「くそっ！」

やむなく僕は勇者の攻撃を剣で受けたけれど、思わず後ろに弾かれそうなほどの重い一撃。

「一体何が!?」

間髪入れずに次々と勇者が僕に向けて鋭い一撃を放ってくる。

銀の目を使って攻撃を回避はしているが、とても人間業とは思えないほどの速さと重さの連続攻撃に思いのほか手間取ってしまう。

すると突然、後ろから大きな気配を感じた。

「くっくっく……何があったかは知らぬが同士討ちとはありがたい。勇者もろとも死ぬがよい！」

後ろは見れないが、さきほどの雷のダメージから回復したデッドマンが僕と勇者めがけて魔法を放とうとしているみたいだ。

「くそっ！　こんな時に！」

こうなったら勇者を斬るしかない――――！

そう思って剣を振ろうとした僕の目の前で、勇者が突然吹っ飛ばされた。

「グフッ！」

「ムミョウ！　離れよ！」

僕はハッとしてすぐにその場から離れる。

そうやって飛び退いた瞬間、デッドマンの魔法が僕のそばをかすめ、地面に大きな炎の柱を立ち上らせていた。

「危なかった……」

見れば師匠は僕をデッドマンと勇者双方からかばうような立ち位置。

さっきは師匠が勇者を蹴り飛ばしてくれたようだ。

「ありがとうございます。師匠」

「うむ、だが礼にはまだ早いぞ」

師匠がアゴで促す方向を見れば、吹っ飛ばされた勇者が起き上がろうとしている。

デッドマンも次の魔法を撃つ体勢だ。

「ガアアァァァ――！　コロス！　コロスゥ！」

あれは……もはや人間じゃない。

ただの獣みたいに吠え立て、剣を振り回して暴れていた。

「ムミョウ、あの勇者の相手はワシがやろう。お主はデッドマンと戦うがよい」

「えっ……？」

「さっき言っておったじゃろう？　もう少しであやつを倒す何かが掴めそうじゃと。さっさとそれを見つけてこい」

師匠にバシンと背中を叩かれる。

「師匠……」

「じゃが、くれぐれも無理はするなよ。あの勇者を片付けたらワシもそっちに助けに入るからのう」

「はいっ！」

そして師匠と僕は走り出す。

一方は勇者へ、もう一方はデッドマンへ。

必ず……必ずあの四天王を倒す術を見つけるんだ！

◆

トガｓｉｄｅ

「やれやれ……ここまで来て勇者の面倒を見なければならんとは……」

ワシは獣のように四つん這いに近い低姿勢でこちらに殺意を向けてくる勇者を目の前に、ため息をついた。

「イットウ様の言いつけ通り、魔王復活に備えて一応準備はしていたが……まさか勇者がここまで使えんやつだったとは予想外だったわい」

「フゥ——……フゥ——……」

鼻息荒く、口元からよだれをダラダラこぼしている勇者。

あの様子ではこちらの声は聞こえているかどうか。

まぁ聞かれたところで気にすることもなかろう。

「勇者はともかく魔王め……モンスターどもに知性を授けるとは考えたな。これは復活を阻止した後もこの世界に一波乱起きるのは間違いな——っ！」

色々と考えごとをしていると、こちらが隙を見せたと思ったのか、勇者が剣を振りかざして斬りかかってくる。

ワシはすぐに腕を上げて斜めに刀を構えて剣を受けつつ、刀身を後ろにずらして角度をつけ、勢いを外に逃がす。

「ほいっと」

突っ込んできた勢いそのままに後方へと吹っ飛んでいき、地面を何度も転がる勇者。

「ガアアァアァッ！」

だが、すぐさま勇者は立ち上がりもう一度剣を振り上げて迫ってくる。

ワシは同じように刀を構え、勇者の攻撃を冷静に捌いた。

「諦めの悪い奴じゃなあ」

「ゴロス……ゴロスゥ――――！」

「そんな直線的な攻撃なぞ、ムミョウには通じてもワシには通じぬぞ」

ただただ速いだけで技もへったくれもなく、力に任せた荒々しい攻撃。

だが、その一撃一撃をまともに受けようとはせず、捌きを駆使してその都度勇者の体勢を崩し、力を上手く入れられないようにする。

「ワシより弱いとはいえ、せっかく神に選ばれた勇者なのだから、そんな装備に頼らずとももうちょっとマシな戦い方があったのではないのか？　はぁ……言うだけ無駄かのう？」

まだまだ未熟なムミョウなら、攻撃を正面から受けようとするじゃろうが……ワシはそのようなことはせぬ。

ちょっと勢いを外に逃がしてやればコロコロ面白いように地面を転がるんじゃからな。

はっきり言ってヴォイドよりも与《くみ》しやすい相手じゃて。

「グオオオォォォ！」

自分の剣が全く通用していないにもかかわらず、何度も剣を振りかぶって迫ってくる勇者。

あまりにもお粗末なその格好についつい苦言を呈《てい》したくなってしまう。

「のう勇者よ。なぜ人間が力も速さも遥かに上なモンスターどもに対抗出来るのか分かっておるのか？　魔法？　武器、防具？　違う違う。頭じゃ頭。人間は弱くても考える知性があったからこそここまで戦えてきたんじゃ」

片手で勇者の剣を弾きつつ、空いてる手の人差し指でコンコンと自分の頭を指す。

「魔王もそれを知っているからこそ、今回の復活で万全を期すために、わざわざ配下のモンスターどもに知恵という力を授けたんじゃろうて」

「ヴルサイ――ウルサイィ！」

「ダメだな……完全に何かしらの力に呑み込まれておる」

さっき被った兜には、使用者の知性を奪う代わりに力を増すといった効果でもあるのかもしれんのう。

「はぁ……自分では気づいておらぬようじゃが、今のお前はモンスター以下の存在ということじゃぞ？　もっと強くなりたければそれを理解して出直してこい」

つばぜり合いになっていた勇者を蹴り飛ばし、一旦距離を取る。

「さて……向こうの方がそろそろ心配じゃし、こっちの方を片付けねばならんな」

久々に……本気を出すとするかのう！

構えていた刀を鞘に戻し、姿勢を低くして右手を鞘に添える。

「見せてやろう……我が師イットウ様直伝の技じゃ……」

息を大きく吐き、全身に力を込める。

「フゥ――……」

視線を勇者に定め、準備は出来た。

「奥義……一閃《いっせん》」

ワシは大きく踏み込んで地面を駆ける。

勇者も剣を振り上げ、こちらの頭を狙おうとしているのを見て取った。

「併せて……絶！」

向こうの剣の間合いに入る瞬間、絶を発動させると、こちらを見失った勇者の剣が止まり、動揺した姿になる。

「もらったぞい！」

ワシは勇者のがらあきの懐に入ったと同時に剣を抜き、そのまま横一文字に刀を振り抜く。

「ガッハァッ！」

勇者の前をそのまま通り過ぎたところで足を止めると、後ろで勇者の悶絶した声。

振り向けば両膝を地面につき、腹の辺りを抑えて苦しそうに悶えていた。

「安心せい、峰打ちじゃよ。さすがのワシも勇者殺しの汚名は負いたくないからのう」

刀を抜いた瞬間に刃を返しておいたからな。

手心《てごころ》をありがたく思うんじゃぞ勇者。

そしてワシは動けない勇者の前まで戻ってくると刀を上段に振り上げる。

「グソゥ……ナゼダァ……ナゼカテナインダァ……」

呻く勇者に対し、ワシは最後の忠告をしてやることにした。

「簡単なことじゃよ。人間として戦うことをあきらめたこと、そして……修行が足らぬだけじゃ。

フンッ――――！」

言葉とともに刀を振り下ろし、勇者の顔を斬らぬよう注意しながら被っていた兜を真っ二つにたたき割る。

「うがあぁぁぁ！」

大きな叫び声とともに斬られた兜が地面に落ちると、勇者もまた倒れ込んだ。

「俺は……俺は勇者なん……だ……」

その言葉の後、勇者はピクリとも動かなくなった。

「ワシ……殺しておらんよなあ？」

ちょっぴり不安になったので、呼吸や脈を測ってみたがちゃんと動いている。

「ほっ……」

一安心、一安心。

「あっあのう……」

勇者の無事を確認してほっと胸をなで下ろしていると、背後から声が聞こえてくる。

振り向けば逃げていたはずの連合国の兵士たちであった。

「おお、ちょうどいい。こやつを安全なところにまで運んでくれ。この後の闘いに邪魔じゃからな」

ワシが気絶している勇者を指さすと、兵士たちはおっかなびっくりで近づいてきて、二人がかりで勇者を担ぎ上げた。

「あなた方はあのウワサの二人の剣士ですか？」

勇者が運ばれていった後、隊長と思わしき人が周囲を警戒しながらも話しかけてくる。

「いかにも、と言いたいが、ワシらはあまり人目に触れたくないのでな、ここにいることは他言無用に願いたいのだが」

一応釘は刺しておく。

まぁ口止めしようとしたところで、十中八九上の連中に報告されるだろうがのう。

「はっ、はぁ……」

隊長は不思議そうな顔をしている。

「さて、ではワシは弟子の方に助けに入らねばならんのでな。お主らもさっさと逃げておくが良いぞ」

「我々に力が無いばかりにあなた方に負担を強いることになってしまい……すみません」

申し訳なさそうに頭を下げる隊長にワシは手を振ると、カカっと笑う。

「気にするな、ワシと弟子にとってはここで戦うのは修行の一環なんじゃ。お主らは自分に出来ることをすれば良いんじゃよ」

さて、長話をするつもりもない。

隊長に再度ここから逃げるよう促し、ワシは少し離れたところにいたムミョウの所へ走る。

「なっ⁉　ムミョウ！　無事か⁉」

そこには剣が根元から砕けて柄だけのものを握り、全身から血を流し、服もボロボロの姿のムミョウがいた。

◆

リューシュside

僕が……僕があいつを倒す術を見つけるんだ！

師匠が勇者の方へ離れた後、デッドマンと僕は対峙する。

「はっはっは、二人がかりでも私を倒せないのに、小僧一人でどうやって戦うというのかね？」

デッドマンは骨が服を着ている姿なので、見た限りではどういう表情をしているのかどうかは分からない。

けれど、その口ぶりからして僕たちに勝てるという自信を明らかに感じる。

「ふん、師匠がいなくたってお前は必ず倒す！」

「強がりはせずともよい。お前をさっさと殺し、あの老人が帰ってきたらその死体で出迎えさせてやろう！」

デッドマンが再び魔法を放ち出す。

今までは僕と師匠で左右に分かれて回避していたけれど、今度はそうはいかない。

矢継ぎ早に飛んでくる魔法を銀の目を使って回避はしているが……。

「くっ！　この魔法の密度はきつい！」

単純な矢や剣ならかわすのは容易い。

けれど魔法は着弾してからも広範囲に影響を与え続ける。

それに白い線はあくまでデッドマンから僕に対する気の流れでしかないから、飛んでくる魔法の範囲までは分からない。

だからヴォイドなどと戦ったときのようにギリギリでの回避は逆に命取りだ。

「なるべく余裕を持って回避しなくちゃならないけれど……デッドマンめ、それをさせないように魔法を撃ってきてるな」

デッドマンは魔法を撃ってくる際、僕の動きに注意を払っているようで、闇雲《やみくも》にではなく逃げる位置を読んで的確に打ち込んでくる。

おかげで僕はあいつを倒すための考える時間すらなく回避に手一杯。

「それそれどうした？　もっと早く逃げねば私の魔法の餌食だぞ？」

憎たらしい声で僕をあざ笑うデッドマン。

悔しいけれど、それに返答出来るだけの余裕もない。

「くそっ……一体、一体どうすればーー!?」

焦れば焦るほど考えがまとまらない。

僕は何度も自分に冷静になるよう言い聞かせる。

「落ち着け……落ち着けよムミョウ。あいつを倒すためにどうすればいいのかよく考えるんだ」

おそらくだけど……僕が感じている違和感の元は白い線についてだと思う。

師匠やヴォイド、ボルスと戦ったときと、デッドマンと戦っているときに現れる白い線が何か違っているような気がしてならないんだ。

「デッドマンをよく見て、そして今まで戦ってきた相手の線との違いを見つけるんだ――！」

そう思った僕は、自分の中の力を絞り出すような感覚で目に力を込める。

「……あれ？」

すると、突然音が遠くから聞こえてくるように感じ、視界も色がどんどんと薄くなっていく。

「なっ……なんだ⁉」

そして、デッドマンから流れてくる白い線がにわかに逆流し始めていった。

「こっこれは――⁉」

いきなりのことに驚いた僕は、一瞬だけだが足を止めてしまう。

デッドマンが叫んだ。

「隙を見せたな！　死ねい！」

「しまったっ！」

気づいたときには目の前に炎の塊が迫っていた。

「くそっ！」

なんとか避けようとしたが間に合わない。

思わず持っていた剣で自分の顔をかばおうと前に掲げる。

「うわあぁぁぁぁ！」

直撃は免《まぬが》れたものの、爆風を間近に受けて全身に焼けるような熱さを感じる。

着ていた服もボロボロになり、剣もその圧力に耐えきれず、根元から砕けてしまった。

「ぐはぁっ！」

そして僕はかなり後方まで吹っ飛ばされてしまい、魔法と地面との激突で身体中から激しい痛みが湧き出てくる。

「くっ……くそぅ……」

フラつく足を何度も叩いてなんとか立ち上がったものの、痛みで今にも気を失ってまた倒れてしまいそうだ。

「はっはっは！　ようやくお前の命を捉えることが出来たぞ。さあ、私の魔法の前に死ぬがよい！」

デッドマンの高笑いは最高潮に達し、一際大きい炎の塊を両手から出す。

「くっ……やっと……やっと攻撃の糸口を掴んだ気がしたのに――！」

デッドマンの魔法を食らう前に見たもの。

あれが、あれこそがあいつを倒すのに必要な要素のはずなのに！

「これで……終わりだ――！」

デッドマンが今まさに魔法を撃とうとしてきた瞬間！

「させぬっ！」

僕の身体がいきなり抱きかかえられ、横へと吹き飛ばされる。

「ぐあああぁぁぁっ！」

そしてデッドマンの方は、左手に掲げていた炎の塊が大爆発を起こして炎の渦に呑み込まれていた。

「師匠！」

「ふうっ、危ないところじゃった」

師匠は危険も顧《かえり》みずに僕を助けようと飛び込んできてくれただけでなく、同時に松明をデッドマンの魔法に投げつけて爆発させたようだ。

「立てるか？　ムミョウ。」

「なっなんとか……」

師匠に手を掴まれてどうにか立ち上がる。

「酷い傷じゃのう……ムミョウ」

「大丈夫……です。僕はまだやれます」

正直言うとこのまま戦い続けるのは厳しいかもしれない。

でも、やっとみつけたキッカケをここで使わないわけにはいかない。

僕は精一杯に強がりを見せた。

「いや、これ以上はお主の命が危ない。ここは一旦退くべきぞ」

けれど、師匠は何度も首を横に振る。

「嫌です！　ようやく……ようやくあいつを倒す術を見つけたんです。ここで仕留めなきゃいけないんです！」

折れてしまった剣を師匠の前に突き出す。

今は師匠に何を言われても、僕の決心は揺るがない。

「むう……」

師匠は黙りこくってしまう。

その顔は険しいけれど、僕の身を案じてくれているのはすごくよく分かる。

「師匠……お願いします！」

僕は頭を下げた。

しばらくの沈黙の後、師匠はため息をつくとスッと自分の刀を鞘ごと腰から抜き、僕の前に差し出す。

「そんな折れた剣では倒せる敵も倒せなくなる。ワシの刀を使え」

「師匠……」

僕は刀を両手でしっかりと受け取った。

「ワシもお前の手助けをしてやる。じゃがムミョウ、これだけは言っておくぞ。お主の命が危ういと感じたら即座にお主を連れてここから逃げるからな！」

「——はいっ！」

師匠の言葉に僕は大きく頷いた。

「貴様ら！　よくもやってくれたな！　二人とも殺してやる！」

身体から炎をくすぶらせつつも、一時的な混乱から立ち直ったデッドマンが僕たちへと照準を定める。

「ワシが先行して囮《おとり》になる！　お主はその倒す術とやらを使うんじゃ！」

「分かりました師匠！」

師匠を先頭に縦に並んでデッドマンへと迫る僕たち。

ある程度近づいたところで僕は足を止め、師匠は残っていた松明を手に持ってデッドマンへとさらに近づいていく。

「ほれ！　こっちじゃこっち！」

「くそっ！　ちょこまかと！」

師匠が絶を使って巧みにデッドマンの攻撃を回避している間、僕はさっきのように身体の中の力を絞り出し、目に集めるように意識していく。

「そうだ……この感じだ……」

音が徐々に遠くなっていき、視界の色がどんどん消えていく。

「まだだ……まだだ――！」

さらに力を込めていくと、視界は完全に白と黒の二色だけになり、音は全く聞こえなくなった。

さっきまで感じていた痛みなんかもいつの間にか消えている。

「そうだ……あれだ――！」

何も聞こえない、何も感じない。

見えているのは真っ黒な世界の中で動く、たくさんの白い線と大きさが違う二つの白い点。

「あれが、師匠で……」

小さな点は僕の視界の中を縦横無尽に動きまわっている。

そして時々輪郭がぼやけたりはっきりしたりしてるから、絶を使っているのだろうか。

「あっちが……デッドマンか」

師匠であろう小さな点に向けて、何本もの白い線を飛ばす大きな白い点。

白い線もその点を中心に飛んでいるのが手に取るように分かる。

「あの点こそが……デッドマンの核というべきもの」

妙な確信が僕の心にささやきかける。

「あれを狙えば良いんだな……」

僕はおもむろに走り出そうとした。

けれど、身体がなかなか言うことを聞かず、何度かつんのめって転びそうになる。

「痛みは感じないけれど……やっぱり結構傷は酷いのかな」

それでも……僕はあのデッドマンであろう白い点に近づいていくんだと頭に言い聞かせ、身体を動かせと命令を出し続ける。

「行くぞ！　動けっ――僕の身体！」

体力もあとわずか、
この感じだと、おそらく次の攻撃が最後だろう。

「くっ――こっちを向いたか⁉」

突如、白い点から線が僕の方へ向けて一本飛んできた。

デッドマンの攻撃だろうから避けなきゃいけないと分かっていても、今の身体にそれだけの余力は無い。

「いっけえぇぇぇ！」

避けれないならここは一気に突っ切ってやる！

そう考えた僕は両手を前に出し、師匠の刀を前に突き出す。

白い線とぶつかり、猛烈な圧力が僕を吹き飛ばそうとしてくるけれど足は止めない。

「ここだあぁぁぁ！」

圧力が消えた瞬間、僕は刀を一瞬引いて突きの体勢で白い点に向けて飛び上がる。

そして最後の力を振りしぼり、渾身《こんしん》の突きを繰り出した。

「――っゃぁぁぁあああ！」

同時に、僕はふっと銀の目を解除した。

すると今まで消えていた様々な感覚が一気に戻ってきて、耳をつんざくデッドマンの叫び声、全身を走り回る猛烈な熱さと痛みなどが怒濤のごとく襲いかかってくる。

「うぐっ――！」

ともすればまた気を失うような身体中の激しい痛みに対し、僕は血が出るほど唇をかみしめて耐え続ける。

「なぜだ……なぜ不死であるはずの私が……私が――！」

光の眩しさにくらんでいた目も次第に慣れてきて、徐々に目の前の光景がはっきりと見えてくる。

「やっ――た……？」

両手で握りしめた刀は、刀身の半分までデッドマンの胸をしっかりと貫《つらぬ》いていた。

今まで何度斬っても感じなかった手応えも、しっかりと柄を握りしめた両手にある。

「魔王……様……申し訳ありませぬ……グアァァァァ！」

少しの間、ゆらゆら僕と一緒に宙に浮いていたデッドマンの身体がボロボロと突然崩れだし、同時に霧のように薄くなって消えていく。

「勝っ……た……ぞ」

デッドマンの姿が完全に消えた瞬間、両手に感じていた手応えは消え、僕の身体は支えを無くして急速に落下していく。

このままだと地面に激突してしまうだろう。

でも、痛みと疲れで受け身は取れそうもない。

「あっ……」

「ムミョウ！　無事か！」

あわや地面にぶつかる寸前、僕の身体はすんでのところで師匠に抱きかかえられた。

「あっ……師匠……やり……ましたよ」

顔を引きつらせながらを僕を見つめる師匠を安心させようと、精一杯の笑顔を見せる。

「全く……なんてやつじゃ、リッチを剣で倒すとは……」

「えへへ……どんな感じでしたか？　僕」

「お主……あやつを倒したときのことを見ておらんのか？」

「はい……」

「そうか……ちょっと待っておれ」

師匠は僕を地面に寝かせると、遠くに置いてあったカバンを急いで取りに行き、戻ってくるとトゥルクさんのポーションや包帯を取り出して治療を始める。

その最中、僕がデッドマンを倒した時の様子を教えてくれた。

「ワシはデッドマンの気を引こうと魔法を避け続けておったんじゃがな。途中であやつはお主の動きに感づいたようで、阻止しようとしたが魔法を一発ぶっ放されてしまったんじゃ」

一本だけ僕に向かってきた白い線のことかな。

「ワシはしまったと唇をかんだが、お主のことじゃからかわすだろうと思っていた。じゃがお主はそれを避けようともせずに突っ込んでいってな……何をするのかと思わず肝を冷やしたわい」

「ははは……すみません」

「無茶をするなと言っておったのに……バカ者が」

師匠にコツンと軽く頭を小突かれてしまった。

「まぁよい。だがその後、お主は魔法を突き抜けるとそのまま飛び上がってデッドマンの胸の辺りを貫いた。すると奴は叫び声を上げながら消えていったんじゃよ」

その辺りはおぼろげだけど僕も覚えている。

「さて、ワシの方は見ていたことは全て話した。お主もデッドマンを倒したときのことを聞かせて

きる限り話した。

「はい……実は……」

僕はあの時の状況だけでなく、銀の目の力のこと、デッドマンや師匠に見えた白い点のことをできる限り話した。

師匠はそれらを黙って聞き、僕が話し終えるとゆっくりと大きく頷く。

「なるほどな……お主の力にはまだまだそんな秘密が隠されておったのか」

師匠は目を閉じ、何度も何度も頷いている。

「一体……何だったんでしょうか？」

僕の頭ではその答えは出せそうにない。

かといって師匠にも分かるようなものではないだろうけど……。

「ううむ……恐らくじゃが」

顔に手を当て、考え込んでいた師匠がおもむろに話し出す。

「魔力と気の力のことは以前話したじゃろ？」

「はい……」

魔力は身体の内側を、気は外側を流れているってやつだっけな。

「お主はその気の力を目の方へ一点に集めたんじゃろう。それによって力が強化され、デッドマンの弱点であったその白い点すら見えたというわけじゃな」

「そんなことが……？」

にわかには信じがたいことだ。

「ヴォイドとて魔力を使って自分を強化させておったじゃろう？　気の力も魔力も本質は自分の身体を流れる力なのだし、出来ぬことではないはずじゃ。まぁワシには無理なことじゃがのう……」

師匠は僕の腕に包帯を巻きながら目を細めた。

気の力を集める……。

あの時無我夢中だったからよく分からなかったけれど、そういうことが出来たってことはまた一つ強くなれたってことなのかな？

「よっし、終わったぞ」

そうして応急処置が終わると、師匠は横に置いていた刀を拾い上げ、腰に差し直す。

「さて、ムミョウよ。では最後の四天王を倒しに……と言いたいところじゃが、今回はこれで終わりじゃ。トゥルクのところへ帰るぞ」

「えっ⁉」

そんな！　強敵だったデッドマンも倒してもう少しだってところなのに！

「師匠、まだ行けます！　今からすぐに魔王の所へ行けば――――！」

「ならぬっ！」

師匠の強い口調に僕は思わずビクッと身体を強ばらせた。

「いくらトゥルクのポーションの効き目が高いとはいえ、お主の身体が完全に治るまでには時間がかかる。それにもうすぐ冬が来てしまう。トゥルクたちの所へ帰る頃合いじゃ」

「それでも――！」

「ならん。言うたであろう？　これ以上無理だと思ったらお前を連れて逃げると。それに……」

師匠は厳しい目をしながら、自分の腰を軽く叩いた。

その行動が何を指しているか、僕には言われずともよく分かっていた。

根元から折れて柄だけになっていた愛用の剣はすでにどこにやったのか覚えていない。

今まで腰布に差していた鞘も、師匠の刀を腰に指すときにその辺りに捨ててしまった。

「武器もない状態でどうやって戦うつもりじゃ？　ワシは刀があるとしても、お主は解体用のナイフでモンスターや残り一匹の四天王、そして魔王と戦うつもりか？」

「それは……」

言い返せるだけの力も根拠も、今の僕にはない。それ以上言葉を発することもできず黙り込むしかなかった。

「ムミョウよ……気持ちは分かる」

僕の様子を見て、師匠が表情を和らげる。

「お主の力のこと、幼馴染みのこと、色々考えていることもあるじゃろうがここらが潮時じゃ。なあに、あれだけ力のあった四天王のうち三匹もワシらで倒したんじゃ。魔王とてろくに動けないじゃろうから、今年の冬を越してまた来年ここに戻ってくればよい」

「師匠……」

「はっきり言って今のワシには魔王なんかよりお主の方が大事じゃ。帰ろう、ムミョウよ」

「……はい」

僕は声を震わせながら小さく頷いた。

すると師匠は後ろを向き、自分の背中をポンポンと叩く。

「それにムミョウよ。今のお主では歩くのも辛いじゃろうし、おぶってやろう」

「え……？」

それはちょっと……。

僕は半身を起こしたけれど、どうしようか迷っているうちに師匠がズイッと近寄ってきてさらに促してくる。

「はよせい、ムミョウ」

「うう……」

恥ずかしさで顔がどんどん熱くなっていく。

けれど師匠の言うとおり今は足に上手く力が入らないので歩くどころか立ち上がることすら厳しい状況だ。

「おっお願いします……」

僕は師匠の肩に手を回し、身体をその小さな背中に預ける。

ああ、フッケで僕に背負われたときのレイの気持ちがよく分かる……。

あの時はごめんね……レイ。

「よし、では行くぞ」

師匠が背中に僕を、胸の辺りにカバンを持ち歩き出す。

今まで戦っていたとは思えないほどの力強い足で、あっという間にデッドマンたちの拠点だった村から離れていった。

「悔しいです……僕」

もう少しだったのに……もう少しで、ティアナに……。

「はっはっは、四天王を三匹も倒しておいて悔しいなどとよく言うわい」

師匠の屈託《くったく》のない笑いが、僕の心をじわりと癒してくれる。

「また……来年もここに来ましょう」

「そうじゃな……」

必ず……必ずここに戻ってきてみせる。

小さくも暖かい師匠の背中に揺られていると、疲れもあってか段々と眠気を覚え出し、僕の意識はどんどんと薄れていく。

こうして、僕の二度目の修行は四天王二匹の撃破という結果を持って終わりを告げた。

◆

「そうか……勇者は暴走して二人に斬りかかったあげく、老人に返り討ちで昏倒《こんとう》させられ、肝心のデッドマンは若い剣士がうち倒したのを隊長である君や部下たちは見たということか」

「はっ！　将軍閣下！　その老人には自分たちのことは秘密にしてくれと頼まれ、目を覚ました勇者には四天王を倒したのは俺ということにしろと強く口止めをされましたが、この案件は必ずや将軍閣下だけには報告せねばならぬと思いまして……」

「うむ、よくぞ知らせてくれた」

「彼らの剣技は恐ろしいほどに華麗で、ヴォイドの攻撃やデッドマンの魔法を掻い潜りながら斬り伏せていったあの様は見事としか言いようがありません……恥ずかしながら我々は手も出せずに思わず見とれてしまっておりました」

「それほどまでか……それでその二人は今どこにいるのかね」

「申し訳ありません……デッドマンが消えた後、遠目から見ていた我々はお二人に我々の拠点に寄っていただくために話しかけようと近づいたのですが、老人がケガをしていた若い剣士を背負うとあっという間に森の中へ入っていってしまい、その速さたるや私どもではとても追いつけず……」

「そうか……それは残念だ。では二人はどの方角へと消えたのかは分かるか？」

「はっ！　奪還した村から南西の方角へ走り去っていきました！」

「ふむ……地図を見ればそちらの方には村や街などはない。君の話では持っていた荷物もそう多くはなかったというのなら、その方角に何かしらの住居を構えた世捨て人や隠者《いんじゃ》の類いなのかもしれん。残る四天王はあと一人、出来ればその剣士二人にもご助力いただきたい。すぐさま部隊を再編成して南西方面の捜索に向かうのだ！」

「はっ！　了解しました！」

「うむ、任せたぞ」

「それでは出立《しゅったつ》致します！」

「とは言ったものの……我が軍の士気高揚のためには、四天王討伐を見ず知らずの他人の功績として喧伝《けんでん》するよりも、勇者が倒したということにした方が理に適っている。彼らを見つけ話が出来た場合、できる限りの褒美を与えることで納得してもらうとしよう……それにしても彼らは一体何者なのだ？　報告では我々の確認していないもう一人の四天王、ボルスという相手も倒したと言っていたらしいが……ともあれこれで連合国に光明が見えてきた。もしかすると彼らこそが真の勇者か神様の使いかもしれんな……」

第四章　魔王討伐

ティアナｓｉｄｅ

「勇者様さすがです！　あの恐ろしい四天王を一人で倒すなんて！」

私たちはデッドマンのいたという村を奪還し、魔王のいる連合国西端の廃城まであと少しというところにやってきた。

兵士さんたちが村の整備に走り回る中、私たちには大きめの家が与えられて次の進軍に備えるよう休息を言い渡された。

そして現在は大広間で四人机を囲んで座っており、勇者様が話される偉業をサラさんが我がことのように飛び上がって喜んでいた。

「あっ……ああ」

勇者様がニッコリと笑顔を見せる。

「いやあ、激戦だったよ。あのデッドマンに鎧や兜は壊されてしまったが、代わりに全力の雷魔法をぶつけてギリギリ倒すことが出来たんだ」

討伐時の状況を説明する勇者様。

けれどその顔はどこかぎこちなく感じ、言葉にも自信が感じられない。

本当に……あのデッドマンを勇者様が倒したのだろうか？

もしかしてあのリューシュによく似た剣士さんたちがまた来たのでは？

最初にデッドマン討伐の報を受けたとき、私はそう思わざるを得なかった。

そこで勇者様が村に帰ってきた際、一緒にいた兵士さんたちにこっそりと話を聞いてみたりしたのだが……。

「はっはい。デッドマンは勇者様が倒されました……」

「私たちは間違いなくその光景を目撃しております」

「勇者様と私たち以外には誰も来ませんでした……」

と、みなさん一様に勇者様の話を肯定する証言ばかり。

「本当に……本当にそうなの？」

確かに勇者様が、ヴォイドを一時的に追い詰めたあの黒い鎧に加え、得体の知れない兜まで持っていったのを見た。

あの装備は鍛錬場最奥の宝箱から手に入れたと勇者様が説明していたし、かなり強力な装備だとしたらそれらを使って倒せたのかもしれない。

「でも……それだけで私たちが手も足も出なかったあのデッドマンを勇者様一人で倒せたというの？」

私にはどうしてもサラさんのように手放しで喜ぶことが出来ない。

「それと……あの緑色の服を着た剣士……どう見てもリューシュにしか思えなかった……遠目からだったからはっきりとは分からなかったけれど、あの人と顔を合わせたとき勇者様はものすごくびっくりしていたように見えたし……」

二人ともフォスターで顔を合わせているのだし、こんな場所で出会ったのなら驚くのも無理はない。でも、それならなぜリューシュはこんな所にまで来ているの？

それに私が見慣れた服を着ておらず、名前だって確かムミョウと名乗っていた。

ヴォイドを倒した強さだって、以前のリューシュを見ていたら考えられないものだった。

「私を追いかけてここまで来てくれた？　いいえ、それならわざわざ名前を変える必要が無い。私の声にも振り向いてくれなかった……他人のそら似？　いいえ、それにしては似すぎている……」

分からない……何もかも分からない。

一体私の知らないところで何があったのか、何が起こっているのか。

考えれば考えるほど深みにはまっていく気がして頭が痛くなりそうだ。

「全てはただの思い過ごしであってほしい……魔王を倒してフォスターに帰れたら、リューシュにお帰りって言ってほしい……」

ただただそう願うばかり、私は窓の外を見つめ、しきりに右手の人差し指をなで続ける。

「……アナ……ティアナ！」

「――っはい⁉」

しばらくして、勇者様が私の名前を呼んでいることにようやく気づく。

しまった……考え事に気を取られてて全然聞こえていなかった。

「大丈夫かい？　ティアナ」

「だっ大丈夫です！」

私は勇者様の話を聞いていなかったことを誤魔化すように何度も頷いた。

「そうか……何かブツブツ言っていたから疲れているのかなって思ってね」

「いえ、勇者様にデッドマンを倒していただいたおかげでゆっくり休むことができ、魔力もすっかり回復しました。これなら最後の四天王にだってバンバン魔法を撃てます！」

「それは今後に向けていい材料だ……じゃあこれからその四天王について話をしていこうと思う」

勇者様はそう言って袋から一枚の紙を取り出した。

「これは？」

アイシャさんが不思議そうに尋ねる。

「これは連合国の偵察隊が調べてきた最後の四天王、ドランの情報だ」

「ドラン……名前ももう判明しているのですね」

「ああ、僕がデッドマンと戦った時、あいつが話したのを聞いていたからね」

自信ありげにうなずく勇者様。

「それで、ドランという四天王だけど……そいつは竜そっくりらしい」

「竜──!?　おとぎ話とかにでてくるあの!?」

予想外だった敵の正体に、サラさんが驚いた表情を見せる。

いいえ、私やアイシャさんだって驚きを隠せていない。

「そんな相手まで魔王の配下だったというの？」

アイシャさんが静かに呻いた。

竜とは……遙か昔、まだ人間もそこまでいなかった時代、この世界の支配者だったと言われる存在。

その姿は見上げるほどに大きく、ウロコは鉄の剣をも通さないくらいに硬い。

空を自由に飛び回り、口からは燃え盛る炎を吐いて人間すら丸呑みにしてしまうような存在。

そんな竜に勝てるのは神様くらいなものだと言われ、小さい頃に悪いことをしたら竜に食べられると散々おどかされたものだ。

「なんてこと……竜を相手にするなんて……」

おとぎ話に出てくるような相手に果たして勝てるのか……それどころかまともな戦いになるのか

どうか。

悲しいけれど、その可能性は限りなく低いと言わざるを得ない。

私やサラさん、アイシャさんは一様に下を向いてしまう。

「みんな、そんなに落ち込まないでくれよ。僕は竜そっくりだとは言ったけれど、本物の竜だとは言っていないよ？」

けれど、落ち込む私たちとは対照的に勇者様の声は明るい。

「本物……じゃない？」

確かにそっくりとは言っていたけれど……。

「これには大きな身体に硬いウロコ、口から炎を吐くと書かれているから、それだけ聞けば竜だと思うかもしれないけれど……これを見て。実際の姿はトカゲのモンスター、ジャイアントリザードが巨大化したものだよ」

勇者様が指さす紙に書かれたドランの絵を見て、アイシャさんが合点がいった風にポンと手を叩いた。

「ああ、このモンスターですか。身体は物語の竜と比べれば大分小さいですが、同じような特徴を持っていますからね」

ジャイアントリザード……確か鍛錬場の下層で戦ったことのあるモンスターだったかしら。

「うん、そのドランもきっと魔王からの力をもらって巨大化したんだろう。だから僕たちは竜を相手にするんじゃない、デッカいトカゲを相手にするって思えば良いのさ」

「それでも……相手は四天王を名乗るモンスターです。ヴォイドやデッドマンのようにかなり強い存在なのでは？」

私は思い切って勇者様に尋ねてみた。

今までの四天王は私たちが手も足も出なかったわけだし、デッドマンを倒した勇者様だけでどうにかなる相手なのだろうか？

「ああ、事前に何度か連合国の部隊が攻撃を仕掛けたけれど、ほとんど傷を付けることもできなかったとあるね」

「それじゃあやっぱり……」

胸が不安でいっぱいになる。

「ティアナちゃん、話は最後まで聞くべきだよ？」

「え……？」

「情報を見る限り、このドランっていう四天王は確かに強いけれど、その代わりにかなり足が遅い。というか背後にある廃城に唯一架けられた橋を守るためもあってか、ほとんどその場から動かないそうだ」

「そうなんですか……？」

「ああ、おかげですでに周辺のドラン以外のモンスターは連合国によって排除できているから、僕たちはそいつに専念するだけでいい。一応魔王の復活が気がかりだけど、今のところ魔王の姿を見たという報告も上がっていないし、他の場所でもモンスターの討伐は順調なようだ。断定は出来ないがまだ復活には至っていないというのがお偉いさんの見解さ。つまり、今までの四天王とは違い、今回は僕たちが完全な優位に立って戦えるということ」

なるほど……いくら強い相手であっても、その場から動かない、もしくは動けないのであれば私たちは時間を掛けて戦い続け、そして弱点を見いだせればいいということね。

「そういうことで、明日にでもドランのいる所へ向かい、まずは一戦交えてみる。ティアナちゃんの魔法や僕たちの攻撃がどれだけ通じるのかを確かめて、改めて作戦を練ろうかと思っているけれど……みんなはどうだい？」

勇者様はグルリと私たちの顔を見渡す。

「勇者様の意見に賛成です」

「私もアイシャに同じ」

「私も……賛成です」

「うん、それじゃあ今日はゆっくり休んで明日に備えるとしよう」

勇者様は話を締めるように手を叩くと椅子から立ち上がる。

そして同じく立ち上がって部屋に戻ろうとした私を見つめると、ニヤリと笑い出した。

「ティアナちゃん、今日は僕の部屋に来て一緒に休まないかい？」

うっ……。

「すっすみません……それはちょっと……」

「なんでだい？」

「明日のためにも自分の部屋に戻ってゆっくりと休みたいと思っていますので……」

「いいじゃないか、最近はサラやアイシャともご無沙汰だったからね。そうだ、それならいっそ四人で一緒に……どうだい？」

「すみません……勇者様」

私はそそくさと部屋に戻ろうとしたけれど、勇者様はいきなり私の前に立ち塞がって手をしっかりと掴む。

私を部屋に戻す気はさらさら無いようだ。

「ねえ、ティアナちゃんもそろそろ僕の気持ちに気づいてくれてもいいんじゃないかなあ？　あの街での出来事ももうすっかり昔のことなんだし……ね？」

「勇者様……すみません、手を離していただけませんか？」

「ダメだね」

以前から、勇者様が私と一夜をともにしようという魂胆《こんたん》があることは分かっていた。

ここに来る前はそれとなくという感じに誘ってくる感じだったけれど、近頃はそんな余裕もなくて、サラさんやアイシャさんともなかなか一緒になれなかったせいもあってか、今日の勇者様はかなり押しが強い。

「勇者様、離してください」

「ダメだ。君が僕のお願いにうんと頷くまで離すつもりはないよ」

なんとか振りほどこうと力を込めても、勇者様の腕はビクともしない。

「なぜ君はそうまで僕のことを愛そうとしてくれない？　あのク……少年のことが好きなのか？」

「そっそれは……」

思わず頷こうとした瞬間、その時に見た勇者様の顔が一瞬だけまるで化け物みたいな恐ろしい顔に見えて、思わずたじろいでしまう。

「バーン様、それ以上はいけません」

そんな時、アイシャさんが私の腕を掴んでいる勇者様の手にそっと自分の手を重ねた。

「今日は私とサラで勇者様をお慰め致します。どうかティアナはゆっくりと休ませてあげてください」

「私からもお願いします」

サラさんも私をかばうように勇者様との間に割り込んでくれた。

ようやく勇者様が私の腕を放してくれた。

「……ちっ。分かったよ」

「ティアナちゃん、この戦いが終わったら改めて君の気持ちを聞くとしよう。でも今後のことを考えたら僕の愛を受ける方がよっぽど良いと思うけどね」

そう言い残して、勇者様はサラさんとアイシャさんを引き連れ部屋へと戻っていった。

私はさっきまで掴まれていた腕の所を何度もさする。

ふと身体がかすかに震えているのを感じた。

「さっきの勇者様、本当に怖かった……。あんな顔今まで見たことなかったわ」

勇者様には悪いけれど、人として尊敬はできても愛せるかどうかと言われると首を振るしかない。

「勇者様に言われたとおり、私が好きなのは……」

思い出されるのは、フォスターで何度も見たリューシュの後ろ姿。

そしてなぜか一緒に、緑色の服を着たリューシュによく似た人の姿も頭に浮かんでくる。

「もしかしたら……明日もあの人が助けに来てくれたりするのかな？　もし来てくれたなら、今度こそちゃんと顔を見て話をしてみたい。あの人がリューシュなのかどうか確かめたい……」

あの人のことを考えると、不思議と身体の震えも収まっていき、落ち着いた私は眠りにつくために部屋へと戻っていった。

◆

翌朝、私たち四人は準備を整え連合国の兵士さんたちに混ざってドランのいるという廃城前の橋へと向かう。

道中、私はこっそりとアイシャさんに近づき昨日のお礼を言うことにした。

「アイシャさん」

「ん？　どうしたの？　小声で」

「昨日は……ありがとうございました」

言葉とともに小さく頭を下げる。

「ああ、別に良いのよ。ティアナちゃんだってまだ心の準備も出来ていないのにいきなりは可哀想だったしね」

　アイシャさんは晴れやかな笑顔を浮かべてくれる。

「ふふっ。それにティアナちゃんにはかっこいい幼馴染みがいるんだもんね」

「気を遣っていただいてすみません……」

「いいのいいの！　でも……私としては、ずっと前に言ったみたいに魔王を討伐して王都に帰還して、勇者様と住むことになったらあなたもぜひ一緒にっていうのが本音よ？　可愛い妹みたいなあなたが一緒だったら毎日が楽しいだろうなあって」

「アイシャさん……」

「この戦いが終わったら、あなたが勇者様にどのような返事をするかはあなたの自由。少なくとも私とサラはあなたに意志を強制するようなことはしないから安心してね」

「……ありがとうございます」

　もう一度小さく頭を下げる。

「私だけじゃなくサラにもお礼を言ってね。これは昨日の夜に二人で話し合ったことなんだから」

「はい！」

　アイシャさんに促され、私はその先を歩いていたサラさんにもお礼を伝えると、彼女もニッコリ笑って気にしなくてもいいと言ってくれた。

「アイシャさん……サラさん……ありがとう」

　お二人と一緒に居られて本当に良かったと思っています。

◆

「勇者様、あれがドランです」

先頭を歩いていた兵士さんが声を上げて道の向こうを指さす。

「あれが……」

「ドラン……」

示された向こうには堀に囲まれた廃城が見え、手前には一本だけ架けられた古い橋。

そしてその前に立ち塞がるのは、近くに生えている木よりも高く、二階建ての家よりも巨大なドランの姿がある。

「私たちが以前戦ったモンスターと比べても、圧倒的に大きさが違います……」

その存在感に思わずみんな唸ってしまう。

「想像していたよりも一回り大きいな」

「私の足ならあいつの懐には潜り込めそうだけど……剣が通じるかなあ?」

「私の弓も、適当に撃つだけじゃだめね」

「魔法も単に撃つだけでは効果が少ないかもしれません。どこか身体の柔らかいところを狙えれば良いですが……」

あの巨体と戦うにはどうすべきか。

四人でアレコレと話し合っていると、後ろから兵士さんの一人がやってきた。

「勇者様、すでに周辺に拠点は設営済みです。準備ができ次第、号令があればいつでも全軍で攻めかかることは可能ですがいかがしますか？」

その報告を聞き、勇者様はしばらく考え込んでからスッと顔を上げた。

「とりあえず、まずは拠点に行くとしよう。僕たちを一番近いところに案内してくれないか？」

兵士さんがビシッと直立し、敬礼で返す。

「はっ！　了解しました。ではこちらです」

私たちは一旦ドランから離れ、近くの拠点へと移る。

そしてそこにいた指揮官の方と話し合い、橋を背にしているドランを三方向から同時に攻撃するという作戦を採ることにした。

「いよいよですね……」

拠点の中をせわしなく動き回る兵士さんを見ながら、私も剣を磨き、カバンに詰めたポーションの確認などの準備は怠らない。

「そうね……あのドランを倒せばいよいよ魔王に手が届く……ここに来てから長いようで短かったわ」

私のつぶやきにサラさんが反応し、同じく剣を磨いていた手を止めた。

「ここまで苦しい日々の連続だったけれど……それももうすぐ終りね」

カバンを担いだアイシャさんが感慨深そうに話す。

「ああ、そういえばさっき」

サラさんが何かを思い出したようだ。

「ヴォイドを倒したあの二人組のことに関してなんだけど……」

「――っ！　あの人たち――⁉」

もしかして今回も私たちを助けに来てくれた⁉

胸がドクンと高鳴り、近くまで来てくれているのかと思わず立ち上がってしまう。

「以前勇者様にも二人のことは絶対に他に漏らすなって言われてたと思うけど、今度は連合国の将軍様にまであの二人のことは絶対に口外するなって言われたわ」

「え……？」

どういう……こと？

「なぜ……なぜなんですか？　リュー……彼らのおかげであのヴォイドを倒せたのにどうして……？」

信じられない言葉に、私は気落ちして椅子に座り込んでしまう。

「ティアナちゃん……こういうのはあまり言いたくないけれど、お偉いさんは四天王を倒したのが勇者様ってことにしたいのよ」

アイシャさんが私を慰めるためか、肩を優しく撫でながら理由を説明してくれた。

「そっそんな――⁉」

そんなのって……ない――！

ヴォイドが倒れた後、勇者様にはその時の様子や彼らのことは、その場を見ていない人には言わないようにと口止めを受けていた。

「見ず知らずの人間が四天王を倒したなんてことが知られると軍の士気が下がるから」

なんてのが理由らしいけれど、私は今でも納得できていない。

だって見ず知らずだろうがなんだろうが、ヴォイドを倒したのはまぎれもない彼らなのだ。

それを称賛するどころか、誰にも言わないようになんて口止めされるだけでもおかしいのに、今回のアイシャさんの説明を聞く限り、彼らをいなかったことにしたいのかと、勇者様や将軍様たちを疑わざるを得ない。

「活躍した二人のことを考えれば、私たちもそれにあまり賛成はしたくないわ。でもね、今まで色々言われていても、将軍や兵士、街の人々はみんな勇者様にこそ活躍してほしいと思っているの。その希望を絶やさないためにはたとえウソでも四天王を倒したのは勇者様にしなきゃならないのよ……」

私に言い聞かせるように話すアイシャさんの表情は険しい。

「だからこそ、今回のドラン討伐は絶対に失敗させられないし、負けるわけにはいかないの。ティアナちゃん、あなたも不満かもしれないけれど……お願い」

頭を下げるアイシャさんを見ていると、何も言い出しようがない。

「……分かりました」

私は頷くしかなかった。

「それとね、こっちはこっそり聞いた話なんだけど、将軍様は二人の探索を命令しているらしくて、もし見つかったら四天王の討伐を口外させない代わりに莫大な褒美を渡すつもりらしいの」

「そうですか……」

「ちょっと俗っぽいかもしれないけれど、彼らにはそれで納得してもらうしかないわね」

「そういえばアイシャさん……サラさん。お二人はあの二人の顔は見ましたか？」

「え？　いいえ、私はあの時ヴォイドから受けた傷の痛みでそれどころじゃなかったから……」

「私も身体を起こすので精一杯。とてもそっちにまで気は回らなかったわね」

「そうですか……」

「二人のことで気になることでもあるの？」

「いえ、そういうわけではないのですが……ただなんか気になって……」

実は、勇者様にはもちろんサラさんとアイシャさんにも、若い剣士がリューシュかもしれないということはまだ打ち明けていない。

最初はすぐに言おうかとも思ったけれど、その時はまだ確信はなかったし、その後だってとても言い出せる暇なんかなかった。

……今ならばちゃんと二人には話せる時間も余裕もある。

「……はぁ」

けれど、今さらそれを言ったところで何になるの？

私の幼馴染みがここに来て戦っていると言ったところで、果たしてみなさんが信じてくれるというのだろうか？

「……その人たちにもう一度会えたら、今度はちゃんとお礼を言いたいなと思ったんです」

「なるほどね……でもまぁ彼らは見たことのない珍しい服を着ていたってのは覚えてるし、顔が分からなくても来たらそっちで分かるでしょ」

「そうですね……」

結局、この日も私はサラさんとアイシャさんにあの時見た人のことは言えずじまい。

「さあ、そろそろ出発よ。ティアナちゃん」

「はいっ！」

けれど、きっと彼らはまたここに来てくれるはず。

その時にこそきっと……！

そう心に言い聞かせながら、私は気持ちを切り替え、先に勇者様へ合流したサラさんとアイシャさんを追いかけるため、カバンを担いだのだった。

◆

「勇者様！　全軍配置完了しました！」

私たちの前で敬礼した兵士さんが直立不動で叫ぶ。

「ありがとう。それじゃあそろそろあいつを討伐するとしますか」

勇者様が前に進み出て剣を抜き、正面にいるドランへ向けて剣先をかざす。

するとと向こうにいるドランがそれを見て大きく口を開いた。

「よくぞ来た勇者よ……我こそは魔王四天王の一人、不動のドラン。魔王様を守るため、ここから先には一歩も進ません！」

空気が震えるほどの声に兵士さんたちは一瞬たじろいだけれど、勇者様は彼らを勇気づけようと負けないくらいに声を張り上げる。

「みんな、勇者である僕についてこい！　全軍攻撃開始！」

遠くまで響き渡るような勇者様の号令とともに、私たち連合国軍は三方向から一斉に攻めかかり始めた。

「弓隊！　どんどん矢を射かけろ！」

「行きます……業火の矢《ヘルファイヤーアロー》！」

それぞれの後方から雨のような矢がドランへと降り注ぐとともに、私や他の魔法使いさんたちも各自持てる最高の魔法を放つ。

「こしゃくな人間どもめ！」

ドランの声と同時に、私たちの攻撃が次々と直撃していく。

その衝撃は激しく、瞬く間に砂煙が上がり、ドランの身体は全く見えなくなっていった。

「やったか！」

私の後ろにいた兵士さんが声を上げる。

けれど、時間が経ち視界が晴れてくると、そこにはさっきまでと変わらない姿のドランが相変わらず橋の前に立ち塞がっていた。

「がっはっは！　そんな攻撃では私は倒せんぞ！」

その様子を見て、勇者様が軽くため息をつく。

「あれだけで倒せりゃ苦労はしないよな……まぁいい、みんな！　歩兵は僕に続いてやつの足元に攻撃を仕掛けろ！　弓兵や魔法部隊は引き続き攻撃を続けるんだ！」

そう言ってドランへと走り出す勇者様に続き、剣や槍を持った兵士さんたちも続々とドランめがけて突撃していく。

「みなさん！　バーン様の言うとおり我ら遠距離の部隊は攻撃の手を緩めずに行きましょう！」

前へと進んでいった勇者様の代わりに、アイシャさんが後方に残った部隊の指揮を引き継ぐ。

こうして最後の四天王、ドランへの攻撃が本格的に開始されていった。

◆

「どんどん撃ちまくれ！　ドランに休ませる隙を与えるな！」

弓兵さんたちは矢継ぎ早に攻撃を繰り出し、私もそれに負けじと魔法を放ち続ける。

「歩兵たちに当たらないようどんどん射かけていくのよ！」

八発目の炎の矢《フレイムアロー》を放つ私の横で、矢をつがえながらアイシャさんが声を張り上げる。

「各方向の部隊は引き続きドランの足を集中攻撃しろ！　俺は左前足を叩く！」

「次は右前足を斬りにいくから、みんなも私についてきて！」

向こうでは勇者様とサラさんが左右に分かれ、兵士さんたちを先導しながら攻撃を仕掛けていた。

「くっ……どれだけ硬いのよあいつは！」

すでに数十本は弓を放っているアイシャさん。荒い息がこちらからでも分かるくらいで、疲れの色も濃い。

「私も……そろそろ魔力が……」

急いでカバンを開け、ポーションのビンを取り出すと、少しだけ残っていた中身を一気に飲み干す。

すると身体の中からジワっと暖かくなり、魔力が戻っていくのを感じた私は再度『炎の矢《フレイムアロー》』を放つ。

魔法は一直線に飛び、ドランの背中へと直撃して炎を湧き上がらせ、当たった部分を広範囲に焼くことができたが、相手はそれを気にする様子は全くない。

「多少は効果があるように見えますが……後どれだけ攻撃を続ければ倒せるのか見当もつきません」

私の横に来て水筒の水をがぶ飲みしていたアイシャさんに、思わず弱音を吐いてしまう。

「大丈夫よティアナちゃん。遠距離攻撃はそうだけど、バーン様やサラの攻撃は大分効いているわ。見て、足のウロコが大分剥がれて血も出てきてる」

アイシャさんが指さす方を見れば、四本の足から血を流しつつも、足踏みや尻尾攻撃で勇者様へと攻撃を仕掛けるドランの姿。

「ちょこまかと動き回りおって！　小賢しい！」

ドランが怒り狂ってドタバタ暴れ回っているが、勇者様やサラさんは兵士さんたちを指揮しながらも巧みにをそれを回避している。

「このままこの状態を続ければなんとかいけるとは思うわ。でも……」

その先の言葉を言うことなく、アイシャさんは顔を曇《くも》らせた。

「かなりの兵士さんたちがやられています。さきほども大勢の人たちが救護所に運ばれていきました……」

アイシャさんが言いあぐねた言葉を、代わりに私が吐き出した。

いくら勇者様やサラさんの元でドランの攻撃を回避しているといっても、全員がそうというわけではない。

ドランの吐く炎に巻かれたり、尻尾に吹き飛ばされてしまう人たちもたくさんおり、すでに最初の攻撃開始から兵士さんたちの数は半分以下にまで減りつつある。

「……残念だけど、一度体勢を立て直すべきね。事前に言われてたとおりに合図を出すわ」

そう言うと、アイシャさんは袋から笛を取り出し、大きく息を吸ってそれを吹いた。

耳に響く甲高い音が戦場全体に響き渡ると、それに呼応するかのように別の場所でも同じ音の笛が鳴り始める。

「ティアナちゃん、バーン様たちの撤退を支援するわよ」

「はい……」

後ろに下がっていく勇者様やサラさんを安全に逃がすため、私とアイシャさんは引き続き攻撃を続ける。

そうしてドランの周りから兵士さんが居なくなったのを確認してから、私たちも荷物を持って拠点へと退いた。

「予想以上に硬いな……」

拠点へ戻った私たちと合流するなり、勇者様がやれやれとため息を吐きながら話し始めた。

「傷はつきましたし、血も出ています。全く攻撃が効かないというわけではありませんが、このままではドランを倒せるまでにかかる被害が計り知れません」

アイシャさんの言葉にみんな無言で頷いた。

「頂いたポーションもあと二本ほど、次がいつ届くかも分かりません。魔力もあとどれだけ持つか……」

私はカバンから残ったポーションのビンを取り出してみんなに見せた。

「ただでさえこれまでの戦いで兵士たちの数も少なくなっている。更にこれ以上その数を減らすことになっては将軍様に顔向けできん」

苦々しそうな顔の勇者様。

それを見て、私やアイシャさんも口をつぐんでしまう。

「バーン様」

そんな時、今まで無言だったサラさんがおもむろに口を開いた。

「どうした？　サラ」

勇者様が聞き返す。

「バーン様の言うとおり、これ以上の兵の損失はあまりよろしくはありません。ならば次の戦闘からドランに接近して戦うのは私とバーン様だけにして、その代わり弓や魔法使いの数を増やして普通の兵士たちには遠くから攻撃してもらうのはどうでしょうか？」

「ふむ……」

サラさんの意見に勇者様は腕組みをして考え込む。

「幸いなことにドランの動きは鈍く、私とバーン様なら避けることは容易いでしょう。二人で左右に分かれ、今日の戦いでつけた傷を集中して攻撃、アイシャとティアナちゃんは引き続き部隊を率いて弓と魔法で攻撃するのです」

「なるほどな、良い案だと思う」

勇者様は納得したように大きく頷いた。

「それと戦っていて気づいたのですが、ドランの背中や足の外側はウロコがびっしりでかなり硬いですが、お腹の辺りや足の内側はさほどありません。狙い目はそこかと」

なるほど、確かに遠目からチラッと見えたドランのお腹は背中と色が違っていた。

あの辺りはウロコが無かったのね。

「ああ、そこは僕も気になっていたけれど、兵士たちの指揮に忙しくてなかなか確認できていなかったよ。サラ、ありがとう」

「いっいえ……そんな……えへ」

勇者様から称賛の言葉を受けたサラさんが顔を紅くさせる。

「よし、明日からはサラの考えた作戦でいくとしよう。僕やサラも控えていた魔法を使ってなんとしても次で仕留めるぞ」

「「「はいっ！」」」

そして翌日、私たちは準備を整え、再びドランの元へと向かった。

「がっはっは！　性懲《しょうこ》りも無くまた来たか！　何度来ようとここは通さん！」

ドランは気勢を上げるが、身体中の傷はそのままであり、特に足元の傷からは未だ血がにじんでいて痛々しい。

まだ十分には回復し切れていないようだ。

「ふん！　死にかけのモンスター風情が偉そうに！　次で貴様を仕留めてやるさ！」

勇者様が手を挙げると、背後にいた兵士さんたちが一斉に散らばり、ドランを囲むように半円状に並んで弓や魔法を一斉に撃ち出す。

「昨日の手はず通りにいくぞ！」

そう言って勇者様とサラさんが剣を抜いて走り出していく。

「さあ、ティアナちゃん、やるわよ！」

アイシャさんも弓に矢をつがえて撃ち出す。

「はいっ！」

昨日はゆっくり休めたおかげで魔力も大分戻っている。

「炎の矢《フレイムアロー》！」

私もみなさんに負けじと魔法を撃ち出していく。そうしてしばらく時間が経過し、朝から始まった戦いが太陽の真っ直ぐ上った昼間になるころ、いよいよ大詰めを迎える。

「人間どもめ……絶対に……ここは通さぬぞ！」

身体中を覆っているウロコもかなりの部分が剥がれ落ち、そこら中から血を流すドラン。

「みんな！　後もう少しだ！　頑張ってくれ！」

勇者様はみんなを励ましながら、ドランの炎をかわしつつ足元を斬りつける。

「氷の剣《アイスソード》！」

ドランの足踏みをキレイにかわしつつ、サラさんが魔法剣で右足の裏を斬ると、傷口が一気に凍りだし、地面にくっついてドランの身体が大きく揺れる。

「ぐあああっ！　おのれぇぇぇぇ！」

苦しそうに叫ぶドラン。

サラさんの一撃がかなり効いているようだ。

「やっぱり！　身体の外側は魔法に強いけれど、内部はそこまででもない！　勇者様！　傷口を狙って魔法を！」

「分かった！　食らえ！　雷電の矢《サンダーアロー》！」

勇者様が傷口に剣を突き刺し、魔法を放つ。

「ぐあああぁぁぁぁっ！」

ドランの全身に雷が駆け巡り、叫び声がとどろく。

「まだだ……魔王様のため、まだ倒れるわけには……」

口からも血を流し、立っているのもやっとに見えるのに、ドランの目はまだ死んでいない。

「ちっ！　しぶとい奴だ！」

「勇者様、今のでもう私の魔力はほとんど底を尽きました。これ以上はもう魔法剣は使えません！」

「サラもか……僕も残りの魔力はあと少しだ。くそっ、あともう一息なのに！」

口々に魔力が無いことを叫ぶ勇者様とサラさん。ドランは反撃とばかりに炎や足踏みで二人を倒さんと躍起《やっき》になっていた。

「私が……」

その光景を見て、私の頭の中にある人たちの背中がふっと浮かび上がってくる。

「私が……やらなきゃ！」

何かに背を押されるように、私はドランへ向けて走り出していた。

「ティアナちゃん!?　待って！」

後ろではアイシャさんの声が聞こえたけれど、駆け出した私の足はもう止まらないし、止めるつもりもない。

「あの人みたいに……私も前に出るんだ！」

ヴォイドを倒した、あのリューシュによく似た人とその隣にいた老人のように──！

「はぁ……！　はぁ……！」

あの時……私はただ見ていただけ。

フォスターで勇者様に選ばれてから、頑張って魔法を覚えて一人前に強くなったつもりでいたけれど、それはただの思い上がりでしかなかった。

「はぁ……はぁ……くっ！」

あの人たちは私たちみたいに魔法も使わず、勇者様のつけていた鎧のような装備もなく、見た限りではただの剣一本だけを使い、私たちがどうしても倒せなかったヴォイドを軽々と斬り伏せた。

「はぁ……はぁ……もう少しっ――！」

この世界には、あんなに強い人がいる。

あの人たちに比べたら、私なんてまだまだ子ども。

とてつもない衝撃を受けて落胆したりもしたけれど、それと同時に私もあれくらい強くなりたいという想いが湧き出ていた。

「ティアナちゃん!?」

走り寄ってくる私を見たサラさんが驚きの声を上げた。

けれど、私はそれを気に掛けることなく、そのまま前を走り去っていく。

「ティアナちゃん！　こっちは危ない！　すぐに下がるんだ！」

勇者様は私を遮ろうと手を伸ばしてきたけれど、それも右手で振り払う。

私は止まらない。

遠くに見えていたドランの身体がどんどんと大きくなってくる。

「……怖い……けれど！」

あの人たちに近づくためには、立ち止まってはいられない！

「私が……私が自分の強さを誇れるように、リューシュに会って自慢できるように、今ここで私がドランを倒すんだ――――！」

右手に持っていた剣を前に突き出す。

ドランは私の方を向き、大きく口を開けて炎を吐き出すつもりのようだ。

「死ねぇぇぇっ！」

「負けるもんかっ！　『業火の壁《ヘルファイヤーウォール》！』」

ドランが吐いた炎を、私は守護魔法で受け止める。

「ならばこっちだ！」

炎が効かないことを知ると、今度は足踏みで私を踏み潰そうとしてきた。

「はあぁぁぁぁっ！」

間一髪、私は前に飛び込んで足踏みをかわし、ドランのお腹の下にもぐり込む。

すぐに立ち上がって上を見上げれば、勇者様かサラさんがつけたであろう大きな斬り傷が目に入った。

「ここだぁ！」

私はその傷に向けて剣をかざす。

「業火《ヘルファイヤー》の……矢《アロー》――――！」

魔法を発動させた瞬間、剣先から巨大な炎の塊が一直線に飛び出し、傷口からドランの体内へと突き刺さる。

「ガアアァァァァアッ！」

そして次の瞬間、ドランの身体が大きく膨らむのを見た私は、急いでお腹の下から逃げ出し出来るだけ遠くへと走り出す。

「早くっ！　こっちだ！」

見れば向こうで勇者様とサラさんが手を振っている。

ふと気になって走りながらチラッと後ろを向くと、ドランは地面に倒れ込み目や耳、口の中など身体のあらゆる所から炎が勢いよく吹き出していた。

「はぁ……はぁ……やっ……た？」

二人の所に着いたときにはもう息も上がり、これ以上は走れそうにないくらいに疲れ切っていた。足にも力が入りそうにないので、汚れるのも気にせず地面に倒れるように足を投げ出して地面に座り込む。

一息ついたところでもう一度振り返ると、ドランの身体はあちこちがドス黒く焼け焦げて煙がくすぶっており、ピクリとも動かない。

あの一撃でなんとか倒すことが出来たようだ。

「ティアナちゃん！」

ほっと胸をなで下ろしていた私に、サラさんが勢いよく抱きついてくる。

「もう！　なんて無茶するのよ！　心配したじゃない！」

「ごっごめんなさい……」

涙を流しながら私をなじるサラさんに謝っていると、ちょっと怖い顔をした勇者様も近づいてきていた。

「ティアナちゃん」

「はっはい……」

「なぜ、いきなりあんな風に飛び出したんだい？　君が来なくても後もう少しで倒せたかも知れないんだし、わざわざ自分を危険に晒す必要は無かったんじゃないのか？」

「そっそれは……」

ヴォイドを倒したあの二人に感化されて……なんてのはもちろん言えない。

「今まであまり活躍出来ていなかったので、最後くらいは……と思って……」

我ながら苦しい言い訳だ。

でも、全部がウソというわけではないし、勇者様にはそれで納得してもらいたい。

「……そうか、分かった。なんにせよティアナちゃん、お疲れ様」

険しい顔からフッと表情を緩めた勇者様を見て、全身の緊張が一気に抜けていく。

「ティアナちゃぁあん！」

私の名を呼ぶアイシャさんの大きな声が聞こえてくる。

その後ろではたくさんの人たちの歓声も。

瞬く間に私たちは兵士さんたちに囲まれ、勝利を祝う声で辺りは騒がしくなっていった。

◆

「よし、それじゃあ最後の仕上げだ！」

橋をふさいでいたドランの死体が片付けられ、しばしの休息で体力と魔力をある程度取り戻した私たちは、いよいよ魔王の討伐へと向かうことに。

「ここから先は僕たちだけで行く。連合国のみんなはここの守備を頼んだぞ」

「はっ！　了解しました勇者様！」

こちらへ敬礼するたくさんの兵士たちに見送られながら、私たちは慎重に橋を渡る。

橋の幅は四人が横に並んでギリギリ通れるくらいの狭さなので、勇者様とサラさんが二列に並んで先行し、私とアイシャさんがその後に続く。

「見たところモンスターが飛び出してくる感じはありませんが……」

橋の中程まで進み、開け放たれた門の中へ弓を向けながらアイシャさんがつぶやく。

「ああ、だがここは魔王の本拠地だ。待ち伏せの可能性は高いから気をつけて進むぞ」

勇者様の言葉に私たちは頷き、それぞれ武器を構えながら橋を渡りきっていよいよ城の中へと入る。

「魔王は一体どこに……？」

「恐らく謁見《えっけん》の間とかだろうな。ここから見えるあの一番高い建物の中にあるはず。伝承によれば、まだ魔王が復活していない場合は巨大な石像が置かれているらしい。僕たちはそれを壊せばいいだけさ」

勇者様が指さす先には一際大きな石造りの建物。中心には尖塔《せんとう》がそそり立ち、いかにも王様の住む場所といった感じ。

壁も崩れ落ち、屋根の色は剥げているものの、同じ大きさのキレイな石組みで造られ、所々真っ赤に塗られた箇所も見える。この城に人がいた頃はさぞかし美しいお城だったのだろう。

「なるべく早くあそこに向かいたいところですが、瓦礫《がれき》などで通れなくなっている場所も多いですね」

砕けた壁の破片を飛び越えるサラさん。

土台から完全に崩れ落ちている建物も多く、そう簡単にはあの建物まで近づけそうにはない。

結局私たちはお城の内部をグルリと回り道させられてかなり時間はかかったものの、道中でモンスターなどの襲撃もなく無事に塔のある建物の正面にたどり着くことが出来た。

「ふう、ようやく着きましたね」

サラさんが額の汗を拭う。

私も気合いを入れるように大きく深呼吸をしておかないと。

「みんな、最後まで気を抜くんじゃないぞ」

勇者様はそう言いながら謁見の間へと続く大きな扉をゆっくりと開けていく。

重々しい音を立てながら扉が開いていくと、中からは乾いた血の臭いが漂ってきた。

「うっ……」

謁見の間は縦に広く、奥に向かってすり切れた真っ赤な布が敷かれている。

残念ながら奥の方は室内という事もあり、明かり取りの窓があっても暗くてよく見えない。

けれど、そんなことよりも私たちの目を引いたのは、部屋の隅などに雑に置かれた人間の死体の数々。

子どもから大人、高そうな服を着た人や鎧を着た兵士さんまで区別なく、まるで山のようにあちこちでうずたかく積み上げられており、その下には血だまりが広がっていた。

「これは……」

「なんてことを……」

「恐らく連合国でモンスターに捕まった人たちだろう。ここで殺されて魔王の力にされたんだな」

人が死ぬところは何度も見てきたとはいえ、打ち捨てられた罪もない人たちの亡骸《なきがら》にはやるせない憤《いきどお》りを感じる。

他のみなさんも同じ気持ちだったようで口元を手で隠したり、眉間にシワを寄せていた。

「ここで死んだ人たちのためにも……進もう。そして必ず魔王を倒そう」

勇者様は辛そうな顔をしながらも力強い言葉を放つ。

それに勇気づけられつつ奥へと進むと、一段高くなっている台座に、かつて王様か貴族が座っていたであろう所々欠けた石造りの豪華な椅子が二脚並んでおり、その間には私よりも一回り大きな石像が置かれていた。

「あれが……」

「伝承の通りならあれが魔王だ。見れば見るほど禍々しく感じるよ」

人なのか獣なのか、はたまたモンスターなのか見当もつかない邪悪な見た目の石像が、こちらに正面を向けにらみ付けるように立っている。

『来たか……』

そんな像を警戒しつつ近づいていくと、突然私たちの耳に声が入ってくる。

男の人とも女の人ともつかない、何やら変な感じの声だ。

「誰だっ！」

勇者様が剣を構える。

私たちもそれに続いて武器を構えたけれど、声は部屋中から聞こえてきているように感じ、思わず周囲を見渡す。

『よくぞここまで来れたな……忌々《いまいま》しい神に選ばれた勇者よ』

見れば奥に立つ石像から黒い霧がうっすらと現れ始めていた。

やはり、あれが魔王……！

「ふん……魔王からの褒め言葉なんて嬉しくもなんともないぜ」

『ふっふっふ……褒めているつもりはない。私の配下に負け続きであったお前たちがよくもまぁたどり着けたものだと感心していただけだ』

「なに……！」

勇者様の顔が苦々《にがにが》しそうに歪む。

『ふははははは……そんな弱き勇者どものために一つ長話をしてやろう』

「なんだと!?」

自分のことをけなされた勇者様が激怒したけれど、魔王は関係ないと言った風に話を続ける。

『私がこの世に産まれ、神に封印されてからというもの、過去にあった幾度もの復活の兆《きざ》しをことごとく貴様のような勇者たちに阻《はば》まれてきた。だがその絶望と落胆の中で、私は一つのことを学んだのだ』

「一体……それはなんだ？」

勇者様が聞き返す。

『それは人間の真の強さだ。人間は生身では弱い、我が配下であるモンスターの爪や牙であっけなく死に、簡単に亡者となって我々の仲間入りをする。だが、そんな人間が今の今まで生き残ってきたのは知性があったからだということに気づいたのだよ』

「知性だと……？　ちっ！」

知性という単語を聞いた瞬間、勇者様の顔が急激に怒りに満ちていく。

まるで今まで忘れていた嫌な思い出を急に思い出したかのように。

一体……なにが？

『だからこそ今回の復活の兆しでは試しに我が配下の中で強き者を選び、力とともに知性を与えてみた。するとどうだ？　今までの苦労がウソのように人間どもを圧倒し、復活のための魔力もあっさり集まっただけでなく、忌々しい勇者すら撃破するまでになりおった』

私は思わず息を呑んだ。

魔王が復活のためにそんなことまでしていたなんて。

もし私たち……いえ、ヴォイドを倒した彼らもいなかったら今頃この世界はどうなっていたことだろう。

『このままいけば、長年の悲願であった復活も無事果たし、ようやくこの世界を支配することができたというのに……よもや神が勇者の他に切り札を持っていたとはな……さすがの私にも読み通せなんだ』

「切り札……だと？」

『そうだ。正確には神の遣いである四聖龍の切り札といったところだろう……おおかた貴様のような役立たずの勇者がいた場合のために密かに用意でもしておったのだろうなあ。くっくっく……』

あざ笑うような魔王の声に、勇者様が一層険しい顔で歯ぎしりしている。

そして私は、切り札という単語に一瞬老人とリューシュによく似た若い剣士二人の姿が頭に浮かんだ。

あの人たちが……もしかしてその四聖龍の切り札だったの？

『所詮勇者など神によって適当に選ばれた者に過ぎぬ……貴様などより強い奴はごまんといるのだ。今回の戦いでそれを自覚して悔しさにまみれながら残りの人生を生きて……』

「ふん……もう長ったらしいおしゃべりは聞き飽きたぜ」

けれど、私の考えと魔王の言葉は、勇者様の言葉によって遮られた。

いつの間にか勇者様はスッと前に進んでおり、石像の前で剣を振り上げていた。

「あばよ、魔王」

その一言の後、剣を持った腕を振り下ろそうとした瞬間、魔王の石像から一気に黒い霧が吹き出す。

『はっはっは！　悪いがこのままおめおめと封印されるつもりもないぞ！　勇者っ！』

黒い霧は勇者様を包み込んでいく。

「バーン様！」

アイシャさんが思わず叫んだ。

「ちっ！　往生際《おうじょうぎわ》が悪いぜ！」

身体にまとわりついていく霧を払いのけながら、勇者様は掲げていた腕を一気に振り下ろす。

『グアァァァッ！』

石の砕ける鈍い音とともに魔王の悲鳴が部屋中に広がり、勇者様を覆っていた黒い霧が晴れていく。

しばらくすると悲鳴も消え、砕けた石像の欠片も砂のように細かく、そして消えていく。

さっきまでの喧騒がウソのように、部屋の中は静かになっていた。

「終わっ……た？」

もっと激しい戦いになるかと思い身構えていただけに、あっけない魔王の幕切れに私はやや拍子抜け。

「終わった……と思うわ。未だに信じられないけれど」

サラさんも半信半疑といったところ。

「それよりもバーン様よ！　バーン様！　お体は大丈夫ですか!?」

アイシャさんが勇者様に急いで駆け寄っていく。そうだった！

魔王の石像から出た黒い霧に勇者様がっ――――！

私とサラさんも慌ててアイシャさんの後を追う。

「くっ……ふぅ……」

勇者様は私たちに背中を向けたまま、床に片膝をついて身体を震わせ、何かに耐えているようであったが、近づく私たちの足音を聞いてかスクッと立ち上がると私たちの方に向き直る。

「やぁ、みんな。なんとか魔王を倒し、再び封印出来たようだよ」

やや引きつった笑顔ながらも、私の目には勇者様の身体に傷などはなく無事なように見えた。

「バーン様……魔王になにかされませんでしたか？」

「アイシャ……僕は大丈夫さ。黒い霧にまかれてちょっと息苦しくなっただけで、魔王ももう力はほとんど無かったみたいだ。嫌がらせをするのがやっとだったようだよ」

元気であることを見せつけるためか、腕を振ったり飛び上がったりする勇者様。

「そうですか……それならいいのですが」

「それよりも、さっさと帰って魔王を倒したことを皆に報告しよう。色々と疲れたし、ここに捨てられている死体もちゃんと葬《ほうむ》ってもらわないといけないしね」

勇者様が私たちを急かすようにまくしたててくる。

「分かりました。ここを出次第すぐに連合国軍に遺体の搬送《はんそう》とこの城の撤去を依頼しましょう。魔王が封印されたとはいえ、モンスターは未だこの世界に多くいるのですから、ここに住み着いてしまう可能性もあります」

「うん、そうするとしよう。ああ、それとみんなに一つだけお願いがあるんだが」

アイシャさんの言葉の後に勇者様が続いて話し出す。

「え？　お願い……ですか」

ああ、もしかして……。

「そう、さっき言っていた魔王の話なんだけど、できれば他の人には言わないようにしてもらいたいんだ」

やっぱりというか……当然というか。

なんとなくそれを言われるのだろうなという予感はあった。

「四聖龍とか勇者以外の切り札とか、僕たちも全く知らないことだったし、多分他の人に言ったところで分かる人はいないからみんな混乱すると思う。だからそういうことはそれぞれの胸の内にしまっておいた方が良いと思うんだ」

心の中で、私は小さくため息をついた。

ここにきて私の勇者様への信頼が少しずつ揺らぎ始めている。

思えばあの剣士二人と出会ってからの勇者様はなにかおかしいところだらけ。

焦りのような怒りのような……よく分からないけれどそういったものが時折勇者様の顔に表れていた。

今回もそう。

まるであの二人に関することを全て無かったことにしたいかのように……。

「分かりましたわ。勇者様の言うとおりに」

「アイシャに同じく」

サラさんとアイシャさんはすぐに頷いた。

「……分かりました」

私もとりあえずは意見に同意しておくことにしたけれど、もし勇者様が彼らのことを悪く言うのであれば、私はためらいなく今日までのことを他の人たちに話すつもりだ。

「それじゃあ帰りましょうか。兵士さんたちも私たちの帰りを首を長くして待っていることでしょうし」

アイシャさんの言葉の後、私たちは謁見の間を出て城の外へと向かう。

「みんな！　魔王を倒し、再び封印することができた！　俺たち人間の勝利だ！」

先ほど渡った橋の先にはアイシャさんが言ったとおりたくさんの兵士さんたちが私たちを待っていてくれて、勇者様が右手を天高く突き上げて勝利を宣言すると、ドランを倒したとき以上の歓声が沸き起こった。

「やったぁぁぁぁっ！」

「ついに俺たちの勝利だ！」

「魔王に勝ったんだ！」

「勇者様万歳！」

飛び上がる人や隣の人と抱き合う人、感涙《かんるい》にむせび泣く人などみなさん様々な表現で喜びを表している。

その光景を見ていると、胸の奥からやり遂げたんだという充実感と高揚感があふれ、涙がこみ上げてくる。

「さあみんな！　胸を張って帰ろう！」

ひとしきりみんなで騒ぎきったあと、勇者様の声とともに帰還の準備が始まった。

荷物をまとめたり、アイシャさんに指示されて城内の確認と撤去に動き出す人がいたり、周囲が俄然《がぜん》慌ただしくなる。

私たちもそれに混じって準備の手伝いに奔走《ほんそう》し、廃城から離れ一路連合国首都ベルフォーレに向かうことが出来たのは、それから三日後のことであった。

◆

「きゃー！　勇者さまぁ！」

「勇者様ぁ！　ありがとう！」

「よくぞ魔王を倒してくれました！　ありがとうございます！」

あれから二週間を掛け、ようやく私たちはベルフォーレへ到着した。

道中でもそうだったけれど、ここに着いてからも熱烈な歓迎を受けている。

連合国の王様がいるお城へ続く大通りには、両側の建物の窓から振りまかれる色とりどりの花びらが乱れ飛び、通りの左右はたくさんの人たちで埋め尽くされ、私たち勇者一向を称えている。

私たち勇者一行と兵士の皆さんはお城で行われる祝勝会に向かうため、その中央を堂々と行進し、祝福の声を掛けてくる市民のみなさんに手を振ったりして応えていた。

「これだけの人たちを……私たちが救ったんですね」

市民の皆さんに手を振りながら、隣の馬に乗っていたアイシャさんに声を掛ける。

「そうよ……色々と苦しいことや不本意なことはあったけれど、堂々と胸を張っていいわ。魔王を倒したのは間違いなく私たちなんだし」

「そういえば……結局ヴォイドを倒してくれたあの二人の剣士は来ませんでしたね……」

ドランと戦ったときも、魔王を倒したときも二人の姿を見ることはなかった。

次こそはちゃんと顔を合わせて、リューシュなのかどうか確かめたかったのに……。

「そうね……でもティアナちゃん、私この間一つ面白い情報を聞いたのよね」

「え……？」

あの二人に関する事かしら？

「将軍様のお付きの人の話によると、国中どこを探しても二人は見つからなかったみたい。けれど国境沿いの探索中にとある集落の跡を発見したらしくて、そこで埋葬された人間のお墓の他に、無造作にうち捨てられたオークと思《おぼ》しきたくさんの骨を見つけたんですって」

「たくさんの骨……？」

「ええ、でも明らかに普通のオークとは違う大きさの骨がゴロゴロとそこかしこに落ちていたらしいわ」

「それと剣士さん二人となんの関係が？」

「それがね……色々調べたところ、その集落では以前激しい戦闘があったみたいで、焼け落ちたり何かものすごい力で打ち崩された建物だらけだったんだけど、見つかった骨には剣でつけたとは思えないような鋭い斬り傷が残っていたの」

「傷……」

「ほとんどの骨は首の辺りがキレイに寸断されていて、見立てじゃどれも一撃で首を飛ばされたようよ。他には、残っていた家の一軒に、つい最近まで誰かが使っていた真新しい痕跡もあったらしいの」

「でも……それだけじゃなんとも言えませんよね」

「ええ、でも話はそれで終わらないの。首を切られたオークの骨の中に一体異様なものがあって、他の見つかった骨とは一回りも二回りも大きいものだったらしいわ。それこそ私たち人間が見上げなければならないほど巨大なやつのね。そしてその隣には人間じゃ絶対に持てないようなこれまた巨大な鉄の棒が落ちてたの。多分その巨大なオークが武器にしてたんじゃないかって」

「そんな大きなオークが……？」

「そう、でもそんなのを一撃で倒す人なんて滅多にいるもんじゃない。そこを調べた人たちはこれがヴォイドの言っていた四天王の一人、ボルスだって話してて、連合国にはその集落の記録が無いことや、その巨大なオークの死体も併せてここが剣士二人の拠点だったんじゃないかって考えたそうよ」

「……すごいですね」

あくまで仮の話だから、そこが本当にあの二人が居た場所なのかどうかは分からない。

けれどもしそうなのだとしたら、私たちが知らぬ間に彼らは四天王をもう一人、誰の力も借りずに倒していたことになるのだ。

「ええ……そんな強い人たちだったのならヴォイドをあんなに簡単に倒しちゃったのも頷けるわ。ぜひお話聞いてみたかったなあ」

アイシャさんは感心したように何度も頷いていた。

「本当に……もう一度会いたいです」

けれど、心ではそう思っていても現実はそう上手くはいかない。

勇者一行である私があちこち簡単に動けるわけもないし、そもそも探そうにも二人がどこに居るのかすら分からない以上手の打ちようがないからだ。

「よし……！」

馬に揺られながら考えをめぐらせていた私は、今後のことについて勇者様にとあるお願いをすることを心に決めた。

◆

「勇者バーンよ、よくぞ魔王、そして配下である四天王を倒してくれた。連合国全ての民はそなたに感謝するであろう」

戦いに参加した国の将軍様や、連合国の貴族様がズラッと居並ぶ王の間に、連合国の代表である王様の声が響く。

「ありがたきお言葉。私が全力を尽くした甲斐があったというものです」

勇者様は玉座に座る王様の前で片膝をつき、平伏しながら感謝の言葉を述べる。

「うむ、勇者の仲間であるそなたらもよく頑張ってくれた。礼を言おう」

「ははっ」

勇者様の隣で同じように片膝をついていた私たちもお誉めの言葉を頂いたので、勇者様と同じように頭を下げる。

「うむ、だがそなたらに渡すのが礼のみであっては我ら連合国の威信にも傷が付く。そこで褒美として金貨五百枚を渡すとともに、勇者には我らが持つ装備の中で好きなものを進呈するとしよう」

「感謝します」

「勇者の仲間たちにも同じく装備を渡すとともに、連合国からの推薦でアイシャ殿には『弓聖《きゅうせい》』を、サラ殿には『剣聖《けんせい》』を、そしてティアナ殿には『炎の賢者』の称号を授けられるよう各国に意見賛同を願い出るとしよう」

「ありがとうございます！」

私はより一層深々と頭を下げた。

「炎の……賢者——！」

隣の二人に聞かれないよう小声でつぶやく。

フォスターを出る時にはまだまだ憧れに近かった賢者という称号が、今目の前まで来ているのだ。

否が応でも心が沸き立つ。

けれど、同時にあの剣士二人の姿も頭の中でチラつき手放しでは喜べない。

「それではこれより魔王討伐の祝勝会を開催するとしよう。みなのもの！　盛大に勇者一行と我が兵士たち、そしてご助力頂いた各国に惜しみない称賛と拍手を送ろうぞ！」

一斉に部屋中から歓声と拍手の音が鳴り響く。

同時に音楽隊の演奏が始まった。

それから私はドレスに着替え、美味しい食事やお酒に囲まれながらたくさんの人たちとお話をすることに。

大体の人たちは魔王討伐までの戦いの話を聞きたがったので、私は一応ながら勇者様に言われたとおり、四聖龍や剣士二人の話は出さないよう適当に誤魔化した話をし続けた。

勇者様やアイシャさん、サラさんたちも私と同じようにたくさんの人に囲まれており、おそらくは似たような話をしていることだろう。

「はぁ……」

それから時間が経ち、祝勝会も終わりが近づいてくると、私の所へ来る人も減ってきたので、メイドさんに差し出されたワインを飲みながら、部屋の隅に移動してため息をつくことにした。

「嘘をつくのが、こんなに辛いなんて……」

二人の剣士のこと、神の遣いと言われた四聖龍のこと。

思わず大声で叫びたくなってしまう衝動に駆られるのを必死で我慢する。

「今回の魔王討伐で間違いなく私たちより活躍したのは彼らなのに、どうして言ってはいけないの？」

今までずっと悩んでいたけれど、やっぱりそれはおかしいとしか言いようがない。

「あの二人が見つからないから褒美やお誉めの言葉を与えられないってのは分かるわ。でも、さっきだって四天王全てを倒したのは勇者様という扱いだったし、せめて彼らの助力があって倒せたということはみんなに公表すべきはずなのに……」

いわゆるそういうのが王様や貴族の考えというものなのかもしれない。

けれど私はそんな風に割り切れない。

ダメなものはダメと言いたいし、強い人は素直に称えたいのだ。

「やっぱり……私は……」

胸の内の決意を固めたところで、不意に私は声を掛けられた。

「やあティアナちゃん」

声の方を向けば、お酒のせいか顔がやや紅みがかった勇者様。

対照的に、服は白いタキシードを着ており、スラリとした格好はまさに美青年といった感じ。

さきほどもたくさんの貴族の娘さんたちに囲まれていたのを見ていた。

「勇者様……」

「魔王を倒した英雄の一人がこんな部屋の隅っこで縮こまっていたらおかしいだろ？　僕と一緒にダンスでもどうだい？」

流れるような動作で私に手を差し出す勇者様。

けれど私はその手を取らず、静かに首を振った。

「すみません……思いのほかお酒を飲み過ぎてしまい、正直立っているのもやっとなのです。どうか私にお構いなく」

「それはいけない！　すぐに休むべきだよティアナちゃん。さあ、僕が部屋まで連れていってあげるよ。少しお話ししたいこともあるしね」

断ったにもかかわらず、強引に手を取ろうとする勇者様。

その動きをかわしつつ、私は意を決して言葉を返した。

「私も……勇者様にお願いしたいことがあります。自分の部屋ではなく、どこかお話の出来る所へ行きませんか？」

私の提案が思いがけなかったようで、勇者様は渋い顔を見せたものの、やがて表情を変えるとゆっくり頷いた。

「分かったよ。じゃあここを出て少し歩いた先にあるバルコニーでお話ししようか」

勇者様がくるりと向きを変え、出口へと歩き出す。

少し嫌な予感はしたものの、今後のお願いを伝えるにはここしかないと決心し、私は勇者様の後をついていくことにした。

未だ騒がしい会場を二人でこっそりと抜け出し、バルコニーへ向かう。

「……」

「……」

言葉を交わすことなく、黙々と歩く私と勇者様。けれど、しばらくついていったところで周りの風景がおかしいことに気づいた。

「……勇者様？」

前を歩く勇者様の行き先がバルコニーではなく、私たちの部屋がある客間の方へと向かっているのだ。

このままではまずい予感がした私は足を止め、向きを変えて来た道を戻ろうとする。

「どこへ行くんだい？」

急いで勇者様から離れようとしたが、一歩遅く腕をガッシリと掴まれてしまった。

「離してください！」

振りほどこうと腕に力を込めるけれど離れることができず、逆にそのまま引きずられ勇者様の部屋の前にまで連れてこられてしまう。

「そろそろ観念してくれないかねえ？」

ニヤリと笑みを浮かべる勇者様。

扉を開け、私を中に連れ込むとそのままベッドへ押し倒してくる。

「嫌っ！　離して！」

覆い被さってくる勇者様の下でもがく私。

「これは君のためでもあるんだよ？　僕の女になれば一生楽しく暮らしていけるんだし」

「私はそんなことを望みません！　勇者様には王都に帰還したら、その後はフォスターに帰らせてもらいたいことをお願いするつもりでした！」

「なに……!?」

勇者様が驚いた表情を見せ、私を掴む力が若干緩んだ。

今だっ！

私は一気に身体を起こし、勇者様を突き飛ばして逃れる。

そのまま入り口まで走り外へ出ようとするけれど、扉には鍵がかかっており錠を回そうにも手が震えて上手く開けられない。

「逃げるなよ、ティアナちゃん」

鍵に手間取っているうちに勇者様が迫り、再び私の手を掴んでくる。

「いい加減諦めなよ。あんな片田舎の街で人生を棒に振る必要はないだろ！」

なかなか従わないことにイライラが募ってきたのか、怒気を帯びた声で私に叫ぶ。

「いいえ、私は帰るんです！　リューシュが待っていてくれるあの街へ！　賢者になりたかったのも、強くなりたかったのも全てはリューシュを守れるようになりたいからなんです！」

「リューシュだと？　僕よりもあのク……少年の方が良いって言うのか？」

リューシュの名前が出た途端、勇者様の顔が歪む。

一体なんなの？

あの剣士さんたちに会ってからというもの、やっぱり勇者様はどこかおかしい。

まさかフォスターでリューシュとの間になにかあったとでも言うの？

「――そうです。私にとって好きな人はリューシュ一人。それは変わりませんし変えたくありません！」

ここぞとばかりに私は自分の心の中の思いを吐き出す。

たとえこの後何があろうとも、私の思いは絶対だ。

「……そうかい……だったら――――！」

勇者様は私の腕を引っ張り、身体を抱き上げるとそのまま歩き出し、力任せにベッドへと私の身体を投げつける。

「きゃっ！」

急いで起き上がろうとしたが、勇者様は馬乗りになると左手で私の両手を掴んでベッドに押しつけ、身動きが取れないように拘束されてしまった。

「嫌っ！」

なんとか逃れようと身をよじるが上手くいかない。

「そんなにあいつのことが好きだったら、キレイに忘れられるよう無理やりにでも僕のものにしちまおうか！」

せせら笑うような声とともに、勇者様の手が私のドレスへと伸びてくる。

その時の勇者様の顔は、まるで今まで私と一緒に戦ってきたあの勇敢な人と同じだなんてとても思えないほどに醜く見えた。

ああ……だめ……。

フォスターで人さらいに捕まった時の辛い思い出が、頭の中にまざまざと浮かび上がってくる。

そのせいで身体も震え、力が上手く入らない。

このままじゃもう……。

目の前が真っ暗になり思わず全てを投げ出してしまいそうになる。

そんな時――。

「あっ……」

ふと……あの若い剣士の背中が頭の中にチラついた。

私よりもちょっと高いくらいの背丈だったのに、ものすごく大きく見えたあの背中。

それはどんどんと頭の中で存在感を増し、目の前の勇者様の醜い顔や嫌な思い出を一気に塗りつぶしていった。

そうだ――。

私は……もうフォスターでのあの時みたいに諦めたくない！

私は……強くなるんだ！

そう思った瞬間、目の前がパァっと晴れ渡り、身体にも力が戻ってくる。

勇者様は私のドレスを脱がすことに夢中なようで、両手を掴んでいる左手の力が弱くなっている。

今だっ！

私は手に力を込めて拘束から逃れると、そのままの勢いで勇者様の右頬を思いっきり張り飛ばす。

「ぐあっ！」

短い悲鳴の後、勇者様がのけぞってベッドから離れたのを好機に私は一気に起き上がり、入り口へと駆け出す。

今度は身体の震えもない。

素早く鍵を開けると、私は勇者様の部屋を出てさきほどまでいた祝勝会の会場へと駆け込んだ。

「ティアナちゃん⁉」

会場には、幸運にもアイシャさんとサラさんがまだ残っていた。

「一体どうしたの⁉」

それぞれ人と話をしていた二人だったが、私を見るなり駆け寄り、他の人から私を見えないよう身体で遮り、羽織《はお》っていたスカーフで私の胸元を隠したり髪を手ぐしで直そうとする。

一体なぜと思ったけれど、身体のあちこちに触れてみて、そこでようやく今の自分の姿に気がついた。

髪はかきむしったようにメチャクチャになっており、服も勇者様に脱がされかけたせいで崩れてしまっていたのだ。

「あっ……すっすみません！」

慌ててドレスのはだけた部分を手で隠すとともに、二人に促されて会場の隅のベンチへと移動する。

「ティアナちゃん一体どうしたのよ⁉」

アイシャさんが心配そうに聞いてくる。

その横ではサラさんが今にも涙を流しそうな目で見つめていた。

「実は……」

勇者様に襲われたのを話そうか少し迷ったけれど、このまま黙っていてもダメだと思い、私は全てを二人に打ち明けた。

「はぁ……バーン様……なぜそのような短慮《たんりょ》なことを」

「ティアナちゃん、怖かったでしょう？　もう大丈夫だからね」

話をじっと聞いてくれた二人は怒りと呆れの入り交じった顔で髪を優しくなで続けてくれた。

私はそのことで気が緩み、途端に目から涙がこぼれだして止まらなくなる。

「う……うぅ……」

けれど、まだ人の大勢いるここではさすがに大きな声を出すわけにはいかない。

できるだけ声を押し殺しながら、私はサラさんに身体を預けつつ静かに泣き続けた。

「うう……ぐす……ありがとう……ございます」

気分が落ち着くまで泣いた後、私は涙を拭きつつ二人にお礼を言った。

「いいのよティアナちゃん。今日は自分の部屋で一人になるのも怖いかもしれないし、私の部屋に来て一緒に寝ましょうか」

左隣のアイシャさんが優しい声で私を慰めてくれる。

「はぁ……じゃあ私はバーン様をお慰めに行くとするわね。ティアナちゃんに頬をはっ倒されて今頃は部屋の中で暴れ回ってると思うし。バーン様、今まで女に殴られたことはないんだって自慢してたのにねえ」

右隣にいたサラさんがやれやれといった感じに立ち上がった。

「すみません……お二人とも」

私が思わず謝ると、二人は苦笑しながら手を振った。

「悪いのはバーン様なのだから、あなたが頭を下げることじゃないわ」

「そうそう、ティアナちゃんは気にせず今日はゆっくり休んでね」

そう言ってサラさんが会場から出ていくのを見届けた後、私はアイシャさんと部屋へ向かった。

「さあ、一緒に寝てあげるわ」

部屋のベッドではアイシャさんがずっと隣にいてくれて、私は安心して眠りにつくことが出来た。

「おやすみなさい……」

まどろみの中、あの若い剣士の背中がまた頭の中にチラつく。

そして不意にその剣士が私の方を振り向いた。

その顔は……ずっと見慣れていた幼馴染みの変わらない笑顔に見えた。

「ああ……やっぱりリューシュ……だったのね」

◆

翌朝、目が覚めた私とアイシャさんは朝食を取るために食堂へと移動したのだが、そこでちょうど勇者様とサラさんに出くわしてしまった。

「……昨日はすまなかった……」

憮然《ぶぜん》とした態度で渋々ながら、勇者様は頭を下げた。

隣ではサラさんが私にウインクをしながらニッコリと笑顔。

どうやらあの後、サラさんが勇者様へ私に謝るように説得してくれたみたいだ。

「いえ……もう済んだことですから大丈夫です」

本当は色々と言いたいこともあるけれど、ここで意地を張って勇者様を怒らせたところで何も意味はない。

「さあ、それじゃあ四人でご飯を食べましょう！　今日は王都に向けて出発しないといけませんからね！」

アイシャさんが場をまとめるように声を出し、私たちの背中を押して食堂へと促す。

そして朝食後は、各国へ帰る兵士さんたちに混じってバイゼル王国の王都に向けて出発することに。

「それじゃあ行くとするか」

勇者様の声とともにベルフォーレを出発する私たち。

みんな連合国で頂いた新しい装備を身にまとい、私も火属性魔法の威力を上げる火竜のローブという装備をもらっている。

「いよいよここともお別れね……」

「そうですね……長かったような短かったような……本当に色々ありました」

アイシャさんの感慨深い言葉に、私も今までのことを思い返す。

私が勇者一行に加わってすでに一年以上が経った。

フッケでの魔法修行や鍛錬場挑戦。

連合国でのモンスター討伐から、四天王と戦いで苦戦し、謎の剣士さん二人と出会って、そしてドランと魔王を討伐など。

目を閉じればはっきりと思い出せるものばかり。

「ティアナちゃんは……やっぱり王都に帰還したらその後は自分の街に帰るの？」

「……はい。昨日のこともそうですが、やっぱり私はフォスターの街が……リューシュが好きなんです。アイシャさんやサラさんに説得されてもこの決意を変えるつもりはありません」

「そう……残念だけどそれがティアナちゃんの意志だもんね。その代わり、お別れするまではあなたのお姉さんでいさせてね！」

「はい！」

「ティアナちゃん、私も忘れないでよー！」

私とアイシャさんの会話にすかさずサラさんも割り込んでくる。

私たち三人は、名残を惜しむように仲良く笑い合った後、馬の腹を蹴って走り出した。

ここから王都へは、最初に来たフッケを経由するのではなく、援軍としてきた各国へお礼を述べるために大陸を北周りで移動し、最後にローレン教主国を訪問して魔王討伐の報告をするらしい。

「それだとすぐにはフォスターへ帰れそうにはないけれど仕方がないわよね……そういえば結局あの剣士さん二人にも会えずじまいでお礼も言えなかったなあ……」

けれど、なんとなく……なんとなくだけど、もう一度二人に会えるような予感が私の心から消えることはなかった。

第五章　新たなる武器

リューシュside

デッドマンとの死闘を終え、やや不完全ながらも修行が終わって連合国を出てからはや三ヶ月。

季節はすでに冬まっただ中。

まだ雪は降っていないものの、街道の木々の葉っぱはほとんど落ちてしまい、風は冷たく吐く息も白くなってしまっている。

「うぅ寒い寒い……このままだと凍えて死んでしまいそうだ」

今日も僕と師匠は野宿で夜を超え、今はいつもの朝の稽古の真っ最中。

しかし、すっかり慣れっこになったはずの冬の稽古だったのに、つい愚痴を言いたくなるくらいに今日は寒い。

身体を温めるためにいつもより念入りに稽古はしているが、やはりそれだけでは追いつかないくらい。

どうやら今年の冬は厳しくなりそうだ。

「軟弱じゃのうムミョウは……ワシみたいにもっと身体を動かさんかい！」

かくいう師匠はいつにも増して素振りに力が入っており、身体からは湯気が激しく立ち上っている。

「汗が冷えて結構冷たいんですよ。このままだと風邪を引いてしまいそうです」

「そんな泣き言言うでない！　ワシみたいに一心不乱で素振りを続ければ寒さなんぞは気にならなくなるわい！　ほれ！　もっと素振りを続けるぞ！」

一行に動きを止めない師匠。

それを見た僕は、どうやったら師匠の素振りを止めさせることが出来るか考えてみる。

そしてしばらく考えた後、一つの妙案《みょうあん》がポンと僕の頭に浮かんだ。

「師匠……多分今日か明日にはフッケが見えてきますよね？　向こうに着いたらベイルさんたちの所に行く前に、以前泊まった宿屋に行きませんか？」

「むっ……？」

師匠の眉がピクッと動く。

「確かあの宿屋では焼きたてのパンに温かいスープ……熱々のブラックボアのステーキがたくさん食べれましたよね」

「……ぐっ」

師匠の口からよだれがタラリとこぼれ出す。

「身体中を包み込んでくれる温かいベッドにふかふかの毛布……」

振り上げていた手を止め、刀を下ろす師匠。

「そして……」

「……そして？」

「汚れて冷えた身体を拭くのにぬるいお湯じゃない、沸かしたてで熱々のゆったりと入れる大きいお風呂……」

師匠は無言で刀を鞘に収めると、汗を拭いた後に脱いでいた毛皮のコートをいそいそと羽織り出す。

どうやらこれが決定打となったようだ。

「……ムミョウよ」

「どうしました？　師匠」

「さっさと荷物をまとめて出発するぞ。なんとしても今日中にフッケに着くんじゃ」

ふふっ……勝った！

僕も急いで汗を拭き、野宿の荷物を手早くまとめてカバンを背負う。

「なにをしておる！　早く行くぞムミョウ！」

さきほどまで意気揚々と寒さの耐え方を力説していたのに、心は完全にフッケに向いてしまっている。

「はいはい、分かりましたよ」

師匠は野宿していた街道脇の森を出て、足早に道を突き進んでいく。

僕はしてやったりな気持ちでそんな師匠の後を急いで追いかけるのであった。

◆

「着いた着いたっと」

フッケに着いて城門での検問を受け、無事に中へと入ることが出来た僕と師匠。

以前よりもたくさんの人が出入りをしていたため大分時間はかかったものの、何事もなく通り抜けて一安心だ。

「思ったより早く着けましたね」

僕がニヤリと笑みを浮かべながら言うと、師匠はとたんに慌て出す。

「おっお主があんなこと言うからじゃぞ！　ワシはもっとゆっくりでも良かったんじゃが、お主がどうしてもと言うから頑張ってしまっただけじゃ！」

「はいはい、僕のせいですね」

素直じゃないなあ……。

腕を組んでそっぽを向く師匠を見ながら、僕はクスっと笑った。

「さて、この後じゃがどうする？　ムミョウ」

「うーん……」

師匠のおかげでフッケに着いたのはまだ夕方前。ベイルさんたちの所へ行ったり、宿屋を確保しにいってもいいけどまずは……。

「……僕の新しい武器を探したいですね」

「そうじゃのう……いい加減木剣でモンスターをしのぐというのも限界じゃろうて」

長い間使っていた、父からもらった鉄の剣はデッドマンとの戦闘で完全に壊れてしまっている。

帰り道の途中、立ち寄った街の武器屋やギルドなどで色々と品物を見せてもらったりはしたものの、いまいち僕の手になじむモノに出会うことはなかった。

「やはりそこら辺にある枝を削っただけの木剣じゃ厳しいです……道中で何本も折れちゃいましたからね」

「ワシの持っている木刀をいっそのことムミョウにやってもいいんじゃが……うーむ、いずれにせよしっかりした真剣は一本持たせておきたいからなあ」

「なんにせよ、まずはギルドに行って武器を見せてもらいましょうよ。そこで良さげなものがなければ街の武器屋を見て回りましょうか」

「そうするとしようかのう」

善は急げとばかりに僕たち二人はギルドへと向かうことに。

それにしても、城門でもそうだったけれどギルドへ向かう通りも以前来たときよりもたくさんの人が溢れかえっており、通りを歩くのも一苦労だ。

「今日は本当に人がすごいですね……魔王が倒されたって知らせはここにも来てるようです」

「そりゃまぁ世界が最も知りたがる情報だからのう。どの国も早馬を飛ばして教えようとするもんじゃ」

僕たちも途中で寄った街が騒がしいのを不思議に思い、近くにいた人に尋ねてみたところ魔王が倒されて封印されたこと、勇者一行はみんな無事で色んな国を凱旋《がいせん》することを知った。

それを聞いたとき、僕の胸に去来したのはまずティアナが無事で良かったという安堵の気持ち。

そして僕の修行の場が、ティアナと会える機会が無くなってしまったという残念な気持ちだった。

「これで世界が平和になるんですね」

「そうなっては困るのではないか？　ムミョウ」

「え……？」

「これはワシの予想じゃが、修行のために魔王にはもう一度出てきてもらって、今度こそ自分の手で封印させてほしいと思ってはおらんのか？」

「ははは……笑えない冗談ですよ、師匠」

「お主だって途中で帰ることになって、ちょっとばっかし物足りんかったじゃろうて？　それにお主の幼馴染みが勇者一行にいるならば、魔王がいればもう一度会えるかもしれんからのう……？」

「そっそんなことは……」

「本当かあ？」

「そんなことはありませんってば！」

見透かすような師匠の視線から目をそらした僕は足早に歩き出す。

「くっくっく……分かりやすい奴じゃて……」

後ろから聞こえてくる師匠の笑い声に耳を傾けないようにしつつ、人混みをかき分けてようやくたどり着いたのは冒険者ギルドの正門。

「ではとっとと中に入るとするか」

「はい」

扉を開け、中に入ればそこもたくさんの冒険者でごった返しており、今日もギルドは大盛況の様子だ。

「さて……」

師匠と僕はいつも並んでいた受付の方ではなく、別の一角へと足を運ぶ。

向かったのは、周囲を鉄柵に覆われた中に大小様々な剣や斧、槍、鎧や服などの装備がずらり並べられている販売所という場所。

以前ギルドマスターのジョージさんに聞いた話では、主に鍛錬場というフッケの近くにあるダンジョンで得られた武器や装備を買い取り、販売所で売っているんだそうだ。

「いらっしゃい」

僕たち二人が販売所まで行くと、販売所で剣を磨いていた初老の男性が声を掛けてくる。

「なにか武器でもご所望かい？　それとも鑑定でもしてほしいかね。俺は鑑定魔法を使えるから鍛錬場で出た武器ならきっちり鑑定出来るぜ」

「この子に合う武器を探してるんだ。出来れば片手で扱えるくらいの剣じゃな」

師匠が隣にいた僕を親指で差す。

「ふむ……他に希望はあるかね？」

男性は僕の方を向いて尋ねてきた。

「そうですね……軽すぎず重すぎず、ある程度ずっしりと手にくる剣がいいです」

「予算はどれくらいあるかね？」

そう言われた僕はカバンから金貨の入った袋を取り出し、男性の前にある机の上に置いた。

中身は金貨二百枚ほど。

修行の出発前にフッケで売ったポーションの代金だが、道中ではあまり使わないように節制していたのもあってかなり残っている。

「これくらいです」

男性は袋の口を開けるなり、おおっと声を漏らす。

「これだけありゃなんだって買えるよ！　とりあえず色々とモノを出してやるからちょっと待ってろよ」

男性は立ち上がり、裏にある扉の中へと入っていく。

しばらく待っていると、何本かの剣を抱えて急いで戻ってきた。

「予算内でお勧めはこの辺りのやつだな。あそこは階層ごとのモンスターを倒して出てくる宝箱の装備も強いが、モンスターからも白銀やら黒鋼などの素材が出るから、地道にそれを集めて街の鍛治屋で作ってもらうのもいいぜ」

そう言いながら男性は抱えていた剣の束《たば》を机に置き、そのなかの一本を鞘から抜いて僕の前に差し出してくる。

「うわぁ……」

剣の刃は細身で白く輝き、鍔《つば》の部分はクルクルと円を描いたような模様が彫られていた。

「こいつは疾風の剣。強化魔法がついていて、その名の通り一度手に持てば風のように早く動けて切れ味も抜群。おまけに白銀製だからそうそう折れることはねえ。値段は金貨三十枚だぞ」

僕は差し出された剣を手に持つ。

「軽い……手に持っているのが分からなくなるくらいだ」

「おう、剣についている魔法で重さも軽減されているからな」

軽く振ってみたが、まるで鳥の羽みたいに軽く感じる。

なかなか良さそうな剣ではあるけれど……。

「うーん……でもこれじゃあ剣を振っている感覚が覚えられないなあ」

剣の重さを手に感じるのは重要だと、師匠からは何度も口酸っぱく言われてきたこと。

確かにこの剣は振りやすいかもしれないが、これは逆に軽すぎて自分には合わないと思う。

僕は首を振り、持っていた剣を静かに男性に返した。

「そうかあ……じゃあ次はこいつだな」

残念そうな顔で僕から剣を受け取った男性は、次の剣を出してくる。

今度は少し厚手の黒い刃にギザギザ模様のついた鍔の意匠《いしょう》。

「こっちは黒鋼製で雷属性の魔法がついている。こいつで斬ればその瞬間に剣から雷がほとばしり敵を丸焦げにするっていう寸法だ。迅雷《じんらい》の剣って言うんだがな。値段は金貨五十枚ってとこだ」

雷属性……。

あの嫌な勇者も使っていた魔法だな……。

そう思ってしまうと、この剣には悪いけれど手に持ちたくなくなってしまう。

「うーん……これはちょっと……」

「なんだい、こいつはいいのか？」

「ええ、ちょっと僕には……」

歯切れが悪い僕の言葉に首をかしげつつも、男性は剣を鞘に収める。

「んじゃそうだな。次のこいつはとっておきなんだが……ほれ持ってみろ」

そう言って次に持たされた剣は特に目立つような装飾は施されておらず、刃も太すぎず細すぎず至ってシンプルな作り。

だが手に持つとなかなかの重量感で以前持っていた鉄の剣よりも重く感じる。

けれど決して振りにくいわけではなく、それでいて握っていると何かしらの温かい力を感じる。

「こいつは勇者の剣。白銀製の逸品で持てば力や素早さ、その他諸々の力が増すっていう代物だ。先々代の勇者様も同じ物を使っていたらしくて金貨百枚！　ここの品物の中じゃ一番値が張るぜ」

男性が自慢気に話す。

先々代の勇者も使っていた剣……。

その言葉に惹かれて思わずこれにしますと言いたくなり、同意を得ようと後ろにいた師匠の方を振り向いて顔を見る。

「……」

けれど師匠は目を細めて僕の方をじっと見るだけ。

一言も言葉を発さない。

それを見て、僕はふと今までのことを思い返した。

「そういえば師匠……僕の剣選びで一度も助言をくれたことがないな」

さっきみたいに真剣は一本持っておけとは何度も言われていたけれど、この剣がいいとか、あの剣はダメだなんて言葉は一度も聞いていていない。

「師匠は何を考えているんだろう？」

今まで回ってきた街でもこういう魔法のついたものはいくつかあったたし、今手にしている逸品ほどではなくとも良さそうな剣はあった。

意見をもらおうと師匠にもいくつか見てもらったりしたが、その時は特に何も言うことはなくただ頷くだけ。

僕はそれを肯定と取っていたけれど、改めて考えるとなにか違うような気がしてきた。

「もしかして……師匠は僕が魔法の剣を選んでしまうのかどうか試していた……？」

思えばそうだ。

ギルドから認識票をもらう際も、ジョージさんから特例で金級での登録を打診されたのに、特別扱いは結構と断っていた。

僕自身もそうだと思い頷いたわけだけど……。

この剣たちを選ぶことも考えてみれば甘えではないのだろうか？

安易に魔法の剣を使えばすぐさま強くなれるかもしれない。

でもそれじゃあ自分が強くなったわけじゃなくて、単に剣のおかげなだけ。

決して自分が強くなったわけじゃない。

「師匠は……僕が自分でそれに気づくかどうか、ずっと見ていてくれたのかな？」

師匠に聞いた訳じゃないから、それが真実なのかどうかは分からない。

けれど、今まで一緒にいた僕から師匠への見方として、間違いなくそうだと確信めいたものを感じた。

「すみません……」

僕は再び静かに首を振り、剣を机の上に置いた。

「なんだい、これもダメなのか？　だったらどんな剣がいいんだよ！」

男性が呆れた声を出す。

「もしよろしければ、鍛錬場で出た武器や素材のものじゃない、普通に鉄などで作った剣などがあれば見せてもらってもいいですか？」

不躾《ぶしつけ》なお願いながら僕は頼み込んでみた。

「あるにはあるが……金に困った冒険者とか初心者のための安っぽいやつしかないぞ？」

「そうなんですか？」

道中の街とかではむしろそういう物の方が多かったように思ったけれど……。

「ああ、さっきも言ったが鍛錬場のある街ならちょっと金を出せば魔法つきの武器や装備なんてのは簡単に手に入るし、素材もボロボロ出てくるから、ただの鉄の剣なんてのは全然売れやしない。鉄で作るのは農具や工具くらいだぞ」

「なるほど……」

「まぁあんたがどうしてもっていうなら一応あるにはあるから見せてはやれるが……正直お勧めはしないぞ?」

男性はそう言うと持ってきた剣の束を抱え直してもう一度扉の奥へと引っ込んだ後、何本かの剣を手に持って戻ってきた。

持ってきた剣はどれもホコリを被っていたり、鞘にひびが入っていたりとあまり良さそうな代物ではなさそうだ。

「ほれ、とりあえずめぼしい物を持ってきたが……本当にこんなんでいいのか?」

「はい。僕にとってはその方が良いんです」

「そうか……まぁ見てってくれや」

男性に促され、僕は置かれた剣を一本ずつ手に持ち鞘から抜き出して手に持ってみる。

男性の言うとおり、どれも錆がぐらついたり刃こぼれしていたり、まさに安物といった具合。

「うーん……」

やはり、ここにも僕に合った武器はないのかな……。

そう思いながら最後に残った剣を握った時、あれ? となんだか不思議な感覚に陥った。

「なんだこの剣……すごい持ちやすい」

鞘から剣を抜きだしてじっくりと見てみる。

刃はなぜか師匠の刀みたいに片刃だけれど、反りはなく真っ直ぐ伸びていてまるで剣と刀を併せたよう。

残念なことに長年放っておかれていたのかホコリまみれで所々サビも見受けられ、これを武器として使うにはちょっと心許《こころもと》ない。

けれど、持った瞬間の重さが今まで使っていた剣と似たような感覚で、軽く振ってみたが、使いにくさはあまり感じない。

「僕の使っていた剣と比べると少し細身だけど……なんだろうすごい良い感じだ」

師匠の方を振り向くと、今度はうっすらと笑顔を浮かべながら頷いてくれた。

「すみません、これ頂けますか？」

男性にそう告げると、すごく驚いた顔をされた。

「えっ！　これかい？　うーん、これはあんまりお勧めできないがねえ……」

「え……？」

「俺らもこんなのあったことすら忘れちまってたような代物だから、手入れなんてすっかりご無沙汰だ。だから研いだどころで斬れ味はそんなに良くないと思うぜ。悪いことは言わないから使うのは止めといた方がいいぞ？」

そんなあ……。

せっかく手になじむ剣が見つかったと思ったのに。

僕はがっくりとしながら剣を机の上に置いた。

けれど、その動きとは逆に頭の中ではこの剣を手放しちゃいけないと心の声がずっと叫び続けている。

「うーん……」

机の上で手を止めたまま、僕は考え続ける。

そして……。

「……やっぱり気に入ったのでこの剣を下さい」

「えっ!? 本当にいいのか？」

「はい、これでお願いします」

これからちゃんと磨いて手入れを続ければきっとある程度は長持ちしてくれるはず、剣探しは続けるけれど、それまではこれを使い続けよう。

僕はそう思うことにした。

「はぁ……分かったよ。一応銀貨五枚だ」

男性が遠慮がちに値段を言うので、僕は袋から金貨一枚を取り出し、男性の手のひらにのせた。

「これで買います！」

「おっおい！ これじゃ値段が釣り合ってねえぞ！」

男性は慌てて僕に金貨を返そうとするが、僕はそれを手で制した。

「いいんです。良い剣が見つかったのでその分を上乗せということで！」

「そうは言ってもなあ……」

男性は金貨を眺めながら頭をかいていたが、ふと頭を上げて僕の方を見つめた。

「そうだ！　代わりと言っちゃなんだが……これを打ったやつなら紹介出来るぜ。この街にいる鍛冶屋のじいさんが打ったやつでな。ものすっごい頑固者で有名だよ」

「どっどこにいるんですか？」

思いがけない情報に思わず机に前のめりになってしまう。

そのせいで置いてあった剣が危うく下に転がってしまうところであった。

「おい、気をつけてくれよ！　じいさんならこの街の西側にある職人街の一角に店を構えてる。昔っからあの人はみんなが諦めろって言うのに頑なに普通の鉄の剣作りを止めなくてな。時折今度こそはとか言ってこういう変な剣を売りに来てたんだよ。鍛錬場のせいで売れるわけがないのになあ……腕は良いんだから大人しく補修とか鍛錬場産の素材で武器作りに専念すりゃもっと稼げるのによぉ」

「それは……」

なんだか悲しいなあ。

みんな便利で強い武器に流れていってしまうのは仕方ないけれど……。

男性は机の下から紙を取り出し、ペンとインクを用意してスラスラと絵を描き始める。

そして出来上がった物を僕に渡してくれた。

「ほれ、ここからじいさんの仕事場までの道順だ。多分今頃は仕事中だと思うがな」

「ありがとうございます！　あっ、そうだ！　そのおじいさんの名前はなんて言うんでしょうか？」

「おっと、それを言うのを忘れてたな。パトスって名前だ。向こうに着いたらモンドの紹介で来ましたって言えば通じるぜ」

「ありがとうございます！」

僕と師匠はモンドさんの販売所から離れ、外へと出た。

そして購入した剣を眺めつつも、僕は師匠に尋ねてみる。

「師匠……」

「なんじゃ？」

「僕の武器選び……どうだったでしょうか？」

答え合わせ……というわけじゃないけれど、師匠の意見も聞いてみたい。

「満点！　というわけではないが合格点じゃ。悩みはしたがお主はワシの求めた選択肢を選んだ。これから強くなりたいとするならば、魔法みたいな要素はそれに頼ろうとする甘い考えに繋がるし、思わぬ所で足を引っ張る要因にもなるからな」

「良かった……」

思っていた考えが当たっていてほっと一安心だ。

「それにしてもなぜその剣を買ったんじゃ？　ムミョウ」

「はい、なんというか……持った瞬間、これだ！　っていう感覚が身体中に走ったので……」

なんとなく言葉にしづらいけれど、それが僕の答え。

するとそれを聞いた師匠が突然笑い出す。

「ほっほっほ、そういうのは剣がお前を選んだと言うべきじゃな」

「そういうものなんでしょうか？」

「そうじゃぞ？　その剣を買ったことにより幸運にも己を作った者への道しるべとなったわけだからな。剣としては寿命が尽きる前にお主を導けたのだから本望じゃったろうて」

そう言われると、なんだか運命めいたものを感じてちょっと恥ずかしくなってしまうなあ……。

それからしばらく大通りを歩き、職人街に入ったところで僕はもらった地図を見ながらあちこちと歩き回る。

パトスさんの鍛冶屋は職人街のさらに奥まったところにあって少々分かりづらかったがどうにか到着することができた。

「すみませーん」

きしむ木製の扉を開けて中へ入ると、そこには壁一面に様々な武器が立てかけられ、粗末な机がポツンと一つだけ置かれている。

そしてその後ろには扉が一つあり、その奥からはカンカンという金属を叩く音が等間隔に聞こえてきていた。

「すみませーん！」

今度はさっきよりも大きな声で呼びかけると、奥で聞こえていた音が止み、しばらくして師匠よりも年を取っていそうで身長の低い、ヒゲがボウボウに生えた老人が扉を開けて入ってきた。

「誰だ？　大声で呼ぶのは」

ぶっきらぼうな声を出しながら僕たちを見る老人。

「すみません、パトスさんですか？」

「ああ、そうだが？」

「僕たち、モンドさんの紹介でここに来ました。あなたの剣を気に入ったので、ぜひ打ち直しをしてもらいたいのですが……」

僕はさっき買ったばかりの剣をパトスさんに見せた。

「これは……」

パトスさんは僕から剣を受け取ると、鞘から抜き出してじっくりと眺め始める。

「ずいぶん昔に作った奴だな。モンドの野郎、売り物の手入れを怠りやがって……」

ムスッとしながら剣を眺めるパトスさんに僕はかねてよりのお願いをすることに。

「すみません、僕はこの剣が気に入ったので今後とも使いたいと思っています。どうかこちらで打ち直ししていただけませんか？」

「打ち直しだあ？　今のご時世みんな神様からのもらい物の剣ばかり使っているのに俺の鉄の剣が気に入ったとか物好きなやつだな」

僕のお願いがかなり予想外だったようで、パトスさんはすっとんきょうな声を上げる。

「はは……すみません」

なんだか申し訳なくなって思わず頭を下げてしまう。

「まぁ別にいい……が……？　おい」

そんな時、パトスさんの視線が僕の後ろへとずれる。

背後には師匠が立っているけれど、そちらを見ているというよりはその腰に下げている刀に目線がいっているようだ。

「その黒い鞘に赤い柄……あんたが持っているのはもしや……」

ワナワナと震えながら話すパトスさんに師匠が首をかしげる。

「おや、これを知っておるのかね？」

「ああ……知ってるもなにも、俺はその剣……いや、その刀に憧れて鍛冶屋を続けてきたんだ……あんた、どこでそれを手に入れた？」

「これはワシの師匠から譲り受けた物だ。長年愛用しているものだが……やらんぞ？」

「師匠……ああ、やっぱりあの人の知り合いか」

得心《とくしん》がいったかのように頷くパトスさん。

「別にくれとは言わん。ただ……ただ少しだけでいい。手に持たせて見せてはくれんか？」

真剣な眼差しでじっと見つめてくるパトスさんの熱意に負け、師匠が渋々腰から刀を抜き出して鞘ごと手渡す。

「これが……あの時の……」

懐かしいものを見る目で眺め続けていたパトスさんは鞘から刀を抜き、目の前に掲げて長い間見つめ続けた。

「……どうしたんでしょう？　パトスさん」

「さあのう……だが、ワシの刀を知っておるということはイットウ様を知っておるということじゃ。なにか昔に因縁《いんねん》でもあったんじゃろうて」

額を寄せ、ヒソヒソと話し合う僕と師匠。

しばらくの間、自分の世界に入り込んでしまったパトスさんの事を眺めて待っていたが、ふと僕たちの視線に気づいたのかやや大げさに咳払いをして気を取り直す。

「すまん……あまりにも懐かしかったのでな……」

「お主、イットウ様となにかあったのか？」

師匠がズバリとたずねた。

「ああ……あれは先代の鍛冶屋に弟子入りしたばかりの頃だ……」

パトスさんが過去の思い出を語り出す。

「もう何十年も前の話だ。まだ見習いだった俺はフッケの近くにある鉱石場で材料集めをしていたんだが、ある時運悪くモンスターに襲われてしまってな……逃げようにも足をくじいてしまってどうにもならんかった。もうダメだと死を覚悟したとき、颯爽とその刀を持った大きな男性が現れ、一撃でモンスターどもを斬り伏せていったんだ」

「それがイットウ様か……」

「ああ、俺を助けてくれた後、あの人は被っていた笠《かさ》を取ったが、頭から角が生えているのを見てびっくりしたよ。だが人間じゃないという怖さよりも、その格好良さと手に持った刀の輝きに目を奪われてな……さっきまで死にかけていたのを忘れて興奮しっぱなしだった」

それにしても師匠の話でもよく出るイットウ様って、どんな人なんだろうなあ。

今まであんまり詳しく聞いたことがなかったし、今回のパトスさんの話を聞いていると少し気になってきた。

「その後はあの人に担がれて街まで戻ることができたんだが、モンスターを斬り伏せた刀という武器に興味が湧いてな、どんな魔法の武器なのかと尋ねたらなんとただの鉄で出来たものだって言うじゃないか。どうやって出来ているのか気になって何度も見せてくれとお願いしたんだが、秘密だと笑いながら断られてしまったよ」

「まぁ、イットウ様らしいなあ……せがまれると逆に隠したがるのは昔からの性分だ」

「まぁとにかくあの人には助けてもらったし、お礼ということで先代と一緒に何日か泊まってもらってご飯などをごちそうしたりしたんだ。そしてここを去る時、次に寄ったら刀を見せてくれると言ってくれて楽しみにしてたんだがそれっきりだったもんでね。何十年も経ってからまさかあのお方の弟子がその刀を持ってやってくるとは思わなかったよ」

「どんな人だったんですか？　イットウ様って」

「大柄な人だったけれど、とても優しくて良く笑う人だったよ」

チラリと師匠の方を見るパトスさん。

それに対して師匠は小さく首を横に振った。

「そうか……そうだよな……」

残念そうに落ち込むパトスさんであったが、すぐに顔を上げ力強い目で僕に視線を向けた。

「もう一度会えなかったことは悲しいが、今回あんたらと出会えたのはあのお方の導きというものだろう。刀を見せてくれた礼だ。あんたらが俺の作った剣が欲しいってのなら腕によりをかけて打ってやるぜ」

右腕に力こぶを作って見せつけてくるパトスさん。

かなりの歳のはずなのに師匠に負けないくらいの盛り上がりっぷりだ。

「よろしくお願いします！」

「それでなんだが……一つ提案があるんだ」

「提案？」

「ああ、その剣はさすがに手入れをしなさすぎでもうダメだ。そこでだ、あんたらさえよければ俺に……その刀と同じものを打たせちゃもらえないか？　それで良いものが出来たらあんたに譲るってのはどうだろうか」

それには僕だけでなく師匠も驚きの顔を見せたけれど、パトスさんは気にせず言葉を続ける。

「あんたらには突飛《とっぴ》なことかもしれねえが、俺は昔からあの時見た刀が忘れられなくて、ずっと自分の手で作ってみたくて仕方がなかったんだ。何度も見よう見まねで色々作ってみたがあんたらが買った剣みたいなのしか出来なくて上手くいった試しがねえ。刃の反りやら斬れ味の鋭さやらが何をやっても再現出来ないんだよ。だが、あんたがあの憧れていた刀を持ってきてくれた。それを参考にすれば諦めかけていた刀作りに手が届くかもしれねえんだ！」

話している見た目は老人なのに、目はキラキラと輝いていて、まるで遊ぶことに夢中な子どものよう。

本当にずっとずうっと作りたくて仕方が無かったんだろうなあという気持ちが嫌でも伝わってくる。

「師匠……」

後ろにいる師匠を振り返る。

僕としても同じ刀を持てるようになるというのは嬉しいことだ。

けれど、あくまで所有者は師匠。

僕の勝手でパトスさんにホイホイと貸し出せるものではない。

「うーん……」

腕を組んで考え込む師匠。

「ワシの刀を参考にするとなると……どれくらいの時間が必要じゃ？　それに作るといってもただ姿形を真似ただけでは斬れ味は到底及ばぬぞ？」

「それはそうだが……」

「ワシもイットウ様からチラッと聞いただけじゃが、刀というものは製法が複雑で一人前になるのはかなりの時間がかかるらしくてな、生半可な腕では作ることは叶わんそうじゃ。それにワシが死に際に譲り受けたこの刀は言わばイットウ様の命と同義。いくら知り合いとはいえおいそれと他人に貸すつもりはないぞ？」

突き放すような師匠の言葉に、パトスさんの顔に絶望の色が浮かぶ。

「はぁ……確かにあのお方は刀作りは故郷である東の大陸でしかやっていないと言っていたし、製法も門外不出だと聞かされていた。あんたの言うとおり、たとえその刀を見ながらだとしても同じものが作れるかどうかは俺には保証出来ない。だが、俺は諦めたくない……あのお方に助けてもらった時に見た、美しい輝きを放つ刀を……自分の手で作るのを諦めたくないんだ」

ジッと見据えながら絞り出したパトスさんの言葉に対し、当の師匠はより一層眉間にシワを寄せる。

しばらくの間、みんな一言も発することなく静かに時間だけが流れていったが、不意に師匠がその沈黙を破って僕に話しかけてくる。

「……ムミョウ。お主もワシのような刀が欲しいか？」

「え……？」

突然のことに僕は動揺し、すぐには返事が出来なかった。

けれど時間を置き、師匠の問いかけを頭の中で反芻した後、僕はゆっくりと頷く。

「……はい」

ここでは本音をしっかりと伝えよう。

「そうか……」

小さくため息をついた師匠は、背中に担いでいたカバンをやおら下ろすと、何やらごそごそ中身を漁り出す。

「師匠……何を？」

今度は僕が尋ねるが師匠は答えず、やがて取り出したのはやや太いヒモでまとめられた紙の束。

かなりボロボロで黄色く変色していたり、端が破れたりしているが、所々紙切れで補強している跡が見られ長い間大事に管理されていたようだ。

「パトスとやら」

師匠はパトスさんの前まで行くと、持っていたその紙束を手渡す。

「これは……？」

いきなりのことにパトスさんは首をかしげた。

「まぁ軽く読んでみるがいい」

師匠に促されたパトスさんはパラパラと紙をめくるが、何枚かのところでいきなり手を止め、熱心に中身を見始める。

そして紙を見るパトスさんの表情が徐々に驚きへと変わっていった。

「こっ……これは――!?」

「ふっふっふ……」

目を見開いて驚くパトスさんとは対照的に、目を細めてうっすらと笑顔を浮かべる師匠。

「師匠……あの紙は一体なんなんです？」

事情が呑み込めない僕は師匠の肩を叩いて聞いてみる。

「パトスとやらが最も知りたがっているものじゃよ」

「？」

そう言われても僕にはなかなかピンと来ない。

「これで……」

おもむろにパトスさんが口を開く。

「これで刀が作れる！　作れるぞぉ！」

紙束を持ったまま飛び上がるパトスさん。

いきなりの豹変《ひょうへん》ぶりに思わず後ずさりしてしまった。

「パトスさん……その紙束は一体？」

今度はパトスさんに聞いてみると、パトスさんが突然僕の肩をたたき出した。

「やったぞ少年！　これは……これは刀の製造法をまとめたものだ！　これを参考にすれば夢見ていた刀が作れるんだ！」

「ええっ⁉」

刀の製造法――⁉

そんなものを師匠が持っていたなんて！

「まぁ正確には刀の製造及び管理や手入れの方法をまとめた紙じゃな」

パトスさんを見ながら、いたずらっ子のような悪い笑顔を浮かべる師匠。

「なぜそのようなものを持っていたんですか？」

「簡単に言えばそれも師匠から譲り受けた物じゃからじゃよ。ほれ、昔言うたことがあったじゃろう？　刀は手入れが難しいし放置すれば簡単にサビてしまうと。じゃからイットウ様は刀とともにその手入れや管理の方法をまとめた紙もワシに授けてくれたんじゃ」

「でっでも、製造方法までついているのはなぜなんです？」

「そっちはまぁおまけみたいなものじゃ。昔イットウ様が故郷から逃げる際に製造法の記された本も一緒に持ってきたそうじゃからな。それも譲り受けただけのことじゃよ」

故郷から逃げ出すとか、門外不出の刀の製造法を持ち逃げとか。

イットウ様って何気にものすごいことをやらかしてたんだな……。

大師匠のとんでもない行動に呆れていた僕だが、師匠の方は躍り上がって喜んでいるパトスさんに声を掛けた。

「パトスとやら、それを見せる際に二つほど約束してほしいことがある」

「なっなんだ……？」

一転して低い声の師匠にパトスさんは何かを感じたらしく、笑顔を引き締め真面目な顔に戻る。

「一つ、その紙もワシがイットウ様から譲り受けた大事な形見じゃ。どうか大事に扱ってほしいし必ずワシに返すこと」

「はっはい」

「二つ、製造法はあくまで門外不出。たとえこれで刀を作れるようになっても決して他の者には教えず、作るのもムミョウの物一本にしてほしい」

「……はい」

「約束してくれるか？」

訴えかけるような師匠の問いかけに、パトスさんは静かに、けれど力強く頷いた。

「もちろん！　この命に賭けてその約束は果たすさ。俺の望みは刀を作ることであってそれを売ることではないからな。少年の刀作りに全身全霊を込めると誓おう」

「そうか……よろしく頼む」

師匠がスッと右手を差し出したのを見て、パトスさんも手を差しだしガッシリと握手を交わす。

「それじゃあ早速刀作りに取りかかりたいと思う。まずは製造法を覚えることと、必要な材料をまとめたいからとりあえず明日にでもまた来てくれないか？」

「分かりました」

「他の全ての仕事を後回しにしてでも刀作りに精魂傾けるから楽しみに待っててくれよ！」

パトスさんはそう言うと、紙束を持って奥の部屋へと引っ込んでいった。

「さて、行くかムミョウ」

師匠もきびすを返して店を出たので、僕もその後をついていくことに。

「師匠……ありがとうございます」

通りを歩いている最中、僕は隣を歩く師匠にお礼を言った。

「ん？　なぜお前が頭を下げる」

「だって……師匠がイットウ様から譲り受けた大事な形見を、僕のために他人に貸し出してくれたんです。お礼は言わないと」

「はっはっは！　そんなことか。別にお主が気にすることでもないぞ？　まぁ、強いて言えばあのパトスとやらの熱意にほだされたのと、魔王の四天王三匹を倒したお前への褒美みたいなもんじゃからな」

周囲を気にすることなく高笑いを放つ師匠。

本当に……師匠には頭が上がらないなあ……。

身体は小さくてもその心意気はとても大きく見える。

僕と師匠はその後宿屋を無事に確保し、念願だったお風呂や豪華な食事にありついて存分に旅の疲れを癒やしたのであった。

◆

翌日、朝の日課を終えた僕と師匠は早速パトスさんの所に行くことに。

「すみませーん」

昨日と同じく扉を開けて声を掛けると、今度はすぐに扉が開かれパトスさんが出てきた。

「おお！　お二人ともよく来てくれたな！」

声は元気だが、少々やつれ、目にクマが見えるパトスさん。

どうやら昨日は相当夜更かしをしていたようだ。

「あれからどうですか？」

「いやはや……新しい発見の連続で、年をとっても学ぶ事がまだまだあったんだなと痛感する次第だ」

頭をかいて照れるパトスさん。

「そういえば昨日は報酬に関してお話ししていませんでしたよね？　師匠と相談して金額は……」

僕が制作に関する報酬を話そうとしたところ、パトスさんが大きく首を振った。

「とんでもない！　俺の夢だった刀作りをさせてもらえるのに報酬なんて必要ないよ！　材料費もこっちで用意するからあんたらは座って待っててもらうだけでいい！」

鼻息荒くまくしたてくるパトスさんに、師匠が待ったをかける。

「それはいかん。ワシらもあんたに作ってもらう以上金はしっかりと払いたい。でなければワシらの立つ瀬もないし、あんたの腕を貶《おとし》める結果にもなる。正当な仕事には正当な評価と値段が付きものじゃぞ？」

パトスさんはその言葉に眉をひそめる。

「だが……俺としてはやっぱり報酬は受け取れねえ……あんたらのおかげで夢が叶うわけだしな」

「じゃがワシらだって……」

その後はああでもないこうでもないと論争が続く。

しばらく三人で頭を突き合わせて話し合った結果、報酬は受け取らないがギルドにて刀の鑑定をしてもらい適正な評価と価格を定めることと、材料費は全てこちらで出すこと、制作に関する作業の手伝いをすることで決着した。

「それじゃあ早速刀作りに取りかかるとしよう」

「必要な材料はどれだけあるんじゃ？」

「ここに書いてる鉄鉱石や炭などは俺のところにも幾分余裕はあるが……なにせ初めての作業だ、どれだけあっても足りるということはない。必要な材料を書いた紙を渡すから、あんたらにはできる限り集めてもらいたい」

「分かった」

こうしてパトスさんは奥の作業場へと入り、僕と師匠は材料の書かれた紙を受け取り、街へ繰り出して材料を買い集めることに。

「それじゃあ師匠、僕は炭などを買ってきます」

「うむ、ワシは鉄やその他の備品を買ってくるとしよう。それと木や金属の細工屋に寄って刀の柄や鍔が作れるか聞いてくるとしようぞ」

「よろしくお願いします、師匠」

「ああ、では行くとしようか」

僕と師匠は二手に別れ、材料集めに奔走する。

「にしても僕も刀が持てるようになるなんて……」

平常心で真面目な顔を保とうとするけれど、どうしても口の端が上がってニヤけてしまいそうになる僕。

きっと何も知らない人が見たら気持ち悪いと感じてしまうかもしれないが……。

こんな予想外の出来事にどうして喜ばずにいられようか。

「前々から実は、師匠の刀が羨ましかったんだよねぇ」

父からもらった剣の斬れ味は悪くはなかったけれど、やはり師匠の戦い振りを見ていて線を引くようにキレイな切り口になる刀には惹かれるものがあった。

今までは素振りや立ち会いで何回か持たせてもらった程度、本格的に使ったのはデッドマンを倒すときくらいだったから斬れ味なんてのは味わいようもなかった。

「さすがに師匠にその刀をください！　なんて言えるわけもなかったしなあ……そう思うと今回のお話は渡りに船だよね」

刀を真似て作っただけの剣で僕の手にすっとなじんだのだから、きっと最高のものをパトスさんは作ってくれるに違いない！

「さあて！　頑張るぞ！」

そう思うと、否が応でも買い出しに力が入る僕であった。

◆

パキっという金属の折れる音が仕事場に流れると、僕とパトスさんは二人同時にため息をついて作業の手を止めた。

「うーん……やはり力加減が難しいな……」

布で汗を拭きながら唸るパトスさん。

目の前にはポッキリと真っ二つに折れてしまった刀身が金床《かなとこ》の上に置かれており、その周りには同じように折れたり曲がってしまった失敗作がゴロゴロと転がっていた。

「そうですね、刀作りがこんなに難しいなんて僕も知りませんでした……」

僕も一呼吸を入れてから布で汗を拭い、水筒の水を一気飲みする。

「それにしても……熱い！　このまま干からびて死んでしまいそうだ」

パトスさんの手伝いではいつもの着流しだと火の粉が燃え移って危ないと言われたので、以前着ていたような布の服の上から、分厚い革の前掛けを被っている。

そのせいか身体中から汗が止まらず、かといって火の粉が飛び散る場所で袖をまくるといったこともできないので、水を何度も飲んで耐え抜いている状況だ。

パトスさんが師匠から借り受けた製造法の紙とにらめっこを始める。

「製造法ではこれで合っているはずなんだが……やはり経験者にしか分からん加減や方法があるんだろうな……」

「パトスさんは長い間鍛冶屋をされていますけど、それでもやっぱり厳しいと感じるんですか？」

「ああ……そもそも今までやっていた剣の作りと今回の刀の作り方はまるで違うからな」

「というと？」

「簡単に言っちまえば剣は型を作ってそこに鉄を流し込みハンマーでぶっ叩いて中の不純物を取り除くとともに形を整えていくだけだ。難しいっちゃ難しいが最初の時点で形が出来てるわけだからそこまで面倒でもない」

「ふむふむ……」

「だが刀の方は玉鋼《たまはがね》っていう鉄をさらに精錬したものを使わなきゃいけないから時間がかかる。そしてそれを縦に重ねて熱してくっつけ、何度も叩いて薄く延ばし、均等に形と厚さを整えていかなきゃならねえ。一から整形しないといけないのが難しいとこだな」

「なるほど……」

なんとなくだが難しさは分かる気がする。

「しかし……あんたらには結構時間を食わせちまって申し訳ねえな」

「いえいえ、そんなことはないですよ?」

そう謙遜する僕だが、予想以上に時間がかかっているのは事実。

製作開始から二週間が経った現在も、満足な出来の刀は一本も無く、外はすでに雪がかなり積もってしまい一面銀世界。

こうなるとトゥルクさんの集落へ帰るのも一苦労なので、パトスさんの手伝いは僕に任せ、師匠はポーションを受け取りに行くために一人で帰ってしまっている。

なんか体よく師匠に逃げられた気がしないでもないが、まぁ仕方ないか……。

「こんな調子じゃこのまま続けてもダメそうだな……すまんがさっきので今日使う予定の分の玉鋼もなくなってしまったし、悪いがこれで店じまいにするぞ」

「分かりました」

僕は立ち上がってうーんと背伸びをした後、置いていた荷物を持って仕事場の外へ出る。

玄関の扉を開けた瞬間、身を切るような冷気が火照っていた僕の身体を一気に冷ましていく。

「うう!　寒い寒い!」

急いで毛皮のコートを羽織ってパトスさんに挨拶をした後、踝《くるぶし》まで積もった雪を踏みしめながら通りを進む。

すでに空は暗く、通りの雪もあってか歩いている人はほとんどいない。

「今日も遅くなっちゃったなあ……アイラさんに心配されちゃいそうだ」

現在、寝泊まりさせてもらっているのはベイルさんたちの集落にあるレイとアイラさんの家だ。

実はパトスさんと刀作りの話をした後に集落を訪問した際、前と変わらないくらいに盛大に歓迎され、その時ベイルさんに僕の武器作りの事情を話して寝泊まりする場所を借りれないかと頼んでみたところ。

「どうぞどうぞ！　あなた方でしたらこの集落の全員が喜んで部屋を貸しますよ！」

にこやかな笑顔でベイルさんは快諾してくれた。そして同時に集落ではどの家が僕たちに場所を提供するか緊急会議が始まり、俺が私がと長い合議《ごうぎ》の末、アイラさんとレイの家の部屋を借りることとなった次第である。

「帰りになにか食材でも買って帰るか……」

寄り道せずに帰ろうかと思ったが、せっかくなので干し肉や水を買って帰ることに。

集落では冬に備えて食材はしっかり貯め込んでいたようだけれど、それに頼るのも申し訳ないので、僕はちょくちょく食材を買って帰ったり、暇な時間を見つけては狩りに出かけてブラックディアやワイルドボアなんかを持って帰るようにはしている。

「それにしても……いつになったら出来上がるのかな……」

未だ完成の目処も立っていない僕の刀。

少しずつ形は見えてきているが、ちゃんと出来上がるのかどうかやっぱり不安が湧き上がってくる。

「二百枚あった金貨もなんだかんだで残り八十枚……こんなにお金がかかるのも予想外だったよ」

手に持っている中身の少なくなってきた金貨の袋を、僕はジッと見つめた。

製作に使う素材はもちろんのこと、炭や毎日の食事など細々としたものにも金貨を使わざるを得ず、日頃節約していて本当に良かったと心から思う。

「大丈夫かなあ……」

師匠からは、春になったら再び修行の旅に出るという話が出てきている。

それを聞いた僕としては、パトスさんにはなんとか春までに完成させてもらいたいと思いはするが、現状の様子ではそれも難しいのではないかと良くない考えがどうしても頭から離れない。

「あーダメダメ！　悪いことは考えないようにしないと……さあ、早く帰ろう！　アイラさんの美味しい手料理が待ってるんだぞ！　ムミョウ」

自分に言い聞かせるように叫び、僕は足を速めた。

明日……明日こそはきっと……。

◆

さらに二週間後……。

「ダメだダメだ！　こんなんじゃダメだ！」

腹立ち紛れに出来たばかりの刀身を放り投げるパトスさん。

けれど、僕はそれを見ても驚くことなく、またかという諦めの入った気持ちになる。

というのも最近のパトスさんはいつもこんな感じ。

ハンマーを叩く力加減も分かってきたようで、ようやく形が出来るようになったというのに、刀作りの最後の段階である焼き入れ後の出来に納得がいかず、作ったそばからこうやって投げ捨ててしまうのだ。

「ああっ！　くそっ！　あの時の刀と違う！　全然違う！　ちくしょう！」

「パトスさん……少し休みましょうか」

怒りが最高潮に達したパトスさんは今にも暴れ出しそう。

このままだと手近な物に当たり散らされかねないので僕は休憩を勧めることに。

「はぁ……何が……何がダメだっていうんだ……」

それに対する返事はなかったけれど、パトスさんは僕の言葉を聞いてから大きく息を吐き、近くにあったイスに座り込んで頭を抱える。

「パトスさん、僕が見ると結構上手く出来ていると思うんですが、一体どこがダメなんでしょうか？」

投げ捨てられた刀身を見ながら、僕は疑問をぶつけてみた。

「……刀身の輝きさ……」

「輝き？」

「ああ、俺があのお方に助けられた時に見た刀の輝きはそりゃもう眩しいくらいだった。だが俺が作った奴が放つのはどれも鈍い光ばかり。出来の良い剣は目も眩《くら》むくらいに光り輝くってのが常識だ……悔しいが作った奴はどれも使えない奴ばかりってことさ」

「そうなんですか……」

僕は持っていた刀身をゆっくりと近くの机の上に下ろすと、頭を抱えるパトスさんにいくつか質問をしてみた。

「パトスさん……」

「……なんだ？」

「パトスさんは……どうしてそこまで拘《こだわ》るんですか？」

「……」

「モンドさんから聞きました。他の人たちから諦めろと言われているのにずっと鍛錬場の素材を使わない剣作りを続けていたって。冒険者はみんなあそこから出た武器を使っているし、鍛冶屋にとってはそういう武器の補修や研磨の方がお金になるって。ただの鉄の剣なんてお金のない人か初心者にしか使われないつなぎの武器とも言ってました……。一体何がそこまでパトスさんを突き動かすんです？」

パトスさんはしばらくの間、頭を抱えたまま動くことはなかったが、おもむろに顔を上げると僕の方をジッと見据えた。

「これは俺の意地なんだ……」

「意地……？」

「ああ、このフッケには昔から鍛錬場があるおかげでいつも性能の良い武器が街に溢れている。俺が必死に作った鉄の剣なんてそれこそ足元にも及ばないくらいのな。だからこの街の鍛冶屋の仕事なんてそういう武器を直すか使いやすいようにちょっと手を加える、他は鍛錬場のモンスターから出てくる素材を使って武器を作るくらいだ」

パトスさんは悲壮な顔で話を続ける。

「あの人が旅立って時が経ち、一人前の鍛冶屋になっても、俺はあの時に見た刀の強さに惹かれ続けていた。ただの鉄で出来た武器があそこまで強くなるんだ！　ってな……。そして俺はいつの間にか鍛錬場に頼らない強い武器を作り、それを手にした奴が英雄になる日が来るのを夢にしちまってた。そのためにはあの刀みたいな良い武器を作らなきゃって頑張り続けたよ……だが十年、二十年、三十年……それ以上経っても夢を叶えるどころか作った武器はロクに売れやしない」

「パトスさん……」

「夢だけじゃ飯は食えない。そんな現実を突きつけられた俺は、悔しさで泣きそうになりながらも鍛錬場産の武器を直したり冒険者の持ってきた素材で武器を作ったさ。皮肉なことにそっちの方は高値で売れたがね……はは」

自分をあざ笑うようにひきつった笑みを浮かべたパトスさん。

けれど、一つ大きく息を吐いた次の瞬間には晴れ晴れとした顔を見せた。

「まっ、散々言ってきたが別にな、俺は鍛錬場のことが嫌いなわけじゃねえんだ。あそこは神様が俺たち人間のために、試練と同時に頑張ったご褒美って事で色々とお恵みくださるわけだから、あそこの物を使わせてもらうことに関しては礼を言わなきゃならねえ」

「じゃあどうして……？」

「俺はな、証明したいんだ……あの人が見せてくれた刀の煌めきと力を。神様から与えられた物だけじゃなく、俺たち人間が作り上げた物も強いんだぞってな」

そう言うとパトスさんは小さく笑い出す。

今度の笑顔はさっきまでの卑屈なものではなく、むしろふてぶてしい不敵な物のように見えた。

「パトスさん……かっこいいですね」

思わず口からそんな言葉が出てしまう。

「ああ？　そんなことないさ。もういい年こいた爺さんがしょうもない夢を追いかけているだけだよ」

「いいえ……誰がなんと言おうとパトスさんはかっこいいと思います！」

「へっ……そうかい。ありがとうよ……少年」

照れくさそうに鼻を掻くパトスさんに、立ち上がった僕は声を上げる。

「さあ、頑張って次の刀作りに向かうとしましょう！」

「——おう！」

心の奥に溜まっていたものを全部吐き出せたようで、パトスさんの顔にはさっきまでの怒りや焦りの色は見られない。

これなら大丈夫そうだ……。

◆

そしてさらに一ヶ月が経ち、雪も溶け始めて周囲にも緑が目につき始めた頃になった。

「おーい、ムミョウ。進捗はどうじゃ？」

夜になってようやくトゥルクさんの所から帰ってきた師匠が、のんきな声を出しながらパトスさんの仕事場へ入ってきた。

「師匠……いい気なものですね……こっちは死ぬほど疲れてるってのに……」

あの話の後、毎日夜遅くまで刀作りに没頭していたせいで僕とパトスさんの目には大きなクマができ、頬もゲッソリと痩《や》せてしまい、一昨日久しぶりにレイの家に帰った時なんかアイラさんが俺を見るなり失神して倒れてしまったほどである。

「はっはっは、まぁそう言うな！　今回もがっつりトゥルクにはポーションを作ってもらったからこの大陸を何度も回れるくらいには金は持っていけるぞ？」

……得意げな師匠の顔を見ていると、なんだか思いっきりぶっ飛ばしたくなってしまいそうなので、僕は素っ気なく顔をパトスさんの方に戻した。

「……どうじゃ？　刀の出来は」

「静かにしていてください師匠……今から大事な焼き入れなんです……」

師匠は無視されたのが気にくわなかったのか、僕の後ろまで来て話しかけてくるので、唇に人差し指を当てて黙るようお願いしておく。

「ほう……」

師匠は小さく唸ると目を細めて作業をジッと見つめ始めた。

そして目の前では、パトスさんが真っ赤に熱された刀身を火箸で持ちながら、水を入れた細長い桶《おけ》の中へとゆっくりと下ろしていく。

「……ごくっ」

パトスさんの顔は真剣そのもの。

僕と師匠もその光景に思わず息を呑んだ。

ジュワアアァァァ！

そして刀を水に浸けた瞬間、水が一気に弾けだして刀身が急激に冷やされていく。

真っ赤だった刀身も元の鋼色へと戻っていくが、パトスさんは水の中にくゆらせたまま微動だにしない。

「……今だっ！」

少しの間を置き、パトスさんが水の中から刀身を出す。

刀身は水に浸ける前よりも反りが大きくなっており、硬度を上げるために表面に付けていた土をへらでこそぎ落とすと、下からカンテラの灯りに照らされてまばゆい光を放つ刀身が姿を現した。

「……おおっ！」

僕も師匠も感嘆の声しか出てこない。

当のパトスさんも目を見開き、ジッと刀身を見つめている。

「出来た……」

パトスさんがぼそっとつぶやいた後、その目からはうっすらと涙がこぼれ出す。

「良かったですね……パトスさん」

「ああ……まさか冷やすときに使う水が人肌くらいの温《ぬる》さでないといけないとはな……てっきり冷たい水を使うものだとばかり思っていたからなあ」

「僕も何度か製造法を見せてもらいましたけど、温い水を使うなんてどこにも書いてありませんでしたからね……」

「恐らく、この辺りのことは秘伝中の秘伝なんだろう。今後も研究が必要だな」

パトスさんが掲げる刀身を見つめる僕。

師匠のものよりもやや反りが強く、長さも大きく感じる。

刃文《はもん》も師匠の方は水の波のような形だけれど、僕の方はまるで炎のようにゆらゆらと揺らめいていた。

「さて、一番の難所はくぐり抜けたが、まだ作業は残ってる。それを済ませたらこれを君に渡すとしよう」

「――っ！　はい！」

「おい、ムミョウ」

「はい？　どうしました師匠」

パトスさんと喜び合っている僕に、師匠が話しかけてくる。

「ムミョウ、こっちもすでに手はずは整えておる。街の細工屋にワシの刀の鍔と柄を見せて、同じ物を作ってもらうように頼んでおいたから、刀身が完成次第そこに持っていくぞい」

師匠……こっそりとそういうこともしてくれていたんですね。

「ありがとうございます！　師匠！」

いよいよ……いよいよ僕の刀が完成するんだ！

そう思うと否が応でも心が沸き立ってきてしまう。

「まだかな……まだかな……」

その後は無事に全ての行程を終えた刀身を細工屋さんの所に預け、完成をいまかいまかと待ちわびる日々。

おかげで朝の日課にも身が入らず、師匠には弛《たる》んでいるぞと久しぶりに怒られたりもしてしまった。

そして……。

「ほらよ、細工屋から預かってきたぞ。ついでに俺が製作した証になる証明書も持っていけ、これがあればギルドで鑑定してもらえる」

数日後、パトスさんから刀が完成したと言ってわざわざ集落まで持ってきてくれた。

それと一緒にパトスさんの署名の入った証明書も手渡される。

「これが……」

集落の中央にある広場で、僕はパトスさんから仰々《ぎょうぎょう》しく刀を受け取るとじっくりと全体を眺め出す。

重さは以前の剣よりもやや重めだが気になるほどではない。

真新しい黒に輝く柄に、今着ている着流しよりも濃い青色の鞘。

鍔は黒く塗られた鉄で出来ており、細長い四角の中にひし形模様が彫り込まれているくらいで、複雑な細工などはされておらず実用的な印象だ。

そして次は中身の拝見。

柄を持って鞘を上向きにしていたのを横に変え、右手でゆっくりと刀を鞘から抜き出せば、出来たての頃よりもさらにまばゆく輝く刀身が姿を現した。

「おお……」

感動の余り思わず声が漏れてしまう。

「今までで一番気を遣った研磨だったからな……仕上がりは最高だろ？」

パトスさんが自慢げに語る。

「はい……」

鞘を腰に差して改めて両手で柄を持ち、一つ一つゆっくりと感触を味わいながら僕は刀を正眼に構えた。

「ふっ——！」

軽く縦に振ってみると、重心はやや手前にあり、グッと腕に力を入れればピタリと切っ先を空中で止められる。

これなら思い切り振ってもフラつくことはなさそうだ。

「ふっ——！　はっ——！」

それから僕は、確かめるように何度もゆっくりと剣を振るい続ける。

柄の幅も大きさも、僕の手の大きさにピッタリで、動きに支障を来すようなことはない。

むしろ振れば振るほどどんどんと僕の手になじんでいくのがよく分かる。

無我夢中で剣を振り続け、どれくらい時間が経ったろうか。

「……い、……ミョウ……ムミョウ！」

名前を呼ぶ師匠の声にようやく反応した僕はスッと刀を下ろす。

気づけば身体中が汗でビッショリとなっており、相当な時間を使ってしまっていたみたいだ。

「あっ……すみません……つい夢中になって」

「まったく……あのまま一生振り続けるつもりなのかと思ったぞ」

苦笑しながら話す師匠に僕は半笑いを返すと、周囲にいた人たちからも笑い声が聞こえてくる。

最初は僕と師匠、パトスさんだけだったのに、集落の人全員が来たのかと思うくらいたくさんの人たちに囲まれていた。

「うっ……みなさん……もしかしてずっと見てました？」

「うん！」

レイが元気よく答える。

「はい、ムミョウお兄ちゃんが刀を一生懸命振ってるのをバッチリ見てましたよ」

ミュールがにこやかに話す。

「あのう……黙って見ているのも悪いかなと思ったのですが……ムミョウさんが嬉しそうに振っているものですから……ごめんなさい」

アイラさんが申し訳なさそうに顔を背けた。

「はっ恥ずかしい……」

やっと刀が出来たからってちょっと張り切り過ぎちゃったな……。

恥ずかしさを誤魔化すように頭を掻き、それをまたみなさんに笑われていると、背後にいた師匠に肩を叩かれる。

「ムミョウ、恥をかきついでにワシと立ち会いをせぬか？」

「えっ？　ここでですか？」

「うむ、真剣な立ち会いは久しくしていなかったからのう。時期もちょうどよいし集落のみなさんに、ワシらの腕前をもう一度披露するとしようぞ」

茶目っ気たっぷりにウインクしてくる師匠。

確かに、ここに帰ってくるまで師匠は僕の身体を心配してか、朝の日課でも軽い打ち込みくらいでしっかりとした立ち会いはしてこなかったな……。

「……分かりました！　やりましょう！」

こうなったらとことん乗ってやるさ！

集落の人たちに離れてもらうようお願いしつつ、僕と師匠は人の輪の真ん中で向き合い、刀を抜いて構え合う。

途端に集落の中は水を打ったように静かになった。

「スゥ――……ハァ――……」

呼吸をゆっくり整え、精神を集中していく。

まだまだ外は冷たい風が吹いて寒さを感じるが、さっき刀を振りまくっていたおかげで身体はしっかり温まっている。

動きに問題は無い。

「……」

「……」

お互い微動だにせず、ジッと相手の目を見つめ合う僕と師匠。

「はっ！」

すると師匠は姿勢を変えないまますり足で距離を詰め、腕だけで一気に喉元めがけて突きを入れてきた。

「しっ！」

僕は短く息を吐きながら、刀の切っ先を起こして師匠の刀に当て、突きの軌道をずらす。

キィンという金属音とともに師匠の突きはかわしたが、今度は手首を上げ、刀を縦にしながら根元で僕の刀とつばぜり合いに持ち込んできた。

「ぐっ！」

「むぅ」

胸元で交差するように刀と刀がぶつかり合う。

お互い相手の姿勢を崩そうと必死で押し合っており、今のところは互角だが……。

「ぐうぅ――」

このまま押していくかどうか悩んでいたその時、以前の立ち会いで師匠に教えられた技を思い出した。

やるなら今だっ！

すかさず僕は右足を一歩後ろに下げ、左斜め後ろに重心を変えると刀を下にずらして師匠の刀を滑らせるとともに両腕で押し込んで体勢を崩させる。

「おっと！」

「ここだぁっ！」

思惑通り師匠が前のめりになった瞬間、僕は刀を振り上げ頭部めがけて一気に振り下ろす。

ギィン！

師匠は体勢を崩したまま片手で刀を振り、僕の刀にぶつけて一撃を防ぐと同時にその勢いで後ろに下がり、僕との距離を取る。

「ふぅ……」

このまま追撃してもよかったかもしれないが、一連の攻防で少々息が乱れた僕は動かず刀を正眼に構え直して呼吸を整えた。

再び静寂が集落に訪れる。

「はっ！」

今度は僕の番！

右足を一歩踏み込んで刀の届く距離まで近づく。そしてよく使う突きではなく、今度は斜め下からの斬り上げで師匠の脇腹を狙ってみた。

「ほいっと！」

師匠は後ろに飛んで華麗に斬撃をかわす。

けれど僕の攻撃はこれで終わらない。

「まだまだっ！」

左足を大きく踏み込むと同時に、手首を返してもう一度斜め下から斬り上げる。

「むうっ⁉」

僕の素早い切り返しのせいか、師匠がやや慌てた声を出した。

だが、それに対して動きは素早く、僕の攻撃に対して切っ先を上手く当て、軌道をずらしていなしてくる。

「くう……」

「ほれほれ、もっと攻めてこんかい」

「言われずとも！」

そう意気込んだ僕だったが、話はそんなに簡単ではない。

それからも上に下にと何度も攻撃を仕掛けるが、その度に師匠に上手くかわされ、なかなか決定的な一撃が取れず、時間だけが過ぎていってしまう。

「……ふぅ」

十回目の攻撃も師匠の華麗な足捌きの前に空振りに終わってしまった僕は、一度距離を取って呼吸を整えることに。

「スゥ――……ハァ――……」

師匠から目を離さずに、深呼吸を繰り返して気持ちを落ち着ける。

以前ならば、こういう時に無理な攻撃をして返り討ちにあっていた。

刀の出来だけじゃなく、連合国での戦いの成果も見せていかないと、いつまで経っても師匠の足元には追いつけない……。

そう思った僕は、正眼から腕を高く上げて上段へと構えを変えた。

「ほう……」

師匠が小さく唸る。

僕が思い返したのはヴォイドとの戦いの記憶。

あいつとの戦いの際、教えられた陰の形と後の先を今度は師匠にも使ってみることに。

そこで上段に構えを取ることにより、あえて胴への攻撃を誘う作戦だ。

「後の先を突く……」

小さくつぶやき、師匠の反応を見る。

「……」

僕の作戦を感じ取ったのか、師匠も正眼から刀を下に寝かせ脇に寄せる下段の構えへと変えた。

殺気にも似た気配も放ち、完全に胴抜きを狙う体勢である。

「……」

「……」

口を固く結び、師匠の動きを見逃さぬよう神経を研ぎ澄ませていく。

「……ゴクリ」

周りの誰かが固唾を呑む音が聞こえた気がした。

「はっ！」

刹那、師匠が一気に僕の胸元へと姿勢低く飛び込んでくる。

「ふっ！」

その動きは見逃さず、ここだ！　と僕は師匠の刀めがけ一気に振り下ろした。

ギィン！

激しく火花が散り、師匠の刀が僕の胴へと滑り込む寸前に叩き落とすことに成功。

そして跳ね返った力を利用して僕は一瞬で師匠の首元へと刀をピタリと突きつけた。

「――――！」

呼吸を止め、残心《ざんしん》のまま動かない僕と師匠。

「ふっ……はっはっは！」

急に師匠が笑い出し、刀を収めた。

同時にさっきまでひしひしと感じていた殺気もキレイに失せ、痛いくらいに張り詰めていた空気も和んでいく。

「――ぷはぁっ！」

もう大丈夫だろう。

そう確信した僕も息を吐いて残心を解くとともに、刀を鞘に収めた。

「うむ、今回はワシの負けじゃな」

笑うのを止めた師匠がそう言って僕の肩をバシバシと勢いよく叩いてきた。

「ははっ……ははは」

さきほどの一瞬の攻防でドッと疲れが出てきた僕は、師匠のお誉めの言葉に苦笑いしか返せない。

「師匠は……全然疲れが見えませんね」

「当たり前じゃ！　お主とは場数が違うのじゃよ！　場数が！」

あんなに神経をすり減らすような攻防を師匠は今までに何度もやってきたってことか……。

「まだまだ……師匠に本当の意味で勝てないかあ」

「おう！　もっと精進するんじゃぞ！」

そうして僕と師匠がお互いに健闘をたたえ合っていると、周りから大きな歓声が上がり出す。

「うおおぉぉぉ！　すげえもん見ちまったぜ！」

「あれがトガさんとムミョウさんの強さ……なんか感動しちゃいました」

「二人が本気で斬り合いしてて、ハラハラしすぎて心臓が止まりそうでしたよ！」

盛大な拍手も上がり、僕たちの立ち会いをみなさんは楽しんで見てくれたようだった。

「おい、ムミョウさん」

パトスさんが僕の所まで近づいてくる。

「ちと刀を見せてくれや」

そう言って手を差し出してきたので、僕は頷いて腰から鞘ごと抜き出して手渡した。

「ううむ……」

パトスさんは鞘から刀を抜くと刀身を念入りに観察し始め、しばらくしてから鞘に戻して僕へと返してくれた。

「うっし！　あれだけ激しく斬り結んだのに、刃こぼれ一つ起きてねえ。硬度もバッチリだったぜ！」

親指を突き立ててニッコリと笑顔を見せてくる。

「パトスさん……ありがとうございます！」

僕は改めて深々とお辞儀をして感謝の言葉を述べた。

「なあに、礼を言うのはこっちの方だ。おかげで俺の夢が叶ったんだからな！　まぁ刀が出来たら次の夢もまた出来ちまったんだけどよぉ！」

ガハハと笑うパトスさん。

「次の夢……ってなんです？」

「おう！　あの人の故郷である東の大陸へ行くことさ！　やっぱ刀作りを覚えたからにゃ、ぜひ本場の技ってのを味わいたいからな！」

「それはまた……でかい夢ですね」

「そうだろそうだろ!?」

本当に、師匠より年を取っていそうなのに子どもみたいな目をして楽しそうだな……。

「パトスよ、くれぐれもワシとの約束は忘れんでくれよ？」

師匠が再度念押しで約束の履行《りこう》を迫ると、パトスさんは大きな口を開けて笑い出す。

「がっはっは！　おう、任せておけ！　俺は自慢じゃないが人との約束は破ったことはない。たとえこの国の王様が剣を片手に迫ってきたとしても絶対に教えはせん！　まあ、そうなりそうならとっととこの国を逃げ出して東の大陸に行くだけじゃがな！」

パトスさんは一際大きく笑い出す。

僕もそれにつられて笑い出すと、その輪は広がり集落全体を包んでいった。

その後、お決まりのようにまたも宴会が行われることとなり、お腹いっぱい食事やお酒が出され、今度はパトスさんも交えていたわけだけど……。

「ムミョウゥ……助けてくれぇ……」

やっぱりというか当然というか……師匠はまたも酔い潰れ三日間ほど寝込むこととなった……。

◆

「さて……ではまずはギルドへ向かうとしようか」

酔いからようやく復帰した師匠は、元気よく次の場所を示す。

「刀の評価と値段を付けてもらうために、モンドさんに鑑定をしてもらうんでしたよね？」

「うむ、それとポーションの売買もなんじゃが……もう一つ行きたいところがあるのでな、そこを回ってから改めて出発としようぞ」

「行きたいところ？」

「ふふふ……お主にはちょっと秘密じゃ」

意地悪な顔を見せる師匠。

一体どこに行きたいんだろう？

いくつか候補を考えながらも、答えが見つからないまま僕たちはギルドへ到着。

「よし、ではまず鑑定をしてもらうとしようか」

中へ入った僕たちは以前お世話になった販売所のモンドさんの所へ向かう。

「おっ！　あんた方か、いらっしゃい！」

僕たちのことを覚えていてくれたモンドさんが笑顔で出迎えてくれた。

「お久しぶりですモンドさん。おかげさまで良いものをパトスさんに打ってもらえました」

「そいつは良かった！　んで、俺の所へなにか用かい？」

「はい、確かこちらでは装備の販売だけでなく、武器の鑑定もしてくれるんですよね？」

「おう、前にも言ったが俺は鑑定魔法が使えるからな。なんだ？　パトスの作った武器を鑑定してほしいのか？」

「はい、これなんですが……」

僕は腰から刀を抜いて机の上に置いた。

その横にパトスさんからもらった製作証明書も添えておく。

「これは……確かにパトスのサインだな……ふむふむ」

証明書を一通り拝見した後、刀を手に持ち鞘から抜いたモンドさんが興味深そうな目で眺め始めた。

「パトスさんは昔から刀という武器が作りたかったそうなんですが、師匠がちょうどその武器を持っていたのでそれを参考に作り上げました。ぜひこれに評価をつけていただきたくてお願いに来たんです」

「なるほどな……キレイな輝きをしている……これは良い武器だ」

「パトスが普通の鉄で作った武器が、鍛錬場の武器に勝るとも劣らないというのを、ぜひお主の目で鑑定してほしいのじゃよ」

「……分かりました」

モンドさんは深く頷くと刀を机の上に置き、静かに両手をかざした。

「『装備鑑定』」

そう唱えた途端、モンドさんの両手が光り出し僕の刀を包み込んでいく。

「うわぁ……」

ティアナに見せてもらったのとはまた違う魔法に少々感動していると、徐々に光が小さくなっていき、完全に消えたところでモンドさんはふぅっと小さく息を吐いた。

「鑑定……終わったよ」

そう言ってモンドさんは僕に刀を返してくれた。

「結果はどうでした？」

たまらず僕が聞いてみたところ、モンドさんは眉間にシワを寄せながら首をかしげる。

「何ていうかなあ……どうなってんだこれは？」

「えっ？　どうしたんです？　モンドさん」

思っていたのと違う反応にちょっと不安になる。

「いや……鑑定魔法っていうのは、鑑定した装備についている魔法の効果や武器自体の性能、まぁつまりはこの刀なら斬れ味、硬さなんかだな。それと使われてる素材なんかを具体的な数値として俺に見せてくれる魔法なんだが……」

「その数値が……低かった？」

「いや、その逆だよ……高すぎるんだ」

「そんなに変なんですか？」

「当たり前だ！　使われてるのはよく取れる鉄だったし、もちろん魔法の効果なんかもついていない。それなのに武器自体の性能が飛び抜けて高いもんだから、そこら辺の鍛錬場産の武器の数値を大きく超えちまってる。どう考えてもおかしいだろ⁉」

訳が分からないといった感じに頭をかきむしるモンドさん。

「とにかく……鑑定した結果は絶対だ、俺にはそれをどうこう弄れる力はない。その武器に評価を付けるとしたら……」

「評価は……？」

「間違いなく黒鋼級、下手すると白銀級の代物だろうな。そして値段を付けるなら……うーん……」

モンドさんがさらに頭を悩ませる。

「正直難しい……素材は手に入りやすく魔法の効果も無い、だがこの性能の高さを勘案すると安い値段だとその武器には似合わん……それに作ったのがパトスさんだなんて……」

モンドさんはしばらく悶絶していたが、大きなため息をついた後、鍵を開けて販売所から出てきた。

「すまんが、一度ギルドマスターと話をさせてほしい、あんたらも一緒に来てくれないか？」

ええ……そこまで大事になっちゃうの？

単にモンドさんの作った武器を評価してもらうだけだったのに、話が大きくなるかも知れないことに不安を覚え始める。

「すまんが、ワシらには行きたいところがあるんじゃや、あまり長話はしないでもらいたいんじゃが？」

師匠も同じ思いのようで、モンドさんに釘を刺す。

「分かってる。一応マスターに判断を仰ぐだけだからな」

以前行ったギルドマスターの部屋へと案内される僕たち。受付の裏へ入ったとき、業務をしているジョナさんと目が合ったので小さく会釈をしておいた。

ジョナさんの方は僕たちの姿を見て驚いた顔をしていたけれど、さすがに仕事中に話しかけるのはまずかったのでそれ以上の行動を起こすことなくギルドマスターの部屋へと向かった。

「マスター、すまないが入ってもいいか？」

ドアをノックするモンドさん。

「どうぞ」

中からはジョージさんの声が聞こえてきて、モンドさんがドアを開けて僕たちに中へ入るよう促してきた。

「久しぶりじゃのう」

「こんにちは」

僕たちは部屋の奥にある立派な机で書類を見ていたジョージさんに挨拶。

「お久しぶりです二人とも。今回もポーションは持ってきていただけましたか？」

ジョージさんは立ち上がり、中央のソファーの所まで歩いてきて、僕たちに座るよう勧めてきた。

「おう、ちゃんと持ってきたぞい。今回も十本ほどじゃな」

「ありがとうございます」

師匠とジョージさんが言葉を交わしていると、モンドさんがジョージさんの側まで近づく。

「マスター……このお二人に関して少しご相談が……」

「なんでしょう？」

「実は少年が持っている武器の鑑定を頼まれたので、鑑定魔法を使用したのですが……」

「それがどうかしましたか？」

「自分は出てきた数値を元にその刀の評価を黒鋼級もしくは白銀級と判断しました。ですが値段の方の設定が難しく、マスターの意見を伺おうと思ったのです」

モンドさんの話に合わせるように、僕は刀を目の前の机の上に置く。

ジョージさんはそれを手に取り、僕に許可を取って鞘から刀を抜き出した。

「なるほど……以前のムミョウさんの武器とは違いますね。トガさんの持っておられる刀と同じもののようです。刀は東の大陸のみに伝わる武器で性能はかなり高いと聞きますから、鑑定でもその面が評価されるのはあり得ます。値段に関してはその希少性を加味して高めでも良いのではないでしょうか?」

「はっはい、そう致します。ですがマスター……」

モンドさんが話を続けようとしたが、ジョージさんは刀をじっと見たままそれを遮ってしまう。

「それにしても刀がもう一本あったとは……他にもあればぜひ私どもに取り扱わせていただきたいものです。なにせ東の大陸とはほとんど交流がございませんから、たまに手に入る向こうの品はかなりの高値で売れたりしますしね。いやはや……それにしても良い輝きだ……」

完全に刀に見惚れてしまっているジョージさん。

「マスター……実はその武器、東の大陸産ではなくこのフッケの西の職人街にいる鍛冶屋のパトスが作ったものらしいのです」

そんなマスターの表情を険しい目で見つつも、意を決して刀の出所を話したモンドさん。

その途端、ジョージさんが目を見開いて勢いよく立ち上がった。

「なっ……何ですって⁉」

僕たちと刀を何度も見返す。

「見てください。こうしてパトス直筆の証明書も持参してきましたし、書類にはギルド発行の押印もあるので間違いありません。それに以前、この二人が販売所に武器を買いに来た際、パトスが作った武器を気に入り購入されたのですが、こちらの不備で武器の手入れを全くしていなかったため、打ち直しを勧めるために私がパトスを紹介したのです」

刀を鞘に収めて机の上に置き、代わりに証明書を手に取ったジョージさんは何度もそれを見返す。

「……なるほど、間違いありません。確かにこれはギルドが出したものです」

「パトスが以前からその刀のような片刃の武器を何回か持ってきて売ってもらうようお願いしてきましたが、性能は良いとはお世辞にも言えず……。ですが、今回持ってきたその武器は似たような作りながら性能は段違いです」

「ふむ……」

「この二人を悪く言うつもりはありませんが、この武器を売買するために鑑定ができるよう証明書を書かせたということもあり得ます。ですがあの頑固者のパトスがそんなことをするとは思えませんし、文書偽造でこの街からの追放処分もあり得ることをする利点もありません。やはりこの武器はパトス自身が作り上げたものとするのが正しいかと」

「むう……まさか、これほどの武器を街のいち鍛冶屋が作り上げるとは……」

ジョージさんが頭を抱えながらうめいていたが、頭を上げて師匠の方を見やる。

「……あなたがなにかなされたのですか？」

「……ちょいとコツを教えただけのことよ……」

以前話し合った時のように、お互い不敵な顔を向け合い無言のまま。

「はぁ……モンド。黒鋼、白銀級なら金貨二十枚からが基準です。他の武器との数値の違いを見つつ、似たような性能の武器と同じ値段を付けなさい」

「はい、分かりました」

「それでは次はこの二人と別の商談があります。あなたは先に部屋を出て鑑定書の作成をお願いします」

「では、失礼します」

モンドさんは頭を下げ、部屋を出ていった。

残ったのは僕と師匠の二人、そしてジョージさんだけ。

「これから先の話は私の胸の内に秘め、決して外部には漏らさないと誓いますし、モンドにも誓いを遵守させましょう。どうか教えていただけませんか？　パトスに何をしたかを」

「……」

師匠は腕を組んだまま、両目を閉じて何も答えない。

ジョージさんはそれを見るなり、立ち上がって机の所まで戻り、引き出しを開けて紙とペンを取り出すと僕たちの所まで戻ってきた。

「こちらはギルドの扱う誓約書の中でも貴重なもので、絶対に秘匿《ひとく》しなければならない情報や知識などを管理する場合にのみ使用されるものです」

ジョージさんは僕たちの目の前に同じ紙を二枚並べる。

「ほう……」

師匠が右目だけ開きヒゲをなでた。

続けてジョージさんはペンにインクを付けると、自分のサインを書く。

そして胸のポケットに入れていたレターナイフで親指を少し切るとサインの横に血で押印をし、紙とペンを僕たちのほうへと差し出してきた。

「この紙を使うということは冒険者ギルドの名にかけてその内容を守るということ。もしそれを破るということがあれば、ギルドが総力を持って処罰を執行するでしょう。無論マスターである私に対してもそれは例外ではありません」

師匠はゆっくりと左目も開け、紙を手に取るとその内容を確認する。

僕も横から覗いて書かれた内容を読んでみたのだけれど……。

「私、冒険者フッケ支部ギルドマスターであるジョージは、トガ・ムミョウ二名から知り得た知識を決して口外しないことを誓う。もしそれを破った場合はギルドマスターとしての職を辞し、その身にいかなる害が及ぶことをも享受《きょうじゅ》するものとする……えぇ――!?」

書かれた内容に驚くしかない僕であった。

「ギルドマスターの職を差し出すか……これはまた大きく出たのう」

師匠の言葉にジョージさんは大きく頷く。

「ええ、それくらいの代償がなければ釣り合うものではないと思っていますので」

「なぜそこまで知りたがる？」

師匠が聞き返す。

「……私は知りたいのです。ただの鉄から鍛錬場のものと劣らぬ武器を作り出せる知識、そして……魔王四天王を倒せるだけの力を持つあなた方というものを。もちろん、それを使って利益を得るという気持ちは微塵《みじん》もありません。単純にお二人がどういう人物なのかを知りたいだけなのですよ」

僕たち二人のことを知りたいだけって……えっ――!?

今、さらっととんでもないことを。

なぜ、ジョージさんが四天王のことを知っているんだ!?

「耳聡いのう……お主」

以前襲ってきた冒険者を返り討ちにしたのを聞かれた時とは違い、今度は師匠もとぼける気は無いようだ。

「ギルドというものは情報が命です。日々冒険者とのやりとりだけでなく、世界全体でのさまざまな事象を集め、それを利用して適切なクエストを発行し、このフッケを守っていくのがギルドマスターである私の役割。ましてや今回魔王復活という一大事なのですから、いつにも増して情報収集には力を入れるというものです」

「それほどワシらは目立っていたかね？」

「ええ……ギルドだけでなく世界中の国々の上層部はそれこそ大騒動ですよ？　勇者が倒すと思われた魔王の配下を三人も倒した謎の二人組は誰だ!?　……と。ですが見慣れない服と武器を持った老人と若者と聞けば、さすがに会ったことのある私ならピンときましたよ」

「むむ、ヴォイドとデッドマンはともかく、ボルスを倒したことまでバレてしまっているのか？

「……ちいっとばっかしはしゃぎ過ぎてしまったようじゃな」

軽く笑う師匠と、ニッコリと笑顔を見せるジョージさんの顔を僕は交互に見比べた。

「私も昔は冒険者の端くれで、日々モンスターとの戦いや鍛錬場やダンジョンの攻略に明け暮れた結果、白銀級などという等級まで上り詰めることが出来ました。おかげで人を見る目には少しばかり自信があったのです。ああ、この人たちは明らかに違う……と初めてお会いした時から確信していましたよ」

「最初から目を付けられていた訳か……」

「はい……まさかここまでの強さとは思いも寄りませんでしたがね……さて、話を戻しましょう。さきほどの誓約書ですが、パトスに教えた内容と一緒に、あなた方が謎の二人組の正体であることも絶対に話さないと誓います。ですのでどうか教えていただけないでしょうか？」

懇願するように頭を下げるジョージさん。

師匠はしばらく口を結んでいたが、やがてため息をついて小さく頷いた。

「ありがとうございます……」

ジョージさんが頭を下げる。

それからまず、師匠が誓約書二枚それぞれにサインをし、ナイフで指を切って押印をした後、僕の目の前へと紙を動かす。

「次はお主じゃ」

「はっはい！」

師匠に促されて僕も二枚にサインをし、同じように血で押印をする。

ジョージさんは一枚を手に取ると立ち上がり、後ろへと下がって壁際に埋め込まれた金庫へと誓約書をしまい込んだ。

「では……話していただけませんか？」

ソファーへと座り直したジョージさんは真剣な表情で話しかけてくる。

「そうじゃのう……長々と説明するより見た方が早いじゃろう」

師匠はそう言ってカバンからパトスさんに見せた刀の製造法の紙束を取り出してジョージさんに見せた。

「これは……っ――!?」

察しの良いジョージさんは、紙束をパラパラとめくっただけでそれがどういうものなのかが分かったようだ。

「これが東の大陸のみに伝わる刀の作り方ですか……ふむ、これは秘匿してしかるべきものですね」

「パトスがワシの師匠と知り合いだったそうじゃからな、そのよしみとあやつの刀作りに対する熱意に敬意を表しただけじゃ。言っておくがパトスにも固く口止めはしてあるからのう」

「分かりました。後日パトスには私も事情を知ったことは直接伝えておきます。それに向こうとも同じ誓約を交わしておいた方が良さそうですね」

「うむ、しつこいようじゃが、くれぐれもこのことは口外するでないぞ？」

「はい、あなた方の連合国での功績も含めてですね。お任せください！　私だけでなくギルドとしても大事な大事なゴブリンのポーションの売買相手ですし、この命に代えても秘密はお守りしましょう」

ジョージさんは胸を叩いて自信満々に応える。今までそう何度も顔を合わせていないわけだけれど、話しぶりや行動からも信頼出来そうな人と感じていたし、師匠もそう思って話したんだろうからきっと他の人に漏らしてしまうことはないはずだ。

「では次にポーションの買い取りをさせていただきたいと思います。価格は去年と同じ金貨二十五枚でよろしいでしょうか？」

「うむ、異論はない。今回も十本じゃ」

師匠が頷く。

それを見たジョージさんは頭を下げると、もう一度立ち上がって今度は部屋の外へ。

しばらくするとジョナさんと一緒に入ってきたけれど、その時ジョナさんはずっしりと重そうな袋を抱えていた。

恐らく金貨の入った袋だろう。

「ではこちらをご確認ください」

ジョージさんに促されてジョナさんが袋を僕たちの目の前の机に置く。

師匠もポーションの入った袋をカバンから取り出し、袋の横に置いたのでお互い中身を確認し合った後で交換した。

「ありがとうございました」

「うむ、こちらもな」

「ではお二人はこの後早速出発されますか？」

「いや、その前にちと寄りたいところがあるんじゃよ」

そういえば師匠はそんなこと言ってたな。

一体どこに行きたいんだろう？

「せっかく新しい刀が手に入ったんじゃ。試し斬りは必要じゃろうと思ってな。フッケと言えば……分かるじゃろ？」

僕にはそこがどこなのか分からなかったけれど、ジョージさんには思いつく場所だったようで、アッと声を上げた後でポンと手を叩いた。

「ああ、あそこですか……確かにあそこなら斬れ味を試すなら持ってこいの場所です」

「だろう？　くっくっく……」

師匠とジョージさんは最後まで分からなかった僕を尻目にお互い笑い合っていた。

くそう……一体どこなんだそこは……？

第六章　そして次なる修行の旅へ

「っせい！」

「ガアアァァアッ――……」

僕は目の前で大きくこん棒を振りかぶって襲ってきたオークの攻撃をかわし、すぐさま刀を振り払って胴をかっさばく。

真っ赤な血を傷口から流し、断末魔の悲鳴を上げて倒れ込むオーク。

こうして最後の一匹であったモンスターが息絶えた途端、辺りに転がっていた同じオークの死体が消えていき、革や金属の塊へと姿を変えていった。

「ふぅ……この階層もクリアですね」

「ほい、ご苦労さん」

刀身に刃こぼれがないか確かめた後、刀を収めて僕は一息つくと、師匠が近づいてきてねぎらいの言葉を掛けてきた。

「にしても師匠の言っていたとある場所が鍛錬場だなんて……全然気づきませんでしたよ」

「はっはっは、フッケで何の気兼ねもなく試し斬りがやれるとなればここしかなかろうて。ムミョウも存外鈍いのう」

師匠が僕の方を見ながらニヤニヤ笑ってくる。

「ぐぬぬ……」

ギルドからここに来るまで、どこに向かっているのか全くといっていいほど分からなかった僕。

この場所のことはちょくちょくベイルさんの集落で聞いていただけに、ちょっと悔しく感じてしまうなあ。

「がっはっは！　やっぱりあんたらはすげえなあ。前に他の冒険者と来た時なんてオークどころかブラッドスパイダー一匹倒すだけでも結構時間がかかってたのによ」

僕たちに背を向けながら、落ちていた素材をせっせと拾うパトスさん。

「まぁのう、こいつらとは散々やり合ってきたからすでに慣れたもんじゃわい」

パトスさんに師匠が言葉を返す。

「それに身体もあいつらより一回りも小さいからそれほど怖いとも思いませんしね。まるでオークの子どもを相手にしている感じですよ」

「そうそう、ムミョウの試し斬りの相手とするとちと力不足は否めんのう。もうちっと下に行けばまだマシな相手はいるかもしれんが……」

「師匠、はしゃぐのはいいですけど、刀が出来たら修行の旅に出るって言ってたじゃないですか。あんまりここで時間を掛けるとどんどん出発の時期を逃しちゃいますよ？」

「うっ……そうじゃったのう」

「全く……師匠はそういうところの計画性がないんですから」

「いやはや……ぐうの音も出ん正論じゃわい」

「「はっはっは！」」

お互い顔を見合わせ笑い合う。

「あんたらずいぶん余裕そうだな。二十階層なんてあんまり来れる奴もいない上にさっきから戦ってるのはムミョウくんだけで余裕そうだし……まぁあの人の弟子とその弟子なら強いのも納得できるがな。んで……どうだい？　肝心の使い心地は」

素材を拾い終えたパトスさんが腰をトントンと叩きつつ立ち上がり僕に尋ねてくる。

「はい！　もうバッチリですよ！　自分の手足みたいに軽々と扱えます！」

それに僕はグッと腕を上げて応えた。

「そりゃ良かった！　がっはっは！」

パトスさんの豪快な笑い声が鍛錬場に響き渡る……。

現在、僕たち三人は鍛錬場の十九階層にいるわけだけど、最初ここに入った時は、師匠には試し斬りなんだから二・三階層進んだらすぐに帰ると言われていた。

けれど……。

「もうちょい下まで行ってみるか！」

なぁんて師匠が何度も言ってくるせいでそれが四・五・六階層と下へ続き、あれよあれよという間に十階層のボスであったオーク数体も倒してしまう。

そろそろいい加減戻らないと……と思っていた矢先にさらに師匠が一言。

「もうちょっと頑張ってみようぞ！」

また師匠の悪い癖が始まったとため息はつきたくなったけれど、僕としてももう少し刀の感覚を味わいたかったので賛同した結果が二十階層のボス到達なのである。

「この階層のボスって一体どんな奴なんでしょう？」

階段を降りながら、僕は先を進むパトスさんに聞いてみた。

「いやぁ、俺はここまで来たことがないからなあ……鍛錬場への入り方は知っていても、どんなモンスターが出てくるかなんてのは十階層くらいまでの知識しかないもんでな」

「そうですか……」

まぁ、どんなモンスターが来ようとも、今の僕には負ける気など微塵もないけどね。

「おっ、見えたぞムミョウ」

階段を降りきった先で師匠が目の前の広場を指差す。

「どれどれ……」

師匠の指差す方を見れば、そこにいたのはウェアウルフ。

「ヴォイド……とは似ても似つかないか」

連合国で戦った四天王の一人を思い出すが、身体もかなり小さく、毛も灰色であの時のあいつとは全く違う姿にため息をつきそうになる。

出来ればあいつともう一度戦いたかったけれど……それは無理な話か。

「ほれムミョウ。さっさと行ってちゃっちゃと片付けてこい」

「はい、では行ってきます」

師匠に背中を押され、刀を抜きながら前へと進む僕。

見えるウェアウルフの数は五。

まずは一番手前にいるやつに狙いを定めた僕は途中から姿勢を低くして一気に近づいた。

「シッ！」

僕に背を向けていたウェアウルフが、こちらに気づいて振り向いた時にはもう僕は懐に入り込んでいる。

そして短く息を吐いて横一線に刀を振り抜けば、ウェアウルフの身体はキレイに真っ二つに分かれて地面に転がった。

「フゥーー……うん……本当に良い斬れ味だ」

息を吐いて残心を解き、柄を握りしめながら刀身を見つめる僕。

ここに来てこの刀を本格的に使い始めたけれど、ひとたびモンスターに振れば引っかかりもなく、まるで薄い紙をナイフで裂くように軽々と相手を斬れる。

以前の剣では体感出来なかった感覚だけに、僕の気持ちはすでに最高潮まで昂ぶっていた。

「はぁ……本当に良い刀を打ってくれて、パトスさんには感謝しかないよ……」

思わずため息が出てしまう。

そうしてひと心地つきつつ、気を取り直して刀についた血を振り払い、周囲をサッと見渡せば他のウェアウルフがこちらに気づいたようで一斉にこちらへと向かってくる。

「さあ来い！　相手になってやるさ！」

刀を構え直し、叫ぶ僕。

「グオォォォッ！」

まず最初に襲ってきたウェアウルフが吠えながら右手の爪を振り下ろしてくる。

「はっ！」

僕はそれを半身になってかわしながら、手首を返して右手を切り飛ばし、もう一度刀を返して首めがけて振り下ろす。

「次ぃ！」

矢継ぎ早に襲ってきた二匹目は左手を振り下ろしてくる前に顔面を縦に斬り裂いた。

「もっと来い！」

三匹目は両腕を広げ、こっちに組み付く姿勢を見せてきたので、サッと後ろに飛び退いてそれをかわしつつ、首元に軽く刀を振って喉を斬り開いてやったところ大量の血を流しながら地面に倒れた。

「最後はお前だ！」

残りの一匹は飛びかかって僕に覆い被さろうとしてきたので、すぐさま足元へ滑り込み右足のヒザから下を斬り飛ばしてやった。

「ガアァァァッ！」

片足を無くして地面に倒れ、もがくウェアウルフに近づいた僕は反撃に備えつつ首元に切っ先を突き刺してとどめを刺す。

「フゥ……終わったかな？」

念のため周囲をもう一度見渡し、残っているモンスターがいないか確認したが、それらしいものは見えない。

周りの死体も消えて素材だけが残り、広場の中央には豪華な宝箱がポツンと姿を現すとともに、奥に見える次の階層へ向かう大きな扉も音を立てて開いた。

「お疲れさん、ムミョウ。なかなか良い動きであったぞ」

「やっぱり強ええなあ……あんたならきっと俺の刀を上手く使ってくれるし、世界に名をとどろかせる剣士になれるぜ」

「ありがとうございます。師匠、そしてパトスさん」

僕は師匠から布を受け取り、顔や服についた血と汗を拭く。

「連合国での経験がお主にとって良い糧となったようじゃ。それにパトスの作ってくれた良い刀もある。もはやお主に勝てる者もそうはおらんじゃろうて」

「ははは……それじゃあもう師匠は超えたかな……」

珍しく褒めてくれるもんだから、思わず調子に乗って言わなきゃいいことを言ってしまう僕。

次の瞬間、師匠の眉がピクっと上がるのが見え、やばいと感じて背中に冷たいものが流れた。

一応聞こえないようにボソっと言ったつもりだったのに、師匠の耳にはバッチリと入っていたようで、ニッコリと笑いながら刀を抜いている。

「ほう？　そのような戯言を言うくらいまだまだ力が有り余っているなら、今ここで勝てるかどうか試してみるか？　ちょうどワシも身体を動かしたいと思っていたところじゃし、思う存分相手をしてやろうぞ！」

「ぎゃあああっ！　前言撤回です！」

ここまでずっと戦ってきた僕と、のんびり観戦しかしていなかった師匠。

どう考えても叩きのめされる未来しか見えないので、僕は置いていた鞄を即座に引っ掴んで逃げを選択した。

「待てぃ！　その性根たたき直してやる！」

「ひぃぃ！　ご勘弁を！」

後ろから刀を振り回して追いかけてくる師匠。

「おい！　宝箱の中身はどうすんだ！」

パトスさんが聞いてくるけれど、今の僕にはそれに対応出来るだけの余裕はない。

「十階層のボスの時みたいに全部差し上げますから開けちゃってくださいぃ――！」

しかし、その後の逃走も虚しく僕は捕まってしまい、師匠の怒りが止むまで延々と打ち込みや立ち合いをさせられ続けることとなった……。

トホホ……。

◆

そうして鍛錬場挑戦から二日ほど経ち、いよいよ修行の旅の始まりだ。

出発前の挨拶はもちろんベイルさんの集落前で行うことになったわけだけど、パトスさんはともかくなぜかジョージさんやジョナさんまで僕たちを見送りに来てくれている。

「それじゃあ行ってきます」

「しばらく会えなくなるが、必ず戻ってきてまたここに寄らせてもらうからのう」

僕たちの言葉にベイルさんは深く頷いた。

「はい、私たちはあなた方の無事を祈っています。どうか元気なお姿でまたここに帰ってきてください」

「フッケの冒険者ギルドもあなた方の帰りを心待ちにしています。旅を終えられたら色々とお話をお聞かせください」

ベイルさんに続いて、ジョージさんとジョナさんも頭を下げる。

「待ってるからね！」

「元気で帰ってきてくださいよ！」

「また一緒にお祝いしましょうね！」

集落のみなさんも口々に僕たちに声を掛けてきて、レイやミュールも師匠に抱きついてなるべく早く帰ってきてねと駄々をこねていた。

「それじゃあ……そろそろ決めるとするか」

「はい！」

みんなとひとしきり別れの挨拶を済ませると、師匠は刀を腰から抜き出して地面の上に立てる。

「さあ……どっちじゃ！」

支えていた手を離し刀が倒れて柄が指した方向は……北――！

「よし、今回は北周りじゃな」

「今回はって……昔からこうやって道を決めてたんですか？」

「そうじゃぞ。風の行くまま気の向くまま、刀の指し示すままとな……いいもんじゃろ？」

「はは……そうですね」

連合国での修行の旅とは違い、目的地のない旅ってのもいいかもなあ。

「ではみなさん……行ってきます！」

「まっ……待ってください！」

僕が振り返り歩き出そうとした瞬間、後ろから呼び止める声。

この声はアイラさんかな……確か去年もこうやって呼び止められてお守りを渡されたっけな？

「どうしました？　アイラさ……ん——⁉」

振り返った僕の右頬に暖かい唇の感触！

同時にアイラさんにギュッと抱きつかれ、僕の胸を柔らかい感触が襲う！

待て待て落ち着けっ——！

これは……これは今アイラさんに抱きしめられながら頬っぺたにキスをされているのか⁉

「あっあっあっアイラさん何を——⁉」

突然のことで動けない僕を尻目に、しばらくの間そのままの体勢だったアイラさん。

そしてようやく僕の身体から離れた後の顔は、まるで火が出たように真っ赤であった。

「えへへ……今年のおまじないは結構頑張りました……！　ムミョウさん！　絶対帰ってきてくださいね！」

「……はっはい……」

今までこんなのをされた事の無い僕にとっては、あまりに刺激的なもので、キスをされた頬をさすりながらしばらく頭がボウっとして動けずにいたが、それを見かねた師匠から一言が飛んでくる。

「ほれ、ムミョウ！　何惚けておる！　さっさと行くぞ！」

「……――！　っはい！」

我を取り戻した僕はみんなに頭を下げ、先を行く師匠を慌てて追いかけた。

「頑張ってねぇ――……」

みんなの声援を受けながら歩いていく僕と師匠。

「なかなかやるのう……アイラは」

そうしてみんなの姿が見えなくなるくらいの場所まで来ると、師匠がニヤけ面で話しかけてきた。

「僕には一体、何が何だか……」

「ふふふ……あの娘の気持ちというやつじゃ」

「気持ち……？　必ず帰ってきてねっていうことですか？」

おまじないって言ってたし、あんなことをするくらいに帰ってきてほしいってことだよね？

まさか僕のことが好きなわけじゃないよなあ？

僕は首をかしげながらそう思ったわけだけど、師匠はなぜか残念なものを見るような顔で僕にため息をついてくる。

「はぁ……これはあの娘も苦労しそうじゃな。ムミョウも罪作りなやつじゃのう……」

「師匠……？　一体何を言ってるんです？」

「さあてのう？　そういうのは自分で考えるもんじゃぞ」

訳の分からない師匠の言葉に対し、僕は頭を抱えてしまうが、それに対する答えは曖昧なもので全く分からないままだ。

「ほれ！　ちゃっちゃと歩かんか！」

「はっはい！」

　こうして僕と師匠は新しい旅の一歩を踏み出す。これから先、どんなことがあるかは分からないけれど……知らないことがまだまだこの世界にあるのなら、それはそれはきっと楽しい旅になるのだろう。

◆

？？？side

　魔王討伐から数週間が経過し、世間的には勇者とその仲間たちによって世界は救われたという情報が駆け巡っている。

　だが、その裏の事情を知る者たちは連合国に突如現れた謎の二人組の剣士を巡り暗躍を見せ始めていた。

◆

　とある国の王宮にて……。

「魔王が封印された今、各国との争いが再び始まることは必然。その時、魔王四天王を倒せるような強さを持つ彼らの力があれば負けはしない。ギルドからの情報提供は断られてしまったが、彼らと遭遇した兵士たちの情報を元に特徴や似顔絵は判明している！　なんとしても彼らを見つけ、我が軍へと迎え入れるのだ！」

◆

とある国の道場では……。

「ふっ……あの人がようやく世に出てきたか……今までこそこそ逃げ隠れていたのがどういう風の吹き回しか知らんが……俺の背中に傷を付けた憎き相手、必ずこの手で殺してみせる……我が弟子たちよ！　世界中に飛び、我が宿敵トガとその弟子と思われる男の情報を探り、居場所を見つけるのだ！　そして必ず俺に報告せよ！　弟子の命は見つけた者が好きにしても構わんが、トガの命は残しておけ。あの人の首は……俺が取る！」

◆

とある国の貴族の館にて……。

「ねえ、ローラ。風のウワサであなたのおじいちゃんが大層活躍したようよ？」

「あらら……お爺ちゃんもう日の目は見たくないって言ってたのに……何かあったんでしょうか？」

「さあねえ？　まぁ、人の心なんてすぐに移り変わるものよ。それにあの人に弟子も出来たみたい。一緒にいた若い男性も活躍してたんだって」

「そうですか……お爺ちゃんの弟子……どんな相手か是非剣を交えてみたいですね」

「ふふふ……会いたくなってきた？　小さい頃は私がお爺ちゃんの一番弟子だ！　なんて言ってたからちょっと嫉妬しちゃってる？　はぁ……ノーラがそれを聞いたらまた卒倒しちゃうわ」

「ノーラお婆ちゃんには毎回剣の稽古ばっかりやってないで女性らしい幸せをって言われますけど……やっぱり結婚するなら自分より強い相手でないと……」

「ねぇ……あなたに勝てる男性なんてそうはいないわよ？　私の軍で腕自慢の兵士たちを全員叩きのめしたくせに」

「えへへ……それにしてもトガお爺ちゃん……ここに来るでしょうか？」

「きっと来るわよ……あの人なら絶対に……ね」

◆

魔王が封印され、表面上には平和になった世界。だが、その裏では新たな戦乱の風が少しずつ吹き荒れ始めるのであった。

書き下ろし　少年は弟子となり、名を授かる

Yuusyani Osananajimiwo
Ubawareta Syounenno
Musoukenshintan.

ああ……ついに捕まってしまった。

ノーラを見つけて助けるためにもお金が必要だった僕は、生まれ持った姿を見えなくさせる力で前を歩いていた大男から変な剣を盗もうとした。

けれど、その額から角の生えた大男はすぐに後ろを振り向き、力を使っていた僕の手をいとも簡単に掴むとそのまま腕を捻り上げて僕を動けなくしてしまう。

「あ……ああ……」

このまま僕はどうなるんだろう……。

街の衛兵に突き出されちゃう？

それとももしかして……このまま殺されちゃう？

さっき盗もうとしたあの剣で斬られちゃうのかな……。

やっぱり痛いよね？　苦しいよね？

怖いよう……ノーラ……怖いよう……。

力に頼り切っていた分、捕まるとは思っていなかった僕は突然迫ってきた死の恐怖に涙が出そうになる。

けれど……そのすぐ後に大男から掛けられた言葉は、死を告げるような残酷で恐ろしいものではなく、むしろ捜し物が見つかったときのように元気で明るい声だった。

「面白い力を持っているな？　どうだ？　俺の弟子にならないか」

「えっ？」

僕はあっけにとられてしまい、その後の言葉が出てこない。

大男はそれを見て笑い出す。

「はっはっは、聞こえてなかったならもう一度言ってやろう。俺の弟子にならないか？」

「ぐすっ……おじさん……何を言ってるの？」

鼻をすすりながら僕はなんとか言葉を返すけれど、目の前の恐怖でいっぱいな頭では、この人が一体何を思ってそんなことを言ってきたのか全然分からない……。

「分からんか？　言葉通りの意味だが？」

ついさっき僕に襲われたっていうのに、まるでそんなことは無かったみたいにおじさんは笑顔を浮かべている。

「分かんないよ……それよりなんで、僕に気づけたの？」

ちゃんと力を使って姿を消していたから、絶対大丈夫だと思ったのに、どうしてこの人は僕を捕まえられたの？

それにさっき、面白い力を持っているなって言ってたよね……僕のことを知っていたの？

なんで？

どうして？

ああ……分からないことだらけで頭がこんがらがりそうだ。

「はっはっは、多少姿を消したくらいで背中を取られるほど俺の鍛え方はヤワじゃないんでな。だが……その年でそこまで力が使えるとは……お前、その力を使い慣れてるな？　そしてナイフの持ち方といい足の運び方といい、人を殺し慣れてるな？」

「うっ……」

今さっき会ったばかりなのにまるで僕の全てを見透かしているよう。

それがまた不気味で怖くて、なんとかしておじさんから離れたかったけれど、僕の両手はしっかりと掴まれてしまっていてどうしようもない。

「まぁこんなご時世だ。全ての子どもが笑顔で健やかに生きられるような甘い世界ではない。その小さな手を血に染めねばならない時もある。そのボロボロの姿を見る限り、お前の持つ力でもって人を殺さねばならぬほど苦しい生活を送ってきたのだろうな」

「……」

「お前もこのままの生活が良いとは思ってはいないだろう？　俺についてくれば腹いっぱいとは言えぬが飯もちゃんと食わせてやるし、今までのような悪い道へは決して進ませはせん。剣の腕も努力次第だが誰にも負けないぐらい強くなれるし、身体も健康になる。いいことづくめだぞ？」

「――くない……」

「今後のお前のためには俺の弟子になることが一番だぞ？　どうだ？　なってみようとは思わんか？」

「そんなのなりたくないっ！」

「むっ……？」

「僕のことなんかどうでもいい！　僕は何が何でもノーラを助けるんだ！　彼女を助けるためには

お金が必要だから、そのためなら人だって殺してやるんだ！　さっきから何がお前を救ってやろうだよ！　そんな簡単に人を救えるって言うならその腰にある変な剣をくれよ！　それを売ってお金さえ手に入れれば彼女がきっと助けられるんだから！」

善《い》い人ぶったことを言うおじさんに僕は怒りを覚え、あらん限りの声で叫んで無理やり手を振り払う。

突然の怒りにおじさんは少しぎょっとしたけれど、僕を見つめ直すとすぐににっこりと笑顔に戻った。

「……そうか、助けたい人がいるのか……」

口に手を当てながらこの人はしばらくなにかを考えていたが、突然指を鳴らしてまた僕に顔を近づけてきた。

「よし、それじゃあこういうのはどうだ？　俺もそのノーラという人を助けられるよう手伝ってやる。お前が俺の弟子になる代わりにな。そしてもう一つ。金が欲しいならくれてやろう」

「えっ――!?」

「ただし……！　やるのは金貨じゃない、この刀だ。俺の弟子になりこれから一緒に生活していく間に、その力を使い隙を見て盗んでみろ。ちなみにこの武器はかなり貴重なものでな、この街の武器屋か鑑定のできるギルドで売れば金貨三十枚はくだらない。ああ、もちろん俺は盗まれないよう色々防衛はするぞ？　まぁそれが無理だったら他にも稼ぐ手段はあるから手伝ってやろう」

「え……えっ――!?」

何を言ってるの……このおじさん？

「なんで……？　なんでそこまで僕を弟子にしようと思うの？」

こんな僕をどうしてそこまで？

「簡単だ。ようやく見つけた俺の剣技を授けるにふさわしい奴だと思ったからだ。鉄は熱いうちに打てってのがこの世の常識。力を持った奴なら小さいうちに鍛えておけってこと。お前みたいな力を持ったやつはそうそういないからな」

そう言うとおじさんはガハハと笑い出した。

「さて、そのノーラという……名前からして女か？　お前の……ってそういえばお前の名前をまだ聞いてなかったな……うーん、こういう時はこっちから名乗るのが筋ってもんか」

姿勢を正して被っていた編み笠を外し、おじさんは名乗りを上げた。

「よし、俺の名前はイットウ。見ての通り人種ではない。亜人種《あじんしゅ》で鬼人族《きじん》の一人だが、剣の修行がてらこうして世界を旅しているところだ」

鬼人族……聞いたことがないけど、みんな額から角が生えてる人たちなのかな？

「さて、こっちの名乗りは終わったぞ。お前の名前は？」

頭の角を触りながらベラベラと自己紹介を聞かせてくるイットウと名乗ったおじさん。

今度は自分の名前を尋ねられ、一瞬言うべきかどうか悩んだけれど、ここで言わずにいてイットウとかいうこのおじさんの機嫌を損ねるのも怖い。僕は渋々名乗ることにした。

「……ロウ……」

「ロウか……それでお前の助けたいノーラとかいう人は女か？　大人か？　子どもか？　今どこにいる？　この街なのか？」

おじさんから次々に質問が飛んできて、僕は圧倒されながらしどろもどろに答えていく。

「ノーラは僕よりちょっと年上で女の子……少し前までスリ仲間で僕や他の仲間たちと一緒に住んでいたんだけど、リーダーだった人に奴隷《どれい》として売られちゃってから居場所をずっと探してるの……」

「そうか……」

おじさんがまた口を開く。

「ならばそのノーラ探しを俺も手伝ってやる。だがその女性を見つけた後の金の調達はさっき言ったとおりだ。どうだ？　俺の弟子になるか？」

この人……無茶苦茶だ。

僕はそう思った。

だっておかしすぎる。

弟子になったらノーラ探しを手伝ってくれる上に、あの刀とかいう剣を奪うかおじさんを殺せばお金も手に入るだって？

僕が弟子になったって全くといっていいほどこの人に良いことなんてない。

むしろ悪いことばかりじゃないか。

「こんなの……おかしいよ……なんで……僕を……？」

僕はこのおじさんが上手いこと言って捕まえて、ノーラみたいに奴隷にしようとしてるんじゃないかと今さらながらに思い、怖くなって頭を抱えしゃがみこんでしまう。

「信じられぬか？」

「信じられるもんか――……うっ……うっ……うわあぁぁん――――！」

我慢していた涙が、ついに僕の両目からあふれ出てきた。

「死にたくないよう……ノーラ……会いたいよう……」

最後にせめてひと目だけでもノーラのあの笑顔を見たかったよう……。

「ロウ……」

「ううっ……ヒック……ヒック……」

しばらく泣いていると、突然肩をポンと叩かれる。

僕は驚いてビクッと身体を震わせ顔を上げたところ、そこには少し悲しげな笑顔を浮かべるおじさんの顔があった。

「すまん……ようやく見つけた後継者候補なもので少し俺もはしゃぎすぎたな……」

「ぐすっ……」

「考えてみれば、自分が殺そうとした相手に弟子にならないかと誘われた上に、そっちに利のあることしか言わないのだからな。疑われるのも無理はないか」

おじさんが僕の横にしゃがみ込む。

「さっきも言ったが、俺は修行の旅で世界をまわっているが、それと同時にある目的もあって俺の剣を継げるような素質のある人も探しているんだ」

「……なんで？」

「うーん……すまないがちょっと秘密だ」

おじさんが口に人差し指を当てる。

「まぁそれは置いといて……探しているのはただ強いだけの奴じゃあダメなんだ。たとえ子どもだろうと何かしらの力に目覚めた奴でないといけないんでね、まさにお前はそれだ」

「やっぱり……僕は人と違うの？」

物心ついたときから身についていた姿を見えなくさせる力。

これはやっぱり僕が人間じゃないってことなのかな……。

「いや、それは違う。そういう力はあくまで人間からしか生まれない。間違いなく君は人だし、その力は異質なものではない。数は少ないがこの世界には何人も君と似た力を持つ者たちが必ずいる」

「……本当？」

「ああ、神様に誓ってウソは言わん。詳しいことは……俺の弟子になって一人前になったら教えてやる」

おじさんは真剣な目をして僕を見つめてくる。

まるで俺を信じろって言ってるみたいに……。

「先ほど言ったとおり、ノーラも世界を巡るついでにはなるが、必ず一緒に探すと誓おう。さあ、俺はお前に条件は伝えた。後はそっちがどう選ぶかだ。弟子になるか、ならないか」

そう言ってしゃがみ込んでいた僕に手を差し伸べてくるおじさん。

その大きな手のひらをじっと見ながら、僕はどうするか頭の中で必死に考える。

「……うぅ」

聞かせてもらったおじさんの話は信じられるってなんとなくだけどそう思える。

けれど……やっぱりあとちょっとが踏み出せない。

この人が奴隷商人だったら……剣の修行なんて嘘っぱちで僕みたいなお金になりそうな人間を集めているだけだったら……？

そう考えてしまう僕の手は、何度もおじさんの手の上を行ったり来たりしている。

それに……。

「……おじさん」

「ん？　なんだ？」

「僕みたいな汚い人間でも……強くなれる？」

「……なぜ自分をそう思う？」

「だって……僕はノーラを助けるために、今まで何人も人を殺してきた。男の人も女の人も、お金を持っていそうなら誰だって殺してきた。そんな僕が今さらおじさんの弟子になって剣を鍛えて強くなるって、なんだか許されない気がして……」

それを聞いた途端、おじさんは大きく口を開けて笑い出す。

「あっはっはっはっは！」

「えっ？　えっ？」

突然のことに訳が分からず、僕は目をパチクリさせてしまう。

「お前……根は良い子なんだな」

「え……？　僕が、良い子？」

戸惑いながら僕が聞き返すと、おじさんは小さく頷いた。

「人を殺《あや》め続ける奴ってのはな、大概行為に慣れていって終いにはそれ自体を楽しみにしてしまうものだ。だがお前はそうやって自分のしでかしたことをちゃんと理解し、嫌悪している。それだけでもちゃんとした真人間さ」

「そっそうなの？　でも……」

おじさんは突然僕の頭をグシャっと撫でてきた。

「確かにな、罪もない人を殺したことは決して許されるものではない。しかもそれらは女の子を助けたいがためという自分勝手な都合によるもの。このまま俺に斬り殺されても文句は言えないだろう」

「やっぱり……」

「だが、だからといってそれと剣を鍛えるというのは関係の無いことだ。人殺しを罪と思うのは勝手だが、それで自分の生き方をずっと狭めてしまってはならない。でなければお前に殺された人々の命が本当に無駄になってしまうだけだからな」

「じゃ、じゃあ僕はどうすれば——⁉」

「簡単なことだ。自分の罪を忘れず、そして剣を鍛えてお前のような者がいれば手を差し伸べられるだけの強さを手に入れれば良い。奪った数の分だけ命を助けるんだ」

「奪った分だけ……助ける……」

「そうだ、お前にはそれが出来るだけの力がある。そして俺にはその力を鍛えるだけの技と腕がある。ロウ……俺についてこい。お前に今まで見えなかったものを、見れなかったものを、そしてこれから見ていくべきものを示してやる。もちろん、その合間にノーラはちゃんと探してやるぜ」

おじさんが、もう一度手を差し伸べてくる。

今度は、迷わなかった。

「お願いします――！　おじさん！」

「ははは……師匠となる人がおじさんじゃ格好つかねえだろ。今度からちゃんとイットウ様と呼べ。いいな？」

「はっはい！　おじ……イットウ様！」

「うむ、それでいい。それじゃあ最後にだが……お前の名前も変えるとしようか」

「えっ？」

名前を……変える？

「俺がずっと考えてたことでな。後継者が見つかって弟子になった時には、そいつの名前を変えて新しい人生の一歩を踏ませてやろうと思ってたんだ」

「へっへぇ……？」

やっぱりこの人、変な人だなあ……。

「それでお前の新しい名前だが……うーん……」

イットウ様は腕を組んで考え込む。

僕はその様子をドキドキしながら見守っていた。

「うーん……よし――！　決めた！　お前の名前はトガ！　トガにしよう！」

「トガ？」

「ああ、トガってのは俺の故郷に伝わる言葉のひとつでな。罪、罪科を表す言葉だ。自分のした罪を悔いるお前にピッタリの名前じゃないか？」

「そういう意味なんだ……」

ロウという名前に、愛着がなかったわけじゃない。

けれど……もとは親でもない人に勝手に名付けられた名前だ。

今さら新しく変わったところで、僕はなんとも思わない。

それよりも、自分がしてしまったことを忘れないためには一番いい名前だと僕は素直に感じた。

「どうだ？　いい名前だろ？」

イットウ様は自慢げな顔を向けてくる。

「……はい！」

僕はそれに大きく頷いて応えた。

「ようし、それじゃあ早速お前の旅支度を整えて出発といこう！　それとノーラという女の子の特徴などもしっかり教えてもらうぞ。顔や姿が分からなかったら探しようがないからな」

「はい……はいっ！」

編み笠を被り直し、歯を見せてニッコリと笑いながら歩き出すイットウ様の後を、僕は早足で追いかけていった。

◆

「えいっ！　えいっ！」

僕とイットウ様との出会いから数日が経ち、僕たち二人は次の街へ向けて歩き出している。

結局ノーラはあの街におらず、イットウ様も次の街に用事があるとかだったので、長く滞在することはなかった。

そうして今は、街道沿いにあった宿屋に泊まり、朝になってイットウ様から剣を教えてもらっている最中だ。

「うんうん、腕の振りもなかなか良くなってきたぞ。使い始めてまだ間もない剣だがちゃんと振れてるじゃないか」

「そっそう……？　えへへ」

「はい、褒めたからって気を逸らさない。身体の軸がブレたぞ」

「いてっ！」

木の棒でコツンと僕の頭が殴られる。

「雑念は振り払い、鍛錬に集中せよ。剣というものは一瞬で勝負が決まる。たとえ目の前に金貨の山が積まれようと、絶世の美女……お前の場合はノーラか？　がいようともそれに気を取られることなく、眼前の敵を一刀のもとに斬り捨てることが大事なのだ」

「はっはい！」

痛む頭をさすりながら、僕は大きな声で叫んだ。

「ようし、今の調子で素振りをあと千回だ！　気張っていけよ！」

「はっはい――……」

うへぇ……。

今僕が使っているのは、イットウ様が街で買った僕でも持てるような小ぶりの安い剣。

今まで、ナイフはもとより剣を振るなんてやったこともなくて、最初は上手くできずにポンポン頭を殴られコブができちゃうほどだったけれど、数日も経つと徐々に慣れてきてちょっとだけ褒められることも多くなってきた。

「夜の鍛錬もなかなかやれているし、お前が一人前になるのもそう遠くはないかな？　ははは」

「そうは言うけど……刀を盗むどころか触れることすらできてないよう……」

「だから何度も言っているだろう？　ただ漫然と力を使うだけではダメだ。指先一本にまで神経を張り巡らせろと」

「そんなこと言われても……」

僕は素振りの手を止め痛む頭をさする。

そういえば昨日の夜も散々だった。

弟子になってからというもの、夜になってイットウ様が寝静まったところを見計らい、刀を盗もうと挑戦はしてみるものの、どんなに身体の中の熱を抑えてもイットウ様は力の使い方が荒いと言われて気づかれてしまい、その度に頭をポカンと殴られてしまうのだ。

「どうしてイットウ様は、僕が力を使っていても簡単に分かっちゃうの？」

「ははは、簡単なことだ。お前は未熟でまだまだ幼い。ゆえに完全に姿を消したつもりでも、所々で穴があるからそれを感じ取っているだけのことだ」

「うーん……？　分かったような分からないような？」

「まぁお前の力を知るには、まずそれがなんなのかを知らねばなるまい」

「僕の力……」

「ああ、お前は力を使うときに身体の中の熱を抑えるようにするのだろう？」

「うん」

イットウ様の弟子になった後、力をどうやって使っているのか聞かれた時に僕はそう答えた。

「結論から言ってしまえばその熱が気というものだ」

「気？」

「身体の中にある力の一つで、魔法を使う時に必要な魔力と似たようなものだな」

「へぇ……」

昔、僕の力は魔法のようなものなのかと思っていたけれど、あながち間違いじゃなかったのか。

「お前の力は、身体から出てくる気を内側に閉じ込めることによって起こすことができるもの。つまり完全に姿を隠すには水の漏れ出る隙間もないほどに気を封じ込めねばならん」

「そっそんなに……？」

「うむ、一般人ならともかく、俺のような修行を積んだ者やモンスターならお前くらいの力など容易く見破ってしまうぞ？」

「えっ⁉　イットウ様だけじゃなく、モンスターとかにまで僕の姿がバレちゃうの？」

「そうだ。この世に存在する全てのものは多少ながら気を感じ取れるからな。まぁお前みたいにそれを自在に使える者はごく少数だが」

「……僕って結構すごいんだね……」

「おいおい、調子には乗るんじゃないぞ？　力を持っていても、それをちゃんと使いこなさなければ無いのと同じなのだからな」

「はーい！」

「よし、説明はしたのだからとっとと素振りを再開しろ。早く終わらせんと昼飯は抜きだからな！」

「えええっ⁉」

「当たり前だ！　本当はもっと早く朝の稽古を終わらせるつもりだったのに、お前が色々聞いてくるせいで時間が掛かってるんだからな！」

「そんな！　ひど――いてっ！」

僕の言葉をさえぎるように、またも頭をポカンと木の棒で殴られた僕は抗議を諦め急いで素振りを再開する。

「うう……ひゃくごじゅー、ひゃくごじゅーいちー、ひゃくごじゅーにー……」

頭の痛みで涙が出そうになりながらも、数を数えつつ腕を振り続ける僕であった。

◆

そんなこんなで稽古を続けつつ次の街へとたどり着いた僕たち。

イットウ様は途中の店や宿屋に寄り道することなく街の大通り歩いていくので、僕もその後をついていく。

「着いたぞ」

しばらく先へと進み、街の奥までやってくるとようやくイットウ様は足を止めた。

「ええ……？」

けれど、僕の目の前に現れたのは他よりかなり大きくて、もはや屋敷と言っても差し支えないくらいの家。

周りも鉄柵や見上げるような門で囲まれていて、僕みたいな人間だと入るのが気後れしてしまうのは間違いない。

「こっここですか？」

「うむ、ついてこい」

僕は恐る恐る聞いたけど、イットウ様は遠慮なく門の扉を開けて中に入っていってしまう。

「しっ失礼します！」

僕も意を決して中へ入ると、そこに広がるのは今まで見たこともないようなキレイなお庭。

丁寧に刈られた木や草花、ものすごく高そうな石像があちこちに並んでいて、ここでも僕は圧倒されてしまい、足を止めたまま言葉が出なかった。

「おい、そこで突っ立ってるんじゃない。用があるのは中にいる人なんだからな」

辺りをキョロキョロ見渡していた僕の耳にイットウ様の声が入る。

我に返った僕は、先に家のほうへと行ってしまったイットウ様を慌てて追いかけた。

「ジョセフ！　ジョセフはいるか――！」

家の扉を開けるなり、大きな声で誰かを呼ぶイットウ様。

しばらくすると正面に見えていた階段からメイドの服を着た女性の方が降りてきた。

「これはイットウ様、お久しぶりでございます。当主様にご用でしょうか」

「うむ、そろそろあの時期だと思ってここに来たのでな。ジョセフに会わせてもらいたい」

「分かりました。ただいま当主様に確認しますので少々お待ちを」

メイドさんはそう言って頭を下げると、もう一度階段を上って奥へと戻っていく。

僕と師匠はそのまま玄関先で待つことに。

「イットウ様……ここは一体誰のお家なんです？」

「ん？　ここはこの街の領主の家だ。毎年今くらいの時期になると立ち寄るようにしてるんだよ」

「イットウ様……領主様とお知り合いなんですか⁉」

「ああ、古い馴染みでな。昔モンスターに襲われていたのを助けた縁でその後は色々と金銭面などで支援してもらっている」

「へえ……」

領主ってことは……貴族だよね？

すごい人と知り合いなんだなあ。

感心しながらイットウ様の顔を眺めていると、さきほどのメイドさんが再び僕たちの目の前まで戻ってきた。

「当主様もあなたの来訪を心待ちにしておりました。お部屋までご案内いたします」

「うむ、礼を言う」

メイドさんに案内された僕たちは家の二階にある部屋へと案内される。

両開きの大きな扉が開けられ、中へと促されると奥にある木製の大きな机に座った恰幅《かっぷく》の良い男性が僕たちを歓迎してくれた。

「来たか！　待ちわびていたぞイットウ！」

「久しぶりだなジョセフ。少し老けたか？」

「はは、お前にそう言われると今さらながらに自分の年齢を意識してしまうな……おや？　横にいるおチビさんは？」

「俺の弟子だ。ようやく力のある子を見つけることができたぞ」

「こっこんにちは！」

僕は慌てて頭を下げる。

貴族様に対しての挨拶なんてしたことないからこれでいいのかな？

「ふふ、元気そうな子じゃないか……おい、ということはこの子もあそこに連れていくのか？」

「ああ、弟子なのだから当然だ」

「そうか……くれぐれも無理はさせるなよ？」

「分かっている。ようやく見つけた後継者なのだ、無為《むい》に死なせはせんよ。で、状況はどうだ？」

「また数が増えてきた感じだな。出てくるモンスターはこちらの兵で駆除できているが、やはり内部までは手が回らん。国外れの辺境では使える人材も限られてくるしギルドにも頼みづらい。やはりここはお前しかいないと思っていたところだ」

「ははは、任されよう。だが今日行くのはさすがに控えたい。長旅でこの子も疲れているだろうしな」

イットウ様が僕の頭をグシャグシャなで回す。

「分かった。今日はここでゆっくり休んで英気を養ってくれ。道中の話もたくさん聞きたいし、その子のことも な」

「ああ、今後のことについても話し合うとしよう」

こうしてその日は、生まれて初めて貴族様のお家に泊めてもらうことに。

小さな小屋がすっぽり収まりそうな広いお部屋に通されたり、昔の自分だったら一生見ることはなかったであろう豪華な食事などで盛大に歓迎してもらったわけだけど、その際イットウ様はジョセフ様と真剣な顔で何かを話し合っていた。

「もぐもぐ……イットウ様と領主様、何話してるんだろう？　うーん……まいっか！」

その内容が気にはなったけれど、それよりも目の前に広がる美味しいお肉やお魚に気を取られ、そこにまで頭が回らない僕。

そして翌朝、出発する僕とイットウ様をジョセフ様は館の門まで見送りしてくれた。

「それでは行ってくるぞジョセフ」

「ああ、お前のことだから問題はないと思うが、その小さなお弟子さんもいるのだし、くれぐれも無茶はするなよ?」

「なあに、遅かれ早かれ経験はさせねばならん。ちょうどよい機会と思ってるさ」

イットウ様が歩き出し、僕はジョセフ様に頭を下げてから慌ててついていく。

大通りを歩いている途中、僕はこれからどこへ向かうのか聞いてみることに。

「イットウ様、僕たちは今からどこに行くんですか?」

「ん? 聞いていなかったのか? 昨日の話を」

うっ……。

「すみません……食事に夢中で全然……」

「ははは! お前らしい! まぁいいさ、俺が教えてやるとしよう」

そう言うとイットウ様は懐から紙を取り出す。

「これは?」

「これはこの領地の地図でな、俺たちは今からここに向かうのさ」

イットウ様が指差したのは、この街から少し離れたところにある、洞窟の絵が書いてある場所。

そこに書かれた地名は……。

「悲嘆の洞窟……？」

なんだか怖い名前の場所だな……。

「ここはいわゆるダンジョンというやつでな、中にはモンスターがウヨウヨいる。あまりにも多すぎて時々外に出てくるもんだから毎日ジョセフの兵が巡回して駆除してるんだが、それでも追いつかないから年に一・二度、俺が金をもらう代わりに中に入って手当たり次第に狩ってまわるようにしてるというわけだ」

「へえ……え……？　ってことは？」

あっ……もしかして？

僕の顔を見ながらイットウ様はにやりと笑う。

「そういうわけだ。今から俺と二人でその悲嘆の洞窟に潜ってモンスターどもを狩りまくる。ジョセフにとっては領地の安全を確保出来るし、俺にとっては旅の資金稼ぎになる。お前にとっても剣の稽古になるのだから、まさに言うことなしだな！」

「えええぇ——!?」

多分、食事の時に聞いていたとしても僕は同じ反応だったろう。

「でっでも僕！　まだイットウ様から剣を習い始めて全然ですよ！　いきなり戦うなんて——!?」

「何を言うか。自分は戦いたくないと言って逃げられる状況ばかりなら苦労はせん。いずれ戦う局面は巡ってくるのだから、お前がまだ子どもであろうとも少しでも多く経験は積んでおくべきだぞ」

「でっでも……モンスターと戦った事なんて無いから僕……怖いよ」

「まぁ全てのモンスターをやれとは言わんし、俺がついていてやるんだから安心しろ」

イットウ様は優しい目で僕の頭をグシャグシャとなで回す。

「うう……大丈夫かなあ」

「大丈夫さ、俺も初めて剣を持って戦ったのはお前くらいの時だ」

イットウ様の弟子になるんじゃなかったとちょっぴり後悔したけれど、長い時間頭を撫で続けてくれたおかげで、段々怖い気持ちも落ち着いてきた。

「……よし！　僕頑張ってみる！」

「うむ、その意気だぞ。なぁに、出てくるモンスターなんぞお前の力を使えば容易いものだ」

「はいっ！」

師匠の言葉にゆっくりと頷く。

こんな所で……止まってはいられない。

ノーラが……きっと僕の助けを待っているはずなんだから！

あとがき

どうも、コウリンです。

この度、「勇者に幼馴染を奪われた少年の無双剣神譚」の二巻をご購入いただきありがとうございます。

もう早いもので、一巻が発売されてから九か月。

書籍化のお話が来てからだと一年以上経ち、時間の経過が恐ろしく早く感じる今日この頃です。

二巻では四天王との闘いがひと段落し、ムミョウも新しい武器を手に入れて、いざ新しい修行の旅へ！　という流れで締めさせていただきました。

なにやらいろいろと伏線や新キャラの予感もありましたが、それらについては三巻以降のお楽しみということで……。

それでは改めて、書籍を買っていただいた読者の方々、出版させていただいたＴＯブックス、引き続きご指導いただいたかたなかじ先生や四ツ目先生に感謝の言葉といたしまして最後とさせていただきます。

みなさん本当にありがとうございます。

原作小説
その本のない世界で
本を愛する少女は全力を尽くす。
本を読める
世界をつくれ!

聖ミーア学園開校へ!!

新種の小麦開発ってお祖母さますごいですっ！

しかし、このままでは…

庶民のために…さすがミーアさまです！

第二部「導《しるべ》の少女」クライマックス！

ティアムーン帝国物語 Ⅳ
断頭台から始まる、姫の転生逆転ストーリー
2020年発売決定！
Tearmoon Empire Story
餅月 望――著
Gilse――イラスト
わたくしによる
わたくしのための
学校ですわっ！
コミックス❶巻も好評発売中！

勇者に幼馴染を奪われた少年の無双剣神譚2

2020年6月1日　第1刷発行

著　者　コウリン

編集協力　株式会社MARCOT
発行者　本田武市

発行所　TOブックス
〒150-0045
東京都渋谷区神泉町18-8　松濤ハイツ2F
TEL 03-6452-5766（編集）
0120-933-772（営業フリーダイヤル）
FAX 050-3156-0508
ホームページ　http://www.tobooks.jp
メール　info@tobooks.jp

印刷・製本　中央精版印刷株式会社

ISBN978-4-86472-972-7